诗
想
者

H I P O E M

夜深同花说相思

杨 荻 著

Ye Shen

Tong Hua

Shuo Xiangsi

GUANGXI NORMAL UNIVERSITY PRESS

广西师范大学出版社

· 桂林 ·

图书在版编目（CIP）数据

夜深同花说相思 / 杨荻著. —桂林：广西师范大学出版社，2019.4

ISBN 978-7-5598-1640-5

Ⅰ．①夜… Ⅱ．①杨… Ⅲ．①散文集－中国－当代
Ⅳ．①I267

中国版本图书馆 CIP 数据核字（2019）第 038195 号

广西师范大学出版社出版发行

（广西桂林市五里店路 9 号　邮政编码：541004）

网址：http://www.bbtpress.com

出版人：张艺兵

全国新华书店经销

桂林日报印刷厂印刷

（广西桂林市八桂路 1 号　邮政编码：541001）

开本：889 mm × 1 194 mm　1/32

印张：9.25　　　字数：210 千字

2019 年 4 月第 1 版　　2019 年 4 月第 1 次印刷

定价：46.00 元

如发现印装质量问题，影响阅读，请与出版社发行部门联系调换。

自　序

在一场跨年的流感大潮中，2018 年如期到来了。

这个冬天，北方的空气质量出奇地好，太阳明晃晃地悬着，整天见得到蓝天。隔壁小花园里高大的银杏树上空，褐色枝条交错的辽阔背景中，时不时飘荡着一片又一片柔美的白云。

生活看上去如此美好。人们将病毒的肆虐归罪于这个冬天还没有下雪。

我一边在小诊所输液，一边透过落地玻璃门，对着长街在想：

如此新日灼灼，心思沉静，白云生于蓝天，希望长于田野，是该做这件事的时候了。

出第二本书这件事，其实在 2017 年夏天就已启动，并且当时觉得很有纪念意义，因为第一本书出版于 2007 年。十年磨一剑，珍贵的时光嗖嗖嗖，生活渐渐显露出刀光剑影的森然模样：那是明镜中不愿意看到的鬓边噌噌滋生的白雪痕迹，还是周而复始花开花落冷暖自知？捷克大作家赫拉巴尔说：绝对恐惧。

我，你，以及时光。

不明觉厉。

却又相当美好。

十年，不只是白发漂不漂亮的问题，还是沧海桑田，水落石出后无法再遮盖的本性。那本该是一种森然退却后的回归，如山谷中流过青草的溪水，辗转迂回，最后冲刷出洁净、单纯的内核。日子简净，唯愿如此。

然而中间还是出了点小事情，我只好将这件有意思的事暂且延后。说是小事情，其实对个人来讲也是大事情，因为没有什么比生命本身以及生命存活的状态更为重要。

我是个乐观主义者，总是自觉不自觉地规避不美好，情愿只留下所谓的美好——因为，没有什么比"原谅不美好"这个策略能使自己更好地应对"活着"这件大事。这说明相对于十年前，我，成熟了。那么文字也应随之变化。

本书共分四部分：夜深相思、花痴记、信札记、千山暮雪，表达了个人的缠绵情思、生活感悟、花草之爱及内心深处的倾诉欲望，用好友采薇女士的话说："她的'暖'是从内心深处流淌出来的，是真诚的。以真诚为基调的'暖'，显得特别动人。"

唯愿如此。

第一本书《尘世是唯一的天堂》，是自序，后面附了诗人朋友东篱的评论。第二本书，还是自序，特别邀请了东篱夫人、散文家采薇帮我写点什么，也放在后面。在我看来，这也算是一种圆满。

我在《尘世是唯一的天堂》自序里说过，如果还出书，下一本送给父亲母亲。母亲戊戌年虚岁七十，几年前就盼着过七十岁生日，因为我曾经许下承诺，等她到了七十岁，就给她买一只金镯子。2017年10月底，我满足她想再次坐飞机的心愿，带她去了重庆和成都，看到她少女般新鲜的笑容，吾心甚慰。阳历年底，我陪母亲在商场挑选了一只金手镯，戴在她老人家长了七十年的手腕上，熠熠生辉，我要让她的快乐提前。而母亲执意要等到过年亲戚们相见时才肯戴出来，说要保证颜色金亮金亮的。母亲的名字叫"花"，《夜深同花说相思》发表于《读者·原创版》，入选江苏省淮安市2013年中考试题，我选了这个题目作为此书的名字，特别送给我的父母，感恩他们将我带到这尘世。也请双亲大人原谅我一直以来借着爱的名义对他们的任性。

我写这篇自序的时候，正是新年元月，距离我的生日还有几天。三九隆冬，冰上行走，北方却一直没有下雪，南方的雪却很热闹，从江北飘到了江南，最远到达了桂林——广西师大出版社总部所在地。没有雪的京津冀上空，天蓝得没心没肺，就当，给自己过个生日吧。同时盼望，早晨醒来拉开窗帘，能看见眼里的世界在夜里趁着北风悄悄落了一场大雪。

十年了，我依然记得在本地书店看到自己作品时的激越心情，仿佛世界额外给予了我一块甜美的蛋糕。十年后，如若碰上有缘的你，我将春日的桃花折下一枝，放在白色陶罐里，注入山里的溪水，奉上一抹春色，然后微笑着说："祝你健康快乐，记得将甜蜜蜜进行到底哦。"

后来的事情是，1月21日，早晨醒来拉开窗帘，我终于看到了一场介于小雪和中雪之间的初雪白净净覆盖了眼前的世界。

　　再后来的事情是，下一本不知何年才能生产的书，真心送给老尚。

　　谢谢一切。

　　　　　　　　　　　　　　　　　　　　　　　　杨　荻

目 录

附　录

　　　　　　　　　　　　　　　夜深同花说相思

「辑一」

夜深相思

香灭了，茶淡了，故事也就讲完了。

先生，您见过荼蘼吗

这个春天，我期待着遇见一位先生。该想法缘于早春时节遇到一所庭院，或者说从偶然回首在庭院里看到那株开紫花的白头翁说起。

我和爱花女友采薇在小区里悠闲且怀有目的地溜达着，彼时山桃花已经进入尾声，杏花开得正盛。同属蔷薇科的两种植物，梅花是南方最早开放的花朵，山桃是北方最早开放的花朵，北方应为山桃记一功。四月初到，虽然蓝天白云，草木萌发，天气依然清寒。我们边走边说边瞧向两旁生长着的植物。我说，希望能看到白头翁，还没见过它开花的样子呢，可惜白头翁总是最早在山里开放，这里是市中心。

正说着，便瞧见一所别墅的院子里有一抹静静的紫色在闪光，如若不是刚好有一片阳光打在那里，还真的不起眼。也太巧了吧，那不就是我刚才正心心念念的白头翁吗？我们就走近了瞧，走近了也要隔着短墙，与那白头翁还有一段距离，手机镜头拉近后很是模糊。矮墙上全是经年的尘土，四月里一场意外的薄雪也没有把它们洗刷殆尽。私宅勿进，君子止步，别墅南北的院门都上着锁，我们只好遥遥地隔墙观花。

花园内一条弯弯曲曲的石板路从南到北，再分别到西，围着房子构成了一条曲径。

除了无法靠近的白头翁，曲径两旁的土地上还生着许多矮株植物，有的刚破土的样子，都还没有开花，唯有两三株碗口粗的日本早樱绽开了单瓣粉色花朵，那个品种竟不多见，不同于本地常见的白色早樱和粉色晚樱。

"这个主人好雅，是个山中隐士吧。可惜铁将军把门，否则我倒要冒昧地叩门求见了。"

采薇笑着说："可以呀，反正我们只是看花，又不是看人。"

我们拍了几张不常见的粉色早樱，边说边走过庭院。那株紫色的白头翁，在城市的花园里寂寞独开。这家主人，竟然引进了山中常见的野生草木，实在不俗。

那是四月初，清明时节。一场意外的雪落在杏花冰凉的花瓣上。

五月初，立夏了，天下一片绿油油。

我开始老了。开始思索"过程重要还是结果重要"这样庞大的人生课题。

我开始老了，心还停留在花季。表里不一是件很苦恼的事。因为有时在人面前不经意露出少年之态，多少有些害羞。走在人生的边上，生命趋向衰微，如果一定要抵达那个终点的话。只不过，那个终点对于有些人来说还太遥远，他们早春般鲜嫩明媚的笑颜还处于生长期，所以看起来那么的漂亮，完全忽略了结果这件事。事情本该如此。

我这样讲时心里一片宁静，如哲学家看待生死一样，如在深秋的山里看见一片白色马蹄莲花田。时间久了，如果不能成为生活哲学家，就会感觉很寂寞。

我在傍晚散步的时候，看到有一家庭院做得特别好。人们一定要相信，五月初的风，特别是晚风，依然很凌厉。太阳在西天消失的那一刻，夜幕四合之时，风声吹动着绿油油，忽悠忽悠，陡生寒意。

如果此时有谁减了春衣，任性嘚瑟，结果必然直打哆嗦。

花木扶疏，暗影波澜，似有若无。夜色袭来之前，我在那家庭院矮墙的铁丝网上，看到了一片美丽的铁线莲，大朵大朵，粉白，安静，自处，就那么幽幽地盛开。山中的隐士，水边的处子，我已词穷。

在大自然面前，在大自然丰富的植物面前，在大自然丰富的植物花朵面前，我经常词穷。

在社会面前，我更加词穷。只好转身，甘之如饴地在花朵面前词穷。

夜晚我做了个梦，梦见自己翻墙进到了那个庭院，除了眠在花间，就是不停地给花朵拍照。

第二天，梦想照进了现实。我小衣襟短打扮，在一轮新日的照耀下，顺着石头墙的豁口，旁若无人又心惊胆颤地翻墙入内。我落地的姿势一点不像蝙蝠侠那样潇洒，甚至有些狼狈。安下心神，起身四顾，庭阶寂寂。

那个庭院无人居住。无人居住却将庭院打理得如此美好，主人一定很优雅，我只能用这个词形容。我猜这位雅士是位先生，并且，不是我先生猜的那样在园林处工作。

我站在院子的头里，目光所及，全是可人疼的园林小景。刚刚浇过水的样子，土地是湿润的，我来晚了吗？

　　园子果然经过设计，相比四月份，五月份就很明了了。主人是个懂花人，没准是张岱那样能写出《湖心亭看雪》的有趣的人呢。主人也是个寂寞的人吧，和这些不寻常的花朵一样，如此小众。但，我还是不认为他在园林处工作。那又如何呢，你只需看一眼缠绕在玉兰树上的紫色铁线莲那美丽动人的花瓣，就会立马沉入迷醉。更不用说高枝的德国鸢尾和华北耧斗菜，矮枝的黄水仙和郁金香，粗壮的大花葱和小巧的丛莲和谐相伴，以及更多为野生的老鹳草和我叫不出名字的蕨类植物，等等——看似随意又精心地开放，令人不由赞叹。

　　无法一一列举，这个园子里的植物估计不下几百种。

　　是的，这个开放着大朵紫色、粉色铁线莲，迎头一大丛蓝亚麻的私人庭院，就是四月里遇到的那个开放紫色白头翁的园子。如今，白头翁的花早谢了，可是更多的花在开放，这是大自然的秩序。

　　隔壁院子貌似还没有销售出去，出入随意。有工人拿着水管给草地浇水。我指着美好的庭院问："这家的园子也是你浇灌吗？"园艺工人说："不是的，隔两三天就有人来打理一下，平常没人来。"

　　那么，是怎么样的一户人家，不在此居住，只在此种植花园。我能有幸遇见主人吗？是不是该给他留个信？告诉他"知花"曾经来过……

　　我和采薇讨论，"你说主人是男的还是女的？"

采薇毫不犹豫地说："男的。"然后两个人靠在一起对着蓝天畅想："哎呀，是哪位大隐隐于市的世外高人啊，如此高风亮节，心胸辽阔，格局远大。"

在神秘旷达的精神世界里，无须见面，亦能触寻到同类的温暖气息。男女，年龄，相貌，贫富，有所谓吗？

我们再次翻墙而入，在别人的园子里流连许久。可又不敢待上很长的时间，毕竟没经过主人同意，还是有一种做贼心虚的感觉袭上心头。

很快到了中午。回家看着手机里获得的美丽花朵，准备做个美篇。做美篇需要时间，又因为眼睛不太好，所以很畏惧。可又想，美篇就该记录美啊，还是干吧。我将两个大坐垫并在一起，放在窗台边，做成个躺椅，一歪头，正好可以看见五月里绿油油的天下。那里离阳光最近。

为什么？

因为这里离阳光最近。

为什么要离阳光最近？

因为那里就是离阳光最近呀。

沐浴阳光中暗想，我还会翻墙光顾这个私家小花园的。如果有一天正好遇上主人，便啥事没发生一样拍拍手上的尘土自来熟地问道："先生，您好，请问您见过荼蘼吗？"

就是那种在春天最后开放的蔷薇科花朵，花语为"最终的美丽"，我从来没见过荼蘼。

夜深同花说相思

她叫秀花，果然手巧，擅长绣花。我有时候笑她，你的名字可真够土的，叫秀花。这时候她总是露出很羞涩的样子，仿佛自己犯了错遭到批评，又自我解嘲地说，土吗？都是这样的名字啊，我妹妹还叫秀莲呢。

我执拗地想，她要是叫"绣画"，就有意境了，是不是很"红楼"。

考上大学那年，女生宿舍时兴拉床帘。她们从商店买来花布，安上铁丝，唰地一声拉起，就是一个单人床的世界。我给她修书一封，不久，一副床帏就绣好寄过来了，白色的细棉布，彩色的丝线缀着一朵一朵的花儿。我拉上床帘，小小的个人世界也跟着芬芳。可惜，毕业后，那块很长的白色绣花棉布，曾经陪伴我四年青春锦时的、她的手工作品，不知道哪里去了，跟着日子弄丢了。

我打电话问，干吗呢？她说，绣十字绣呢。她在绣十八个美女，原来想绣《红楼梦》里的十二金钗，可惜那个图案刚刚卖完，她就买了十八个美女图，说是绣完送给我搬家用。我心想，《红楼梦》我是喜欢的，十二金钗毕竟有典，您弄十八个没有出处的美女，足有三米多长，我挂墙上多俗啊。于是，我委婉地说，您绣那多费事啊，少说也要两三年，再说眼睛、颈椎也受不了啊，我可不落忍，千万别绣了。

我心疼她。然而，她心疼钱，不听，还是要绣。我只好放狠话，我不太喜欢的，没地儿挂啊。她的脸就一热，讪讪地说，那我就挂自己墙上。我倒觉得不好意思了，就解嘲地说，你先挂，等你挂够了再送给我。

然而，我还是劝她别绣了，她又说，闲着也没意思，要是手里不拿点活儿，更没意思。搬家后，她离开了故居旧邻，陌生的环境里，她和夕阳一般孤单，我也就不好再强行阻止。

高楼的西窗下，这个叫秀花的女子拿着绣针，在西晒阳光下低头做着十字绣，一针一针，绣着一幅画，绣着寸寸光阴。远远看去，也是一幅画。

我发现了一件事情，无论年龄，女人似乎都很喜欢照相，或者说每个人都喜欢镜头前的感觉，希望镜头是魔镜，从一端进去，另一端出来最美丽的自己。摄影班的老师说，拿破仑大战前经过街角的照相馆，下令三军暂停，他进去照了张相。

这个叫秀花的女子，年轻时去部队探亲路过北京，在首都的照相馆与英俊的军人合了张影。我站在放大的老照片前，怎么看，怎么觉得我的脸型像她，看着看着，似乎眼光也很像。她那么年轻，汪着汁液，好像一把水芹菜。

一个春天，我背了相机，带她去照相。小区里绿化很好，紫色的日本鸢尾花开得正盛，有一种白色的花，不知道叫什么名字，一簇簇地躲在碧绿的叶子下。她站在紫花绿叶中，对着我的镜头，露出了少女般的羞涩，真是的，她总是这样。

一个秋天，一丛丛波斯菊开在坡上，粉的，白的，红的，成就一片小小的花海。待到山花烂漫时，她在丛中笑，果然让人舒心。

这些照片，我放在电脑里，偶尔翻出来欣赏，觉得自己是对的，替她留住了岁月。猛惊醒，这些照片，她还没有看过，倒是貌似无意地提过一次，被我一句没时间随便给打发了。她的照片，我从来没有洗出来送给她，她也没有电脑和智能手机。

和她住在同城，却也不常见面，为此我常常自责。

我接到她的电话，说已经坐公交车到了单位门口，我急忙跑出去。看到她穿着齐整，站在银杏树下，在过往的人流中冲我笑，又露出那点少女般的羞涩。她的手里拎着沉重的布袋书包，都是吃的，牛肉蒸饺、炒花生、山楂酱、红烧肉、柿子、白萝卜。她从西向东，穿过多半个城市，只为给我送饭。有时候时间晚了，也会在我回家时路过的公交站点下车，于尘埃中等我。我接了沉重的布袋书包，开车绝尘而去，留她在黄昏的暗影里，继续等候回家的公交车。

衣柜里的衣服换了一茬又一茬，压箱底的是一件紫色缎面棉坎肩，她亲手缝制的。床上的床品换了一套又一套，压床底的是一套粉色缎面棉被，她亲手缝制的。有些东西，不可再生，而你却贪婪地想此生永远拥有，只好压在箱底。

有时候，我想，如果我有能力，就给她建造一个世界，好比秦王的阿房宫，唐王的大明宫，我要把她妥妥地藏起来。有时候我又想，她的整个世界，无非是我开放的平安幸福花。

有一年，电视上播放关于地震的感情连续剧，以唐山为背景。我看着看着就看出了毛病，电视剧里儿子口口声声喊娘。不是这样的，我们这里，从小到大，孩子一直喊妈，从没有喊过娘。如此深情如此夜，我却想热热地唤一声，娘——

夜深同花说相思。她叫花儿，我的娘亲，已经老去，正在更老。

七月照相馆

　　旧时的婚姻，多依父母之命、媒妁之言，交换了生辰八字，有了三媒六证，年轻男女的一生就被公认地联系在一起。离婚仿佛只是男人的特权，实行起来也很简单，夫家一纸休书，就把涕泪涟涟的奴家打发回了娘家。民国时候，男女结婚在报纸上登个启事，也算广而告之，婚姻成就。

　　新婚姻却要去政府民政部门领取个证件，上书"中华人民共和国结婚证"字样。结婚证上有说明，凡标明照片的地方须按要求贴照片，于是多么不喜欢照相的男女，如果想结婚，都要去照相馆拍一张合影。许多年后，有的人就会发出感叹：原来我一辈子就那天拍了张合影啊！且无论之前拍过多少合影，只有这张合影被称为结婚照，两寸照片，黑白或彩色。有了那两寸的结婚照，才可去民政部门登记结婚，取得一个合法的婚姻，否则就是非法同居，生的孩子也上不了户口。婚姻原是父母命的，媒人说的，政府登记的。不管旧时婚姻、新时婚姻，也不管是否自由恋爱，那个人是否一生都疼惜你，都要看命运的安排，古往今来，莫不如此。

　　1996 年的 7 月，太阳正红，一对青年男女相跟着去往矿区最热闹街道上的新华照相馆。像忘掉了很多不该忘，但又记不得的事情一样，现在想象着多年前的那个夏天，我们骑着一辆自行车去拍结婚照。两个人的心情，兴奋、新奇、向往，还有点害羞。是的，那时的婚姻还有些害羞，请假说去拍结婚证用的结婚照还脸红，诺诺地说不清楚。我的爱情在太阳底下躬背骑车，我坐在后面，戴一顶遮阳帽，用手环了他的腰，脸轻轻贴在他的后背，听自行车轮碾过水泥地的细微声响，幸福而伤感地说，今后你要一辈子对我好。那个青年使劲点头，可以感觉他的后背一颤一颤。自行车辐条在阳光下旋转，闪亮而让人眼花。

"一辈子对我好"，怕是每个女人对婚姻唯一而永恒的要求。冷静的女子凛然说，我不相信也不求男人会永远地疼惜，那是个谎言，随时收回，无常兼可怕。说这话的女子坚硬只在事情过后的嘴上，在去照相馆的路上，她只会心里满是温柔地说，你要一辈子对我好。等到看过半世的花开花落，草碧复黄，回想往昔种种，眉头紧皱，嘴尖心冷，方发出不求男人永远疼惜的感叹。

给爱情一个妥帖交代的，只有婚姻。只有在民政部门登记过的，才是端庄的婚姻。爱情无合法不合法，婚姻却一定是合法的。那些悲伤的情人，爱过恨过，到头来没有一个不怨愤的：早知如此，何必爱你。现代男人恐怕都很憧憬旧时婚姻，可娶妻，可自如地休妻，有几房姜室也最正常不过，哪里会有现在这样麻烦，喜欢上另一个女子，而婚纸只有一张。婚姻好像浅白到只是一张纸。纸上的婚姻，恰是如此。婚姻纵是坟墓，女人也愿意一猫腰就钻进去，鼹鼠有鼹鼠的土里快乐。

矿区的街道虽简陋，也有着小镇集市一样的朝气和热闹。集市的繁华是这样的，人多时熙熙攘攘，宛如闹市，人寂时空街冷巷，只有苍蝇在熟食摊老板娘无力的挥舞中起落。矿区好像是城市边缘的一个部落，虽归属于城市，与城市相比又是个独立的疏离世界。小街不长，却什么买卖都有：卖饭食的、卖五金的、卖家具的，百货大楼、超市、廉价的服装摊，以及不可缺少的照相馆。我下班骑车回家，必然经过那个街道，新华照相馆就坐落在街道边上。

相对于现代影楼来说，仅仅就"新华照相馆"的大号，就涂抹着明显的时代特色。现在的影楼，名字如薇薇新娘、圆梦、时尚百年，是华丽的，当代的，时髦的，私营的。新华照相馆是朴素的，怀旧的，严肃的，国营的。你可以尽情地想象那些发生于村镇、县城，小城市、大城市的旧式国营照相馆里的故事。黑白的故事，隐藏在个人心怀的深处，是令人无法忘掉的色彩斑斓的往昔。过往故事偶尔会被人想起，不同的人有不同的回忆，旖旎的黑白发着苔藓一样的气味。黏稠，潮湿。

像每个非数码时代的老式照相馆一样，新华照相馆里最醒目，也是最神秘的，就是那个伞状的器材，后来才知道那是柔光用的反光伞。我和我的爱情穿过小街，北方七月的矿区小街，没有雨，只有太阳，没有石板路，只有水泥的街道。没有树，也没有花草。我们穿了最喜欢的衣服，色彩明丽，但用来张贴在结婚证上的照片却只能拍成黑白的。那又有什么关系呢？我们心中怀有爱情，我们对未来充满信心，我们约好一辈子在一起，无论贫穷、疾病、战争或磨难。没有牧师，没有《圣经》，恋爱中的男女在花前月下许下庄重的诺言。月草无言，无人见证，说了宛如白说，所以中国式的恋爱虽然浪漫，誓言却也油滑。

我穿了一身纱质的衣裙，上衣杏色，无领短袖，胸口处有透明纱织就的绣花，裙子是两层，太阳裙，上面短一层的是黑色，下面长点的是玫瑰粉色，齐膝，正式又调皮。我的爱情穿着一件青色格子T恤衫，骑车带我穿过街道，走进了七月里的照相馆，羞涩而幸福地对工作人员说，我们要拍结婚照。那柄大伞转来转去寻找最合适的角度，相机架很高，木板凳，我们的头跟着摄影师的手转来转去，紧张的一对青年男女，初次体会着婚姻，在镜头前"咔"地一声定格。

结婚证上的照片是严肃的，没有复杂的背景，没有拥抱，没有对视，没有调皮的动作，只是男左女右一前一后挨着，表情紧张而清淡。多年前，我们发如云，体还轻，彼此还保持着学生时代的秀气和清瘦。那个男青年鱼一样的小眼睛目视前方，喉结突出，仿佛要义无返顾地带着他胸前的年轻女子奔向新世界。而那个女子，单眼皮，眼光清澈而坚定，假使私奔，也会随他去吧。

自我们双双被调职搬家后，矿区的那个街道再没去过。一晃数年。同骑一辆自行车这样环保又亲情的运动，之后也很少发生。现在，家里已无自行车。新华照相馆的名字是我托人打听来的，照相馆是不是还存在也不得而知。一个地方，再有纪念意义，也会因疏离而陌生起来，仿佛实际拥有的，唯有现在，没有过去。至于未来，就更遥不可期。但在某一刻的转身回眸之际，有心人还可以在飘落的尘土里发现令人心惊的熟悉：我们有过曾经，年轻而美好，单纯而洁净，沾满清澈的花香。

彼时，踏进七月里新华照相馆的门口，我们是如此的小，而眼里的世界是如此的大。此时，书架上摆着放大的二十年前的结婚照，我们还是如此的小，而眼里的世界也是如此的小。小到一生一世，也只不过是两个人情感世界里的游戏和挣扎。

旧照片久未打扫，积满灰尘。

　　　　　　　　夜深同花说相思

有个女子叫朝云

　　一直都想了解这个名叫"朝云"的女子的一些事情。她的身世，她的经历，她的一切。一个女人想要深入了解另一个女人，如果不是对手，那就是真的喜欢和欣赏。女人欣赏女人，是欣赏到了灵魂。这个叫朝云的女子不可能成为我的对手，也不可能成为我的朋友。我也不会见到她的样子，只能是远远地欣赏她优雅的灵魂。只是，此一远就远了很久。感觉着她轻轻淡淡地穿越九百多年的滚滚红尘，来打动当今世上一个俗女子，梦幻般。这个俗女子有点落寞的心，就一点一点地温柔、暖和起来。我说，朝云，我这里霜降了。

　　一个生活在 21 世纪的女人，在默默地怀念着九百多年前的一个女子，时空的流转中，是我回到了古代，还是古代跳跃到了当下，有点看光碟里幻想片的感觉。无论是退的还是进的，从服装和道具上看，都应该和当时或此时格格不入。我现在这么想着朝云的时候，坦然得很，时空似无阻隔。我想她是不喜欢喝咖啡的，就给她准备了一杯香茗。那年去杭州的时候，在西湖龙井茶的产地梅家坞村买的明前女儿茶。只是用现代的水来冲泡，不知朝云习不习惯。九个多世纪了，水的味道也有变化吧。何况南方的水本就不同于北方的水，灵灵秀秀地要柔好多。

喜欢读书，却总是浅浅地半知半解。后来又总是以俗世中的俗事为借口，好像女人的年岁一长，就有了懒惰和放逐自己的理由。容退红颜非人力所能挽留，精神荒芜就荒芜到家了，美容院也不能化出一个精美的妆。朝云却不是。朝云在认识他的苏学士时不识字，后来却可以读诗写字。好在现在是网络时代，打开电脑就可以搜索出很多的相关资料。怎么也没想到，由于自己搜索白居易的"花非花，雾非雾，夜半来，天明去，来如春梦不多时，去似朝云无觅处"的词句，而搜索到了朝云，就链接出一个女人对另一个女人的欣赏。借用这种现代化的方式识得朝云，对于我来说是种幸运，像荒芜中出现了点点的绿。对于朝云来讲，不过是在其身后的纷扰世界里，又多了一个凭吊她的女人。对于她来说是多一个也不算多，对于我来讲，是多一个就有了一个，在意得很。她不亏，我却是赚的，此为双赢。

那个朝代叫北宋。

宋神宗年间，初夏。杭州府新任通判苏东坡在当地著名会馆"有美堂"得遇青楼女子朝云。朝云因此而成名妓，东坡自此得一知己。

王朝云，浙江杭州钱塘人，北宋苏东坡的侍妾和红颜知己。在东坡官场失意、落魄逃荒的寒冷岁月里一直陪伴其左右，是东坡妻妾中最温婉贤淑、善解人意的一位。苏东坡在朝云墓的六如亭柱上的楹联上题：

> 不合时宜，唯有朝云能识我；
> 独弹古调，每逢暮雨倍思卿。

能追随一个著名的才子文人，并得到他的宠爱，该是让多少女人羡慕。朝云的身世却是可怜。朝云自幼家贫，沦落青楼，能歌善舞，气质脱俗。十二岁的豆蔻年华初识东坡，在苏大学士眼里自是"淡妆浓抹总相宜"。

苏东坡在杭州四年，之后又官迁密州、徐州、湖州，颠沛不已，甚至因"乌台诗案"被贬为黄州团练副使，此间，王朝云始终紧紧相随，无怨无悔。在黄州时，他们的生活十分清苦。苏东坡诗中记述："今年刈草盖雪堂，日炙风吹面如墨。"已过中年的失意文人幸有佳人相伴，而朝云甘愿与苏东坡共患难，布衣荆钗，悉心为苏东坡打理生活起居。她用黄州廉价的肥猪肉，烘出香糯滑软、肥而不腻的肉块，作为苏东坡常食的佐餐妙品，这就是后来闻名遐迩的"东坡肉"。一味佳肴关乎女子的情意，千古传来的还有朝云的余味。

苏东坡明媒正娶的夫人有王弗和王闰堂姐妹俩，另有姬妾若干。在东坡被贬到岭南惠州时，侍妾中就只有朝云相伴了。此时苏东坡已经是年近花甲，而朝云风华正茂。

"日啖荔枝三百颗，不辞长作岭南人"的诗句中，与其说是在写荔枝诱人的美味，不如说是在告诉朝云，她的陪伴才使得苏东坡甘心在远离朝廷和政治舞台的惠州"长作岭南人"。文人总是寂寞的，参与政治的文人在失意时就是深度寂寞了。还好有心仪的女人相伴，不至于更为伶仃和清苦。男人总是在自己最失意的时候，想着依靠和回归一个女人的怀抱。

有一个伟大的男人在朝云死后也惦记着她。曹雪芹在《红楼梦》的第二回，借贾雨村之口说出了一串奇女子的名字，"卓文君、红拂、薛涛、崔莺、朝云之流"。能被曹雪芹写入文章的女人，已经是流传千古了。

可惜，朝云命短，三十四岁就因病辞世，留下了孤单的大学士梦里追忆。临终前她执着东坡的手意蕴深长地说："世上一切都为命定，人生就像梦幻泡影，又像露水和闪电，一瞬即逝，不必太在意。"朝云后来信佛，一切都看透了。真的如梦幻般的朝云，"来如春梦不多时，去似朝云无觅处"，只留得惠州西湖孤山上香冢里的一杯净土。

我对朝云说，我这里节气已经过霜降了，夜里凄寒得很。你故乡的龙井茶我沏在了无锡宜兴生产的蓝砂壶里，那套茶具烧有美丽的梅花，也有个美丽的名字叫"蓝梅庄"，希望能配得上优雅到骨子里的你。尘世的女子才会想到用物质来陪伴优雅，我苟活俗世难免染俗，总之是想以自己最好的珍藏待你。九百多年了，不用走驿道，我从空中飞过去找你。希望这杯香茗还是温暖的。

念桥边红药

那一年去江南，路过扬州。说是路过都嫌勉强，只是在去苏州的途中，看到路标上醒目地标志着去往扬州的粗箭头。虽然有几多公里之遥，毕竟是我离扬州最近的距离，眼光遥遥地望向曾经的荠麦青青之处，就权当是人打此路过了。

淮左名都，竹西佳处，是为扬州。去江南而没有到达"天下三分明月夜，两分无赖是扬州"的维扬，当时颇感遗憾。回来后还是遗憾。谁来赔我一个江南行呢？

没有去扬州就没有看到红药。红药开在春天，我是十月份去旅行，晚晚地错过了花期。也就没有看到想象已久的"念桥"。想象着有一座桥的名字叫念桥，在扬州，桥边开满了红色芍药花，一年一度地开，再一年一度地败。很美的惆怅事。

沈括《梦溪笔谈》里说，相传唐代扬州城内有桥二十四座，至宋代尚存七座。清代李斗《扬州画舫录》里说，二十四桥即吴家砖桥，一名红药桥。现在的"二十四桥"是扬州的一个旅游景点。如果关于桥名的来历已成传说，我倒更相信沈括的说法，如果扬州城真的有过二十四座桥的话，一定有一座桥名叫念桥。念桥念桥，想念的桥，思念的桥，感念的桥，怀念的桥，玉人教吹箫的桥，从古想象到今的桥。我也希望它有一别名叫红药桥，这样的话就是姜白石《扬州慢》里的"念桥边红药"了。江南初行，没见到扬州，只好把心事寄托在下次。

读过一篇朋友的文章，题目叫《芍药》。《芍药》里有一段："他们要的是芍药的根，只待她芳龄五载，便折枝煮根，拔出花骨，切成片片如雪，放入一个个药罐，芍药的今生已尽。"正是这段话打动了我，决定不再把芍药的一段心事放置高远，让它尽在今生。尽在今生，多寂寞的一句话。读来让人能感到一种冷静而透彻的味道，仿佛芍药的根骨，片片如雪。

"念桥边红药"，是我最初上网时的网名。能任意地把自己喜欢的词语作为名字，被别人称叫，是为任性。总有人问，喜欢姜白石吗？就说喜欢，轻轻的，力量不重。因为我仅知道姜白石的这一首词，还来自高中语文课本。正是因为高中时学过，基本功牢靠，才记得清晰，多年后仍能背诵，"淮左名都，竹西佳处"。

红药早就开过十几个春天了。

时间久了，那里的朋友就叫我红药。搞得"念桥边"仿佛是个古老而失传的复姓。姓氏的失传是人类的某种最遗憾的失传，比丢了宝玉让人痛心。我喜欢被别人叫作"红药"。红色的芍药开在春风十里的扬州，开在田边、桥边，一年一年，为谁红啊。叫我"红药"的人，渐渐都失散了，也许是从来没有相聚过。就像我也只是偶然到那里一样，本来就是路人甲。花团锦簇地热闹了一个春天，秋水一到，片刻间就冷清起来。好像热闹从未有过。十月的芍药园是寂寥的，十月的桥边也是寂寥的。因为没有春天开放的红药。

芍药别名还有：卓约，将离，可离。"维士与女，伊其相谑，赠之以芍药。"芍药的心事早在诗经时代就已埋在了要分别的情人心里。"将离相别，赠以芍药"——曾经的卓约，必须的将离，片片红云处，芍药花开放。

就职的公司院子很大，除却冬天，三季里有林荫大路和草坪。在一个花坛里，我不知道他人注意过没有，每年的春天那里就开满了成片的红色芍药，我惊诧于它的成片。甚至想请教一下花工，当初是谁的主意栽种了如此一大片的芍药。无论如何，肯舍出这样的一片土地给芍药，充满了诗意。

问了同事，都不知道那里有一片芍药，红色的。倒是有人管它们叫牡丹。世以牡丹为花王，芍药为花相。孰不知"牡丹初无名，以花相类，故以芍药为名"。牡丹以前叫木芍药，现在的芍药名叫草芍药，在牡丹进入王室之前，她们是同根生的姐妹。芍药最后落在民间，很淡然。江南的芍药开在北方的春天，无人欣赏，芍药竟自开，只是惆怅了唯一的赏花人。读白石道人的名篇，读到"念桥边红药"的时候，下一句是怎么也读不下去了，如鲠在喉，少不了的呜咽。尤其一个人的时候。那一句是："年年知为谁生？"

高中时学课本，都是这样断句：念——桥边——红药。这也是老师的教法。后来看了有关"二十四桥"来历的另一种传说——那本身就是一个古老的文官司，不管在扬州是不是有桥二十四座，我宁愿相信在扬州有那么一座桥，叫"念桥"，建筑在心头的桥。

很早就想以这句古词为题目写点东西。之所以没有写，是因为怕文字不好而对不起这样好的题目。就一直放着，存在了心上，心事般。题目不是糖果，糖果时间久了会化掉，不仅入不得口，还沾染一手黏黏的糖汁。这是古词，古人的词句，越放越深情。

我不怕糖化，但是怕题目被别人先用。好的东西是要流传的，这段心事并不是我一人所有。我一直都这样相信，有人和我一样想用这个题目作文，也喜欢扬州城年年春天开放的红药。我先用了，好不好，都是自己的。

隔岸那片雏菊

场景应该是这样的：七月里，午睡过后，淘净了米，泡上绿豆，做一锅绿豆粥，留在晚上吃。就着新鲜的虾皮，温凉而解渴，米香豆香里融了虾的鲜香。

夏天的村子，像一片叶子，寂静而单纯。

夏天的城市，也像一片叶子，干躁而悬浮。

偶尔地，两个人会在彼此居住的地方想起一些事情。不同榻，却时有相对。只是灯火是寒的。

他说，南坨上那块地，真是适合种花生啊。

她说，嗯，是真正的沙土地，落花生白白净净。

他说，你说，花生什么时候最美？

她说，开了花，黄黄的，嫩嫩的，像金子。

村子已经存在若干年，县志上也许有所记载，居住在村子里的人们却并不关心。只是偶尔他们会在高粱碧绿宽大的叶子形成的阴凉下不经意地怀疑，我们到底打哪儿来。粮食作物发出唰唰的声响。叶片舒展浓绿，味道清甜又充满力量。这是许多人的故乡。

村子的旁边有一条人工河，是"大跃进"时前辈人开通的。如今雨水不多，人工河基本上断流。童年时的河水总是充盈而流畅，多年后，人成熟，河已经干瘪。这里曾经是一条真正的河，河水滚滚，黄泥色，并不清澈。河床是低的，两岸筑有高高的土坝。土坝上栽种了很多的树。北方的树木，高大，严肃，集成柳树行、杨树行，进而成林。黄土上还生长着无人栽种、自生自灭的花朵。乡村的田野，除了人为种植的庄稼和树木，花和草都是天生的，所以野花和野草形不成整饬的块，而是杂乱的片。河坝上的花朵夏天开花，会一直开到秋天，等到霜降，花的心事才慢慢冰凉。花瓣淡紫或纯白，偶尔白色上落了浅粉，也是若有若无的样子。

　　他说，东河坝上开满了花。天黑的时候我去给你采。
　　她说，为什么要等到天黑呢？
　　他说，嘿嘿。
　　她说，怕什么，你就说是采给我的。

　　是雏菊。一片一片的雏菊开在河坝上，一片一片的花丛被树木和杂草隔断，但又总是会形成那么一片。草丛中的花朵，倔强而干净。花瓣单一且细长，并不层层叠叠，简单地集中在一起，促成一朵淡淡的小花。多年以后，他体会雏菊和九月菊的区别，雏菊的花瓣单一而直白，九月菊的花瓣层叠而弯曲，一个是心事的铺陈，一个是心事的勾起。雏菊，从未离去。
　　早些年，东河里有水，水边有草，水草下有鱼。那种小鱼的名字叫麦穗，和夏收时节麦田里的麦穗一样大小。他和她去河里淘鱼，用金黄的麦秆穿了河里的麦穗，夕阳下相跟着回家。

她会塞给他一把夏天里成熟的樱桃。手心里的樱桃，因为沾了汗，又在衣兜里藏了很久，通红且轻软，已无法食用。

有时候，他会下河游泳，狗刨式，头没入水里屏住呼吸，等她在岸上着急呼喊"秋生"的时候，头又忽然冒出来，扑通通溅起浑黄的水花，咧嘴笑，露出并不洁白的牙齿，身体泥鳅一样的颜色和灵巧。

阳光明亮并不强烈，天气炎热但有风，两个人的童年和少年，像田里的绿豆、芝麻、玉米，散发着农作物独有的香气，在宽阔的平原上一望无际地生长。彼时年少无知，一瞬间会以为就是一辈子，谁知一辈子的事情还远着呢。

就叫他们秋生和雏菊吧。幸福而有回忆的童年，真正的青梅竹马，形影不离的玩伴，像两只蟋蟀或蚂蚱，无忧无虑地在草丛中雀跃。草丛是路上的草丛，车前草引着车辙，车轮轧倒雀跃的梦想。一起成长为敏感而羞涩的少年，躲躲闪闪，目光既疑惑又确定，像一朵祥云，飘着却又不肯落坠。

快乐的时光总是飞快地流逝，刀光一闪，人未倒，伤口却已经深入了心脏。时间是最高超的剑手，已经做到无剑可伤人的无形境界。未来的世界，并不在这广阔的田野。童年和少年，总要长大。而长大的过程总是要遇到一些事情，分别和相遇，再相遇和分别。

他说，我没什么可说的。

她说，我会回来的。

他说，你不会。

她说，我会。

十六岁。秋生读完初中，不再上学。雏菊家搬入城里，读高中。人生中第一个重要的分别，夏日饭桌上的小菜一样，就这样轻易地摆在了面前。嫩绿的小葱，顶花带刺的黄瓜，樱桃一样红的西红柿。不忍，不忍。又是夏天。他失落，她憧憬。相交的两条线，就要被命运摆弄成平行线了，却还没能体会到其中的况味。是的，很俗套的故事。随便打开电视，翻开小说，都有这样雷同的情节。

他开始打工，去城市，去高原，去海边。四处流浪。皮肤黝黑，肌肉强劲，人更沉默，心变得坚硬，有时候又柔软脆弱。在城里的时候，伙伴拉着他去看菊花展。是九月。华丽而硕大的名贵菊花，高傲而冷漠地看着他。在那些黄的、红的、紫的、白的菊群里，他低低地呼唤，雏菊。雏菊。心脏牵扯出一阵疼痛，健壮的胳膊上肌肉搏动。河坝上，田野上，他采了，傍晚间送给她。她总是说，花长着多好，要采就采一朵吧。

他去海边，一个人躺在渔船上，闻着海腥，夜里听鱼在呼吸。此刻，只有鱼和他醒着。昨天一网拉上来一朵海菊花，别人叫海葵或海星，他只叫它海菊花。他把海菊花整理了，制成标本，放在枕边。我不爱万物，只爱万物中和你有联系的少有几样。

雏菊，你在哪里？我在海边想起故乡泥土的芬芳，你并不白皙的皮肤，单眼皮，细长的胳膊，散乱的发辫，和阳光下向我奔跑过来的身体。是的，他只是一个敏感而脆弱的青年，离开家乡，四处谋生，目光炯炯，心怀花朵，心事暗藏。并不是谁，都可以享用人生赐予的大餐。幸运的人才有往事，过了很多年，还能让心疼痛。

雏菊在城里变成了大姑娘。

她有时候会想起秋生，默默地低下头。皮肤还是不白皙，眼皮还是倔强的单，外面的世界真花哨，心里到底好像失落了什么。更多的时候，她会笑着对大学里的女孩说，我有往事，我的青梅竹马都该娶亲了吧。多年不回村子，一些东西淡了。雏菊想，我们终究只有回忆，慢慢地恐怕连这也要失去。我们终究是两条平行线。

秋生，我答应过你要回去，可是，恐怕回不去了。你会有你的妻子，你的孩子，你的家，但和我无关。可我相信，我是你的爱情。故乡清晨草尖上的爱情，滴着晶莹的露水，天然，散发着青草的味道，可以入药。

十六岁以后，我们再没见面。暑假偶尔回奶奶家，他们说你已经离开村子，去别的城市，去海边。王母娘娘也许不存在，但一条银河真的存在。

我并不空白和泛泛的童年和少年。秋生，因为有你。

他频繁被姑姑姨妈们拉去相亲。有一天，感觉累极了，走在乡间相亲的土路上，看到路边开着黄色的野菊花。他们曾经采过，晒干，卖给收药材的人，然后到供销社买回整套的《西游记》连环画。

媒人说，这是小菊姑娘。他愕然地望过去，姑娘是文静的，白皙的，穿白色的裙子。并不像她。但他一眼看出这个小菊姑娘像他一样，和这个村子已经格格不入。他们是同一个世界的人。

还有什么话可说。如果一定要娶一个女子在身边，她该是合适的。他要带着她离开这里。这个村子，已经没有留下的理由。走了一个雏菊，带走一个小菊。他看到自己经营的花圃里四季雏菊盛开。

故事到这里，应该戛然而止，不留任何的悬念。被生生拦腰斩断的庄稼，留在土里的那截虽然有根，却生不出果实，断掉的茎叶虽然还葱茏地流淌着汁液，却很快就会枯萎。

夜深同花说相思

山楂花开后

一边读艾米的《山楂树之恋》，一边用水果刀去掉山楂的果核，于是，两件事情进行得都时断时续，放放停停。如果能放停时光就好了，喜欢花的就看花，喜欢果的就食果。可惜不能。也就是因为不能，才能在看花的时候遥想果，食果的时候回忆花。

北方的十月，正是收获山楂的季节。一颗一颗，一簇一簇，红珍珠一样挂在山里人家的房前屋后，挂在不远的山坡上。在城里，小山一样的红果被堆在市场上，个个新鲜饱满，个个能刷新人的眼神。它们刚刚被采摘下来，果刚离枝，还留有母体的温度，还散发着生命的余息。而那细碎的白色山楂花呢，也并没有在春天全部随山风、逐流水，早早地飘落，幻化成诗人眼里的惆怅；大部分的花朵经过了风雨和季节的历练，也落了，却在秋天里结出了红色的果实。人或记忆，有的像那轻易飘落的花，有的恰似那结果的花。

十月份，艾米的《山楂树之恋》出版。女主人公叫静秋。1974 年的初春，天气还寒着呢，正在上高中的静秋被学校选中，参加编辑新教材，要到一个叫西村坪的地方去，住在贫下中农家里。山路走得很累的时候，张村长说，不远了，不远了，等到山楂树那里，我们就歇一会儿。于是，"山楂树"就成了"望梅止渴"中的那个"梅"，还没有看到，已经成了解渴之物。

在早市上看到了一堆鲜艳的山楂，就想做山楂果酱了。这些刚刚被摘离母体的红果，充盈欲滴，唉，看上去让人爱不释手，又让人觉得有些可怜。但，这就是它们的宿命。是果实总会坠落，是生命都会死亡，这样的轮回，世间万物都不能逃脱。既然如此，不如我买了它们的命，用白糖和水煮成果酱，来有益于我的命。这个秋天，我的命一直不太顺利和健康，侥幸逃脱，是该用最应季的果实补补了。早些年我一生病，母亲就去小卖部给我买补品，买来的一定是山楂罐头。不过，山楂罐头俗称山里红罐头或红果罐头。水果罐头当补品的岁月，山楂罐头是首选。

静秋听到"山楂树"，脑子里首先想到的不是一棵树，而是一首歌，就叫《山楂树》，是首苏联歌曲。静秋顺着张村长的手望过去，看见一棵六七米高的树，没觉得有什么特殊之处，可能因为天还挺冷的，不光没有满树白花，连树叶也没有泛青。静秋有点失望，她从《山楂树》歌曲里提炼出来的山楂树形象比这诗情画意多了。

之前吃过家庭手工做的山楂酱，不过不是自己做，都是家中老人来做。有哪个还不太老的人愿意花时间来逛早市，挑买上等的新鲜山楂，然后更麻烦的是还要用刀子一点一点把山楂果里的籽核剜出来呢！而今，我愿意。有心情把退休后做果酱的日子提前，疲于奔命中就有了幸福的休闲且贤惠时光。不过，将洗好后的山楂和水果刀放在手边的时候，还是打开了长篇小说《山楂树之恋》。已经不是第一次阅读，所以阅读的速度还能与剜山楂核的速度配合。主人公的命运和手中饱满的红山楂的命运均已经明了，不明了的，怕只有阅读者的命运了。

静秋终于看到了在这陌生的山中用手风琴演奏《山楂树》的那个人。以后的日子里，她随别人叫他老三。人生中初次见到眼前的这个人，令静秋紧张到心痛。她觉得他穿得很好，洁白的衬衣领从没有扣扣子的蓝色大衣里露出来，那样洁白，那样挺括。衬衣外面米灰色的毛背心看上去是手织的。他还穿一双皮鞋。而他，讲普通话的老三，站在那里对静秋微笑，静静地看着她。

不亲手将山楂核弄出来，就不会知道山楂果实里的核有五枚。不多不少，恰恰五枚，淡淡的颜色。首先将山楂的梗去掉，新摘的山楂，那连接果与树的梗还在，然后用刀子再去掉果实顶部的黑色宿存花萼，那是花落后留在果实上的痕迹。熟透的山楂摸着有些硬，其实去掉顶部的花萼和花梗后，就很容易用手掰开了。这时你会发现，山楂里面有五枚果核，从中间掰开，左手的三个，右手的两个，或右手的三个，左手的两个。等书读到差不多，盘子里已经放置了一小堆山楂的果肉时，你会发现，做山楂酱也不是想象中那么费事啊。不过只能算是准备工作已经完成，算一个故事的开端。

静秋和在勘查队工作的老三见面了。故事也就开始了。

你——看见过那棵山楂树开花吗？

嗯，每年五六月份就会开花。

可惜我们四月底就要走了，那就看不见了。

走了也可以回来，今年等山楂树开花的时候，我告诉你，你回来看。

山楂这样的树木和果实，是不是很北方呢？再比如核桃树、栗子树、柿子树，总以为只有挂在北方秋天缓缓的山坡上才更对劲。南方有什么，南方有佳木啊，产桂花、栀子花，均芳香凛冽。山楂树、栗子树这等果树，只开细碎微小的花，不芬芳扑鼻，却倔强坚挺。白色，很不起眼，藏在蓁蓁绿叶间。花落后，结出饱满的具有保健功效的果实。

静秋和老三相爱了，跃跃欲试，又躲躲闪闪，懵懵懂懂，却又勇往直前。混乱年代里纯真的爱情，不繁华夺目，不芳香凛冽，却让静秋一生铭记，也让后人在这快餐式的男女感情泛滥的时代，体会到一种散发着山楂清香、酸中带甜，能悠远品味的爱情。静秋和老三的交往中有个小小的阻碍，静秋的母亲因为静秋的年龄小，怕她和老三"搞出事来"，然后"身败名裂"，以影响静秋在学校顶职为借口，让老三等静秋转正后再来找静秋。老三答应了，并算好了时间，是一年零一个月。静秋曾对老三说，我要到二十五岁才结婚呢。老三说，我等。

作者艾米的语言，就如静秋在"代后记"里说的：朴实无华，生动活泼。艾米的文字牵引着我这个读者，时光流转到了20世纪70年代初，体会在那个岁月里静秋那一代人清新淡雅，又高贵迷人的感情。

第一次读《山楂树之恋》是在南开大学的宾馆里，一个人，翘了老师的课，半靠在被子上读，被子上又垫了枕头，读着读着，枕头就湿了。不久，半干，然后再湿。如此反复，只读得抽噎难为，不能自控。现在想，如此私底下一个人的放肆，也是一场痛快事。毕竟，又有多少机会，一个人来痛快地哭呢。何况，还是为了一桩那个时代的爱情故事。

准备工作完成后，就要开始煮了。把没有了核的山楂放在锅里，放上水和冰糖，开火。故事就要进入高潮了。

静秋，一个读完高中刚满十八岁的姑娘，没人告诉她，也没有书告诉她——男女之间的事情。她不懂什么叫"同房"，什么叫"上身"，不会接吻，不懂得孩子是怎么生的。老三年龄比静秋大，但他在克制。他喜欢静秋，是想着和她一生相伴，而不是急于做让那个年代的女孩"身败名裂"的事。静秋，也会慢慢懂的，一颗青涩的果子总会成熟，比如山楂果。可是，老三在答应了静秋妈妈的要求后，却失踪了。是为了完成对妈妈的诺言吗？静秋去找，结果是，得知老三得了白血病。在医院的护士宿舍里，静秋决定为老三勇敢"献身"，虽然她不知道怎么献。

煮山楂酱，火候很重要。我也没有这方面的经验，但总是有了一些浅显的人生经验，比如事情的关键不是成败，而是你真的做了。我先开了大火，将水烧开，看红果在热水里翻滚，冰糖迅速融化。搅拌，开小火，山楂渐渐变得软泥状，和糖与水结合成酱。

那一晚，老三把什么都做了，就是没有做夫妻间的事。老三知道自己不能陪静秋一生，他要保存静秋，给娶她的那个人。老三走后，按他的遗愿，埋了那棵山楂树下。老三把生前的日记，静秋写给他的只有十六个字的信，以及一张静秋六岁时的照片都保存在一个军用挎包里，委托给他弟弟说，如果静秋爱情不顺利，或婚姻不幸福，就把这些东西给她，让她知道世界上曾经有一个人，倾其身心爱过他，让她相信世界上存在永远的爱。

老三在日记本上写着：我不能等你一年零一个月了，我也不能等你到二十五岁了，但是我会等你一辈子。

老三逝世三十周年，在美国一所大学任教的静秋请艾米写了《山楂树之恋》，以此来纪念老三。

山楂酱做好了。酸中带甜，颜色红润，让人垂涎欲滴，像多年后静秋的回忆，又像病后痊愈的生命。全亏了那些没有被风雨雷电打掉的花啊，才会有此结果。

往事即使很老套，也是一个果。看着这果，就回忆起花。山楂花在那个风雨夜没有全被打落。平凡而世俗的生命，山楂花一样微小、洁白，却很倔强，努力在枝头坚挺着。然后在秋天，结出珍珠一样的红果来。留给静秋，也留给你我。

赤　色

　　人是有记忆的，所以在适宜的人生经历和时间长度的积累后，在某个恰当的时候，可以怀旧——怀念旧时的一段时光。最经典的恐怕是张氏风格：寻出家传的霉绿斑驳的铜香炉，点上一炉沉香屑，沏上一壶茉莉香片，等香灭了，茶淡了，故事也就讲完了。个人的旧日时光再次闪烁光亮，随即覆灭，那也不过是一炷香，一盏茶，一根烟的工夫。

　　孩子出生的时候，是她把新生儿从医生的手里接过来抱到产房的。孩子的姥姥说，让姑姑抱，谁抱的将来就像谁，不仅相貌，还有命运。大概老人觉得她还是个顺利吉祥的人。她是小孩的姑姑，把赤条条的新生命接到人间，也算分内之事。婴儿的身体轻软，刚刚从母亲的子宫里出来，像一片粉红的荷花瓣，开在纯棉布缝制的襁褓里。当年秋天新熟的棉花，新买的花布，一个小人儿被裹在同样轻软的棉里，连带着抱她的人都柔软了。

　　花落而果实成就后，太多的是坚硬。对物，对事，对人，对这世间。壳，就是这样炼成的。

　　十月底的天气，医院的楼道里有瑟瑟的秋风吹进，她努力躬着身子，希图给新生儿以最安全的保护。从单纯的水世界来到这嘈杂而福祸不定的陆地，显然婴儿还不太适应。

年轻的夫妇让她给新生的孩子起个名字，最后逃不过这个重任，就轻声说了一句，就叫"赤"吧。单一而热烈，她是这样解释给他们的。就叫"赤"吧，看似随口随意，她却相信自己预谋了很久。预谋了很久，没有人知道是因了一个纪念。没有人知道，她若不说。

认识他的时候，正读大学，人生中顶级灿烂的一段时光。青春时代的恋爱程序大致如此：相遇——躁动——相爱——分手。相恋不是没有结果，只是，分手是结果中最多的答案。那也不白爱，花若不在春天开放，热烈如火，呈赤色，青春就不算热烈。青春不热烈，人生就跟着遗憾。日后若有兴致怀起旧来，却没有旧怀可供缅怀，岂不是令人扼腕一叹。花堪折时直须折，莫待花落空折枝。有了一段赤色的青春，这人生，就逐渐丰满昌盛起来。

单一而热烈的，恐怕不是春花，而是那段相遇。他说，女孩儿十二月出生，正赶上小雪的节气，暮雪纷纷，无声地在所有裸露的地方堆积厚重。十二月，冬天里生的，有单一花瓣的雪花飘落。他视女儿如珍珠。

她亦视与他的相识为珍珠，视那段顶级灿烂的岁月为珍珠。深海是如此的遥远，陆地上的人们看惯了草木，不易得到珍珠。听说珍珠要深海里的最好。20世纪初"泰坦尼克号"豪华游轮中，女人Rose拥有一颗价值连城的"海洋之心"——却是钻石做的。她的珍珠和Rose的钻石有一样的结局，都归到了海里，只不过Rose是真的把"海洋之心"扔进了大西洋。她的放在心中，永远不可测量的深海域。女人的往事，不管是哪个国家哪个朝代，不分贵贱贫富，都有一样的开始或一样的结局。收藏起来的就是往事，隔年也许会像旧上海的妯娌们，把娘家的陪嫁拿在太阳底下晒晾。上好的皮子，杭州的丝绸罗缎，轻飘飘，在阳光下陈列或扬散着腐气。旧式女子的樟木箱笼里埋藏着腐气，她的往事里没有，颜色依旧鲜亮，有一份轻飘和光滑的隔离。

走向前往中年的路上，看着不远处董桥开的"下午茶"茶馆，她想，如果每个女子的一生注定不会只与一个男人有故事，那最好故事就是如此的简单和疏离。曾经在彼此寂寞的青春里说了很多的话，日后又不需要彼此承担。也浓烈，也淡远，好像幻觉。把幻觉进行到底，只为了青春不寂寞。

他们后来很少见面。说起来也很奇怪，说分手，分手以后就真的没再牵手。哪怕目光，都不曾两点一线地相连。青春恋爱如此决绝，如此不拖泥带水，不暧昧丛生，可真是简单而干净。

只有一回，若干年后，他们在五月里相遇。他摇下车窗喊她的名字。城市很大，人群拥挤，如果不相约，邂逅的概率很低。人和人之间，其实是想陌生就会陌生，想熟悉就会熟悉，事在人为。可有些人，即使隔了数年的光阴，早不复当年的红花郎、紫云英，也会在目光碰触间认出彼此，淬出一段火光。

车驶过一条小巷，沿路两边生长着茂密的蔷薇，足有几百米深，路边开满了红色蔷薇花。风一吹，红色的重叠繁华就落了一地。这曾经是他们喜欢的颜色和花朵，还有熟悉的春日场景，以及略带伤感的情绪。能说什么呢？寒暄和提问都会显得生疏，他们都想记忆起曾有的亲密。在与青春有关的日子里，在成长的单薄和寂寞之际，曾经交颈取暖，互相安慰。他还是笑着提及了一下往事，最早在你们学校附近的紫光电影院，通宵的电影，你睡着了，我竟不敢吻你，就像我现在亦不敢触摸这红色的蔷薇花。她说，我有一次去海边，意外地发现海边有几条蔷薇花植成的花架。红色的，粉色的，白色的，花朵繁盛而重叠。从花架下走过，不远处就是沙滩和渤海，回头一看，我还是喜欢红色蔷薇。

车开得缓到不能再缓，已经近似于停止。都是十多年前的事情了，干干净净，虽如梦幻，却犹在眼前。虽在眼前，也只能当做幻觉。

他们看到有红色蔷薇花瓣纷纷坠落。路的尽头，她下了车。南辕北辙，他们必须各走各的路了。有的分别实在是不需要说再见。回味是一种温暖，实践却会带来慌乱。此时不是彼时，彼时决绝，此时是分外清醒。所以都不需要指责。他在分手时说，我有孩子了，女孩，冬天生的，叫"赤"。

与青春有关的日子里，他们指着蔷薇架说，蔷薇花的花语是爱情和思念，红蔷薇的花语是热恋，你要记得。情正浓时，他们商量，将来生女孩，就叫赤，蔷薇红。这是花前月下的誓言。

只是，"不向东山久，蔷薇几度花"。花老，山老，人亦老。

回娘家的时候，赤颠颠地跑过来，伸开胳膊要姑姑抱。她伏低身体，把头埋在赤小小的胸怀里，听她语言不清地叫姑姑。

她已婚，因习惯性流产，最终不育。如今，赤已七岁。那日，她到底没有告诉他，她有一个侄女，名字叫"赤"。是为了忘却留下的纪念，就让一个孩子做一辈子的提醒吧。这是个秘密。

怀的是旧，颜色却不斑驳疏离，是一截鲜亮的赤色光阴。黑白色的梦境里，恍恍惚惚，偏就顶青春的那段时光，鲜艳如初。如新日。如红枝蔷薇。

香灭了，茶淡了，故事也就讲完了。

竹叶青

是这样。半夜忽然醒来，再无睡眠。也不见得清醒。就像真正的告别不需要通知，口口声声说离开不是真正的告别，睡眠的失却也让人感觉如此暗淡。

下雪的季节，无雪，却下了雨。街道如此肮脏，雨水如此肮脏，车身人身上都溅上了肮脏的泥水。是一家烤肉店，干净的桌布，银亮的器皿装着自选的饭菜，穿着白衬衫和深绿色马甲的男服务生手拿烤肉和尖刀在餐桌边来回走动。桌子临窗，要了清淡的立波啤酒，可以看见外面的雨打在车子上，银杏树的叶子已经不堪重负，狼狈地摊在雨水里。街灯和车灯纷纷点亮，所以有光在雨水里闪烁。

而这一切，只是在铺垫着一场分别。最后的晚餐，已没有了以前的快乐，只剩下无可言名的沉默。餐厅里人不多，有一家十几个人在为老人过生日，笑语从不远处传来。他们向玻璃杯里倒上白酒和橙色的果汁，堪堪一场盛宴。

她说，林，我的一个朋友姓冬，给女儿起名叫冬雪。好听吗？

嗯。林简单应声，然后默默地看过去。青，他这样轻唤对面这个成熟的女子。林不喜欢吃肉，烤肉店在城市的边缘，人不多，又对着一大片银杏林，很清静，所以才会选在这里。林喜欢喝酒，他认为喝酒能喝出一个男人的气魄。有一次，她在应酬场上喝多了，林在电话里听到她类似呢喃的轻吟，说，和我在一起，你从来没喝多过。

后来青想，他们在一起，是不能喝多的。她想起那句著名的小品名言：俺奶奶说了，不要和陌生人说话。他们在秋天认识，现在是冬天了。他们相识只一季。而这一季，就足以让青在冬天的深夜里失眠。

半夜三点起来淋浴，水花飞溅，不再如丝如绸的长发沾水后，少而柔顺。温热的水把身体冲得蓬松红润，心却一点点下沉，冷静到脚底。那种深入骨髓般的快乐，已经决定失去。

只不过是一次普通的商务聚会。像许多应付在职场的女子一样，青万分讨厌她身边的环境，无休无止的工作，无休无止的应酬，那些棘手的问题和男人虚假的笑脸如夏日的苍蝇，赶都赶不走。男人们不会想到，这个酒桌上应付自如的女子，深夜里是另外一个人，清淡的，甚至是无邪的，同时也是虚弱的。她在深夜里写文字，是一个有着文艺气息的女子。文艺的，而非商业的。清淡的，而非浑浊的。然而，职业已经无从再次选择，家庭亦是。一辈子靠一门手艺谋生，只为一家公司服务，只和一个男人结婚，只生一个孩子。这样注定的"唯一"有时候让人有窒息的感觉。

也是在商业上彼此熟悉后，林才渐渐了解这个女人。他是成熟到不能再成熟的中年男子，人生经历复杂，阅人无数，怎可轻易人前展露内心。椭圆型的长桌，中间摆放着绿植和一盆盆淡紫的雏菊。雏菊花，是她的最爱。所以一进门，她不禁轻声说了句："好美的雏菊。"宽大的会议室只有一个人，林从文件里抬起头看着走进来的这个风华女子，如一缕山间的微风，有小溪流水的声音，心意就在一瞬间波动。他是甲方的代表，他的手下总是恭敬地叫他林总。她是乙方团队里的一员。那天他们恰巧有几分钟的独处时间。

几分钟就足够了，有时候比一辈子有效。很少的时候，生命里会出现一些契机。这些契机也是奇迹，可以让本来很熟悉、心灵却隔绝的人在瞬间闻到彼此相同的气息。他们相对坐着，中间隔着绿色的植物和淡紫色的雏菊花。忽然就没有了商业的气氛，而是温和的、家常的谈话。她谈写字，把刚买的刊有她义章的杂志给他看。她看到他平时凛冽的声音和眼神动听柔和起来，不经意地流露着诧异。她笑了，含蓄而骄傲的笑。

于是，有了私下的交往。她不再称他林总，而是叫他，林。林，叫她青，那是她的笔名。如此避讳称呼她的名字，恐怕有着自欺欺人的躲闪。在同一个城市里，依然是各自忙于工作和生活，但心怀毕竟丰盈起来。林经常出差，他一走，青就觉得本就陌生的城市更加空旷。也不过是暂时离开这座城市，即使不离开也不会天天见面，但就是觉得日子比以前更加漫长而空旷。

也只不过是一起吃了几次饭，傍晚在银杏林里散步，轻轻诉说着彼此的往事，仿佛前半生都没有读者，如今才得遇知音。银杏林很深，又是整个秋天到冬天的过渡，秋香色的气息围绕。可以专注地看对方的眼睛，看一个中年男子如何在女人的笑容里回到孩子一样的状态，看一个成熟女人如何在男人宽厚的容纳里流露小女儿的心思。男人已经多年没有听众，长久混迹于江湖，拒绝工作以外和自己的内心沟通。他被责任和自己的抱负淹没，偶尔浮出水面换个气，就又一猛子扎进江湖。她已经认为自己不再是个女人，只是别人的妻子、母亲和员工。她曾经的理想是像枝头的柿子，黄灿灿，满是维生素，高高在上，掉在地上会摔成肉酱。他经过了二十多岁的轻狂，三十多岁的负累，如今四十多岁，已经修炼成金刚，百毒不侵。而她阅历虽单纯，略显不足，心底却清醒冷静。

很巧的一次，他们出差到同一个城市，本想着在异地也许成就一份想象中的故事。临时她却又去了另一个附近的城市。青永远忘不了，在她恋爱多年以后，还会有一个理智的男人为她而来。她在酒店登记了住宿，电话随后追来，我要坐夜里的火车去找你。三个小时的火车，林在夜里赶来，踏着深秋的寒意，脸庞冰冷，目光灼热。她被感动，一时想哭，纵身投入。身体已经把泪储存在某个角落，不轻易释放，　且找到了出口，瞬时波涛汹涌。隔着衣服拥抱，彼此在寂寞的人生里取暖。看着她入睡后，他又踏上回去的火车。次日早晨，他主持会议，看阳光下显示出的尘埃射线，恍如隔世。

熟悉得太快，快乐来得也太快，彼此偏偏又不能彻底放开，都顾忌着社会、流言和家庭，注定这样的相遇是烟花燃放，虽情真意切却不能缠绵，虽激情四射却不能长留，只可暂时享受，不宜持久战。太过了解对方的心思，太过清醒，又有着相同的气息，不用摊牌，都已明了最后的结局。

星星暗淡或明亮，是因为天空时阴时晴。她想象着那些流浪的年轻女孩，叛逆，不羁，一个人走在路上，有着倔强的单眼皮，能爱能恨。而她已不能。因为天空。你是颗星星，却是挂在天空的环境中，无可避免地要委身于环境，而不是爱情。

男人理智起来就显示出清冷决绝的一面。冬天了，温度在一天天降低，似乎完全忘记了秋天的温和。树林和菊花都已枯萎，这份感情最终不能由室外移居到室内。不应季节，雪还没有来临，似乎在拉长什么。

青咬咬牙，罢了罢了，难道非得打碎瓷器，听到破裂的声音才罢休不成？原谅他，就像原谅一个孩子的贪婪吧。在白天照例收起夜里的自己，蜷缩成茧，学习小兽用唾液自行疗伤。她转给林短信，从前有个剑客，他的剑很冷，眼神很冷，心也很冷。最后，他被冷死了。很长时间后，林回短信，某人怕被烧死，听说阿房宫就是被烧死的。毕竟不是小孩子的恋爱，彼此都清醒得很，与其烧死或达到医学可鉴定到的伤残程度，不如就此打住。说到底，这充其量是个意外。就原是生活里的意外怀孕，事后又没服用米司安紧急避孕，只好去医院流产。现代的流产术高明，可以在孕妇短暂的昏迷中完成。等到睁开眼，"意外"已被挖空，连血带肉，一切都已经结束。

他们还是相约在这个雨夜见面。最后的晚餐。城市边缘的经营场所，巴西烤肉店的散座，破例没要包间，一贯的力波啤酒，隔着窗看银杏叶最后的坠落。服务生上了免费的茶水，茶汤色青碧，口感甚好，青草的味道。揭了茶壶盖子，看到水面上浮动着细叶植物。服务生说，是南方的竹叶。

巴西烤肉店提供给他们的茶水，竹子叶泡就，名叫竹叶青。来自南方，味道像青草，多像秋天打下的草料散发出阵阵的清香，使人想伏在青草的怀抱里眠去。他们看着这意外的茶水，眼睛对视，从彼此的眸子里知道怎么不让它浑浊。留有余地清澈，变成现实浑浊。但是，从陌生到熟悉是快乐的，这个过程宛如恋爱。从熟悉回到陌生却是如此伤感，这个过程仿佛重生。一场绚丽的烟花，高成本取得，美丽只在瞬间。还余一地狼藉的碎屑，一些破碎的尸身。

喝完竹叶青，已无拥抱。在街旁分手，各自开车离去。

戴　花

如今很少看到女子戴花，想是清末民初西学渐进剪了头发的缘故。乌黑的长发被绞成齐耳，紧勒于头皮的青丝瞬时得到解放，无论是什么样的花插在头发无论什么样的地方上，都是软香对蓬松，头一动，风一吹，花就掉了。

短发的确不适合戴花。我看到大姨年轻时的黑白照片，面如满月，眸如星子，笑得恬静，黑黑的短发上，一支淡淡的塑料卡子别在左耳鬓边，不知是粉色还是青色——发卡上没有卡着一朵花。大姨是1949年解放那年生的，算是新时代的人。

我小的时候，头发乌黑。母亲在我脑后平分头发，梳成两条粗粗的麻花辫子，然后从发稍卷啊卷的，在双耳边分别卷成一个小抓鬏，用红色玻璃筋儿狠狠地扎紧。很快，坐在凳子上的我，眼里就噙了泪花。

我被母亲梳成了一个俏丽的小丫鬟。小丫鬟是无忧无虑的，一蹦一跳，跟着初中毕业的姑姑和她的女伴们，去镇上唯一的照相馆照相。毕业照上的姑姑们朴素端正，头发也是乌黑的，一人两条麻花辫，胸前一根，后背一根，红头绳是有的，却依旧没有戴花。

"随手摘下花一朵，我为娘子戴发间"，是恋爱中的男女最古意的情趣。给娘子戴花，势必趁机抚摸头发，我又以为这个爱怜是女人最喜欢的。

女子在发间戴花，无论过程还是结果，都是极美的，透着顶中国和顶女性的韵味。如果是一幅画，当然是中国画，工笔淡彩，细致入微的朴素纯净。我又以为女子一生，都应始终保有一份朴素纯真，任凭世事变化、山河流转，亦不改初衷。

我难道只能在书里和戏里，才能看到女子戴花吗？书上说，夏日的黄昏，下了雨，青石板路上传来卖花者的声音，油纸伞下一篮香气袭人的白兰花和茉莉花。

这是南方的夏日盛景。又唯盛在：民间女子打开院门，喊住卖花人，将一朵喷香的白兰花摆在瓷盘里放在房间，又将一朵同样喷香的茉莉花对着菱花镜插在鬓边。夏雨，黄昏，花香，女子，沉醉与静好。

我便觉得这是理想国。

在我们辽阔的北方，日子过得很缓慢。

夏日黄昏，一朵白色的葫芦花悄悄地爬上篱笆，和金黄肥硕的倭瓜花缠连在一起。瘦弱的霞子站在篱笆院落，融于太阳西下的光晕里，伸出瘦弱的手臂，犹豫着该摘下哪一朵花戴在发间。

大姨家的老屋数十年如一日，是时间的历史也是日子的现实。虽然老屋跟着时代也在变化，也不过是简单的内装修，堂屋黑色的大梁、外墙残旧的青砖以及院子里那个白色石桌，都依旧巍然不动，仿佛经历百年日子也一直未动。以至于我每次去大姨家探亲，总要坐在童年睡了无数次的土炕上发呆，然后不禁迷幻：我是谁，我在哪里？

没等我回过神来，门帘一挑，霞子"嘿嘿"地咧着嘴进来，冲我激动地挥着手，乱蓬蓬的长发编成麻花辫束在腰间，发窝上照旧插着一朵鲜花。果然是鲜花，因为霞子是趁着季节，什么花开就戴什么，不拘是菜的花、果的花，还是真正的花。

有一次清明时节，霞子的鬓边居然戴了朵紫色的白头翁。这花，我认得，是后山上开的。小时候我和霞子经常在后山的犄角旮旯钻进钻出，直到听见大姨焦急的呼唤声，我们才笑嘻嘻地应声而出。

霞子是我童年的小伙伴，她就住在大姨家的隔壁，两家中间连篱笆都没有相隔，更别说院墙了。霞子不算漂亮，但是皮肤很白，又瘦弱，这就显得很出挑了，因为小伙伴们大多皮肤黝黑。白皮肤的霞子也是在太阳地儿长大的，可就是晒不黑，如后山悬崖边那株粗壮的杜鹃树开的白花，真气人！

大姨家在北方的平原，平原的尽头是燕山余脉，中间过渡有丘陵的缓坡和矮山，缓坡上生有翠绿的庄稼，好像南方的梯田，而我们把那平原上凸起的矮山叫做后山。后山不足三百米高，石灰岩生成，动植物都是野生孕育，也算草木葱茏，遮阴蔽日。我和霞子整日地跑上跑下，摘黑枣，揪桑葚，采野花，像两个快乐的精灵。

然后有一天，当我再次在暑假来到大姨家的时候，大姨告诉我，霞子得了精神病。十岁的霞子得了"精神病"，吓坏了十岁的我，因为当我看到她的时候，她张牙舞爪地冲我"哦哦哦"地叫唤，双足外翻，双手扭曲，摇摇晃晃，哈喇子滴下来弄脏了衣衫。我瞬时蒙了。

连续几天发高烧没有得到及时治疗，霞子的大脑损伤了。

我童年的小伙伴霞子，从此在人间摇摇晃晃。

我逐渐长大，从城里来大姨家待的时间开始缩短，不再常住，所以不常见霞子，当然也不会和霞子去后山疯跑了。而随着日月的轮换，我和霞子越来越陌生了。每每大姨来我家，我问起霞子，得到的回答总是说"除了冬天，霞子天天戴花，这孩子"。

十七岁那年，再次见到霞子，她依旧"哦哦哦"地冲我笑，手里攥着一把红软的樱桃，摇摇晃晃地指着后山，仔细辨别嘴里发出的声音是"吃，吃，吃"。我惊讶地发现，霞子长长的独根麻花辫上，插着一朵金黄肥硕的倭瓜花。

大姨告诉我，霞子恋爱了。

自从恋爱，霞子就爱美了，标志就是头发上不停地戴花。

对方是村里的青年，家贫，双目失明。残疾配残疾，贫穷对贫穷，这样的组合在我的故乡很常见。人以类聚，物以群分，一个轻微智障，一个看不见这个世界的光，他们被归为同类，婚姻上的门当户对。这样的组合是正常人的谈资，于他们自己，未尝不是苦难人生中结出的娇媚花朵，寒冬里炽热的炭火。

恋爱后的霞子喜欢上了戴花，看见什么花开，就戴什么。后山的野花开不尽，霞子发辫上的花就戴不完，他们进山了。摇摇晃晃的霞子用没有变形的右手，牵着盲眼青年，盲青年用沉稳的脚步带着霞子，钻进了童年时我们常去的后山。

于是，在早春，霞子的发间戴了朵黄色的蒲公英，有时候是紫红色的地黄花。接下来，什么野桃花、野杏花、野海棠、野杜鹃、野蔷薇，整个春天在霞子的发辫和盲青年的手指上次第开放。

随手摘下花一朵的是霞子，给她戴发间的是盲青年。民间本就早婚，何况又是这样的两个家庭。两家将婚事定在夏天，生活似乎见到了亮光。

事情出在春夏之交。他们在后山崖边采杜鹃花的时候，盲青年失足摔落。再残疾的人也有爱情，可是再矮的山也有悬崖。他们短暂的爱情葬送在后山。

所以，十七岁那年的夏天，戴着一朵金黄肥硕倭瓜花的霞子，攥着一把熟透的樱桃"哦哦哦"地指着后山，我不知道是想给我吃樱桃，还是告诉我后山里曾有一个给她戴花的男青年。我想，她如此简单，只是想让我吃樱桃吧。

我将自己白色的棉布裙留给了霞子。大姨说，她一直穿到天冷，后山最后开放的花朵是野菊花，野菊花金色的花粉将已经颜色昏暗的裙子染得更暗。

少女霞子的恋爱很早，还和男青年牵了手，这让当时的我多少有些羡慕。而关于戴花这件事，村里人都习惯了，霞子的发辫上没有绑着一朵花倒是让人奇怪。

我问霞子："为啥戴朵倭瓜花？"

霞子痴痴又吃吃，嘴巴歪斜带动着脸微微有些狰狞，轻抚花朵："美，美，美哩……"

不要以为就从此轻饶了生活。

霞子四十岁那年，又发生了一件大事。霞子在后山被人强奸了，不仅如此，霞子还怀孕了。大姨老了，老屋还在，大姨在老屋里跟我说着霞子的事时，在我的极度震惊和愤慨中，霞子挑帘依旧摇摇晃晃而入，发辫上结着一朵鲜红的大丽花。

不久有人闯入，"死霞子，坏霞子，那是我孙女种的，开的第一朵花！"来人边骂边笑了。这个村子，容纳喜欢戴花的霞子。

霞子的头发显白了，瘦小的脸上有了皱纹，痴痴地看着我，"哦哦"地冲我笑。看到她，我才惊觉自己也老了。几十年岁月更迭，也经风雨也经霜，心里依然有疏散不净的块垒，耿耿于怀——我倒不如霞子活得干脆和纯粹。

事情是这样解决的，双方进行私了，五万块结束一切。对方是个老光棍，看到经常在后山游荡的霞子，生了歹意，以一束紫色的美丽胡枝子引诱，强奸了霞子，并且是多次。霞子躺在山间，手里玩弄着紫色的花束，将花朵一朵朵插在耳边，花朵一朵朵掉落。"美，美，美哩……"霞子的嘴更斜了，她是在笑。

五万块，霞子打掉了孩子。在私了的过程中，霞子妈妈提出让老流氓娶了霞子，这样霞子将来可以有人照顾，并且能生一个孩子，后半辈子也就有了依靠。

可是对方说，坚决不行，万一再生个小疯子呢。大姨将那份协议给我看，我气得发抖，说这就是卖身契。不然，又如何呢？五万块对于霞子和老流氓来说，都是巨款。

这个世界上，除了霞子的老妈，竟无人肯收留霞子。

霞子的父亲早逝，有一个弟弟在城里工作自顾不暇，母亲也老了，她将来可咋办啊。

大姨说，你别操心了，霞子和她妈妈办了低保，将来剩霞子一个人时就送进精神病院。我说，可霞子不是精神病啊！

大姨和霞子妈很淡然，不是精神病是什么，例假来了都不会弄。

当年我问霞子妈，她怎么喜欢戴花了？

霞子妈说，她那么爱戴花，还不是因为盲青年说戴花的女子美。我听了，私下里觉得盲眼青年眼盲心不盲，是个难得的透亮人。

两家中间没有任何隔断，我在17岁那年走进隔壁院落，看到了一个花园，这里种植和开放着村子里所有的花种：秫秸花，指甲花，五色葵，臭菊花，江西腊、白薯花……这是残疾女霞子的专属花园。然而霞子头上戴的却是随手从后山或村子里摘下的花朵，没有一枝是花园里的。霞子妈说，这里的花朵只允许盲眼青年——用手抚摸。

北方的大平原没有香喷喷的白兰花，也没有青石板的小巷。夏日的午后，骤雨初歇，土地发散着美好的味道，池塘荷叶下，青蛙欢唱。我的童年伙伴霞子，以她多年练就的摇摇晃晃敏捷地来到水边，弯腰扯出一大朵荷花，对着水面想戴花。荷花太大了，不方便戴在发间，她便将荷花抱在怀里。一池净水里，一张朴素端正的不被污泥沾染的笑容。美丽的晚霞正在西天生长。

她的名字叫晚霞，出生的时候彩霞满天，是我那差点当老师的大姨给起的。

真正的临水照花人，是我们霞子。

但终究不是我的理想国。

秋水伊人

《越光宝盒》中赵云赵子龙说，爱情是这个世界上最可怕的绝症。秋水就是这样一个绝症患者，她常挂在嘴边的是，时光可以旧，爱情不能老。想起秋水，在旧时光的恍惚里，苔痕上阶绿，情色人帘青。

1987年的9月，认识秋水时，我读高一，她读高二。

女人和女人相遇，然后成为朋友，比女人和男人相遇，然后成为情人，其实还要悱恻、挑剔和历尽考验。崔莺莺和红娘好吧，林黛玉和紫鹃好吧，那是有着小姐和丫鬟身份的差别，虽是闺密，实则主仆，彼此没有可比性，一朵红花绽放，一片绿叶陪衬，看上去就很美。若是过春风十里，尽百花开放，人们管那繁华景象叫竞艳。

秋水其实是不屑与群芳争艳的，因她自信是绝色。

谁能不认识秋水呢，她那么特立独行，衣着领潮，行事狂放，一副孤标傲世偕谁隐的模样，像一头随时伺机出洞的小兽。在校园里略显青涩的百花园中，秋水姑娘不是特别漂亮，而是特别气质，身材南方人那般秀气，作风北方人那般凌厉，单眼皮下一双倔强的墨如黑豆的眼眸，站在不知打扮只知念书的一群"70后"女生中，绝对是山丹丹花开红艳艳。

那年的9月开学，我升入这座城市里一所省重点二线高中，忘记自己穿了什么，却记得秋水穿什么。秋水穿一条棉质七分裤，是粉色不是黑色，是棉质不是涤纶，是七分不是十分。秋水穿着粉色棉质七分裤，束着一头乌黑的长发，婷婷玉立地站在木槿树下，指导新生入学。九月的晴空衬着木槿花丛，木槿花衬着青春的秋水，都很押韵。她整个人分明就是一朵粉色木槿花，让人欲上前攀折。在20世纪80年代的校园里，秋水看起来，有些嚣张。

我记住了这个打眼的女生。后来的事实证明，秋水同学绝对是领导服装潮流的校园时髦人物，同样梳一根麻花辫，她都能梳出花儿来，斜斜地从脑后编到胸前，鬓边别一个漂亮的发卡，别的哪里是头发，分明是别人的眼光。

知道站在木槿花下穿粉色棉质七分裤的嚣张女生叫秋水，是在高一下学期。早自习，课堂一片安静，门被推开，探进一颗不安分的脑袋。全班同学看向门口，门开处，站着盈盈一位秋水。秋水同学是这样说的，同学们，最近学校食堂的饭菜很不好，连续几天早晚吃面粥，中午吃高粱饭，请同学们团结起来，今天中午向学校抗议，不要去食堂买饭。

秋水关门走了，徒留一群呆雁。班里安静得连针掉在地上，都能听见。片刻后，男女书生一片哗然。

她是谁啊，真厉害啊，听她的吗，这可叫策反，被校方知道那还了得。她不是高二文科班的秋水吗？

秋水，原来她叫秋水。这名字可真好听啊。

多年后，趁老公孩子都不在家，秋水给我做面膜。我闭着眼睛，秋水啊，你这名字谁给取的，听着都不像真名儿。秋水啊，你那么能折腾，你妈应该给你取名叫夏浪。秋水啊，你也不是个有温婉秋意的女人啊，把这名字借给我当笔名吧。

秋水啊……

秋水姓秋，名水。

我不知道现在的高中语文课本，是否还保留着这样一篇课文《灌园叟晚逢仙女》，那个酷爱养花的秋翁，姓秋名先，巧的是他的老婆姓水。后来我开秋水的玩笑，你看你这姓名，著名人物可真多，传说中古代江南的一个村子里，既有姓秋的，又有姓水的，你们家是不是从那疙瘩搬迁来的呀。

秋水不是秋翁的后代，因为冯梦龙说秋先别无儿女，只爱栽花种果，是个花痴。秋水不是花痴，是个情痴。

秋水策反的那次壮举的后果是，那天中午学校食堂的高粱饭剩下很多，之后伙食果然改善不少，也并没听说学校处理谁。

高二分文理班，我当然选择了文科，不是因为文科成绩好，而是因为理科成绩太差。秋水读高三，两个文科班对面而居，我们同一个语文老师。高考关键吧，但不如心里汹涌的感觉关键，情痴秋水遭遇了她一生中首次情事，轰轰烈烈，灿若烟花——她居然大胆地恋上了年轻的语文老师。语文老师兰州大学中文系毕业，帅气有才，语文课上得生动活泼，深受校长和学生的双重喜欢。台上才子口若悬河，台下佳人凝眸似梦，自然要演绎一番琼瑶的《窗外》。只是这师生恋，宛如玩火，一时校园内人言四起。

自古以来有句话，玩火者必自焚。自焚也玩火，这是秋水的个性。你要的是安全，我要的是火光。

我就亲眼目睹过秋水和语文老师的师生恋。是春末的早晨，操场边黄色刺梅开得正旺，刺梅下三三两两的学生埋头读书，忽然一声，敲醒了沉寂：快看！

我抬头看去，操场上远远跑来一男一女，女的正着跑，男的倒着跑，面对着女生。他们越来越近。晨阳照耀着秋水，秋水脸色红润，香汗折射着粉色的微光，笑容如刺梅一样毫无心机，旁若无人。那个面对着秋水倒着跑的中文系才子，步履轻盈，帅气的脸上，亦满是笑意。跑者心无旁骛，观者目瞪口呆。

师生恋，在所有恋爱中最无现实根基，只是贪恋，贪一点依赖，贪一点薄欢。

一个凉爽的夏日周末，语文课代表的我忽然被语文老师叫到他的宿舍，居然是约我玩扑克。我说，不会。

语文老师说，你只管去。

宿舍里已经有了三个女孩，一个是我认识的高三文科班的秋水，另外两个显然比我们大气时尚，经老师介绍，是师大的学生。我至今不明白语文老师何以把我叫来，是信任他的得意门生，还是觉得我在情事上懵懂无知，不会做个传播者。总之，那是一场"鸿门牌"，因为老师指着两个陌生女孩中的一个说，这是你们未来的师母。

我立马看向秋水，秋水的眼睛开始起了一层薄雾，接着明亮如水，然后一滴滴掉在了颤抖的手里的纸牌上，那是一对可爱的老 K。

老师，老师。从此，秋水的窗外只有风声，没有了老师。

叛逆的，倔强的，清高的情痴秋水，接受人生第一次重大打击，且无丝毫还击之力。高三学生秋水，除了带给老师激情，不能给予老师实际的需要，那个女孩的父亲是本市政府重要官员，承诺将老师调离学校，进入政府机关从政。

多年后，看着电视里如愿成为官员的前语文老师，两个闺密风轻云淡地谈及过往。风送来一缕一缕的丁香花香味，秋水盘腿坐在窗台上，望着窗外没有被楼群遮住的蓝天白云，将烟圈吹向一束草原干枝梅，淡淡地说，好像流产，冰凉的器械捅入，血从身体内部流出，带走生命。

我悲凉地看着她，说，你整个一安妮宝贝笔下的女主角。而秋水并不知道谁是安妮宝贝，更不要提她笔下《莲花》中的那个苏内河了。

我与秋水再次相遇，是在工作以后，我们居然就职于同一城市的同一家企业，英语专业的她在外事部，会计专业的我在财务部。也不过是校友罢了，见面说几句客气话。学生生活结束，正是当嫁年龄，早与高中时代大不同。

不久就传出消息，秋水嫁给了一个公务员，我那时刚刚嫁给一个 IT 行业的非精英小青年。我只是感到惊讶，秋水怎么能这么顺顺当当地结婚并安于婚姻，按部就班不是她这种人走的路线啊。我甚至觉得，在企业朝八晚六的上班族生活，也是她不能坚持下来的事。

一个契机，让我和秋水从认识成为朋友。公司临时抽调部门人员组成工作组，我和秋水被抽调到一起工作。人和人啊，相遇不见得相知，更多的只能算是认识。我和秋水从相遇到相知，整整用了十年。

秋水到底是不安分的，打 1987 年 9 月在木槿花下看到她，我就知道。有一种女子，她表面从于婚姻，却未必忠于婚姻，她永远需要补充新鲜蔬菜般的保鲜爱情。爱情对于她，就像水之于鱼，氧之于一切生物。

在安分的那几年，秋水和公务员生下女儿青果。就如秋水而言，我结婚是为了父母，生孩子是为了双方的父母，任务完成，我要为自己活了。

果然遇到了"只爱秋水"。

20 世纪末，网络普及于家庭，对于秋水来说，网络则是适时地拯救了她的那根稻草。几年按部就班的家庭生活，已经让风华正茂的少妇秋水，快窒息成一尾离水的鱼。与"只爱秋水"相识的细节不再详述，缘分开始于秋水在 QQ 上的名字就是她的真名秋水，对方在 QQ 上偏偏起了个"只爱秋水"。仅就他俩的这场相遇，完全可以写成一部《第一次亲密接触》式的小说，总之是你侬我侬，情投意合，两个成年人均投入了百分之百的诚意和粉身碎骨浑不怕的决心。

既然粉身碎骨浑不怕，何惧离婚。公务员是个老实的男人，而这份老实为秋水不喜，秋水需要有征服力的男人，她需要在男人的强权下被奴役成弱肉，心甘情愿，死心塌地，飞蛾扑火，凤凰涅槃。此生我要的，不是温吞水，而是波澜壮阔的海洋。

秋水取得那一纸离婚书并不顺利，因为她是完全的过错方，因为要解体的是一个家庭。我就在一个秋风萧瑟的下午接待了秋水母亲的来访，那是一个为儿女操碎心的老人，身体单薄如风中的银杏叶：你说秋水，也不知道着了什么魔，打小就不让我省心，好说歹说结婚了，又要闹离婚，帮我劝劝秋水吧，她要离婚，我也就黄泉路上快到头了。

妈妈，秋水就是您的冤家。打死也不回头了。放手吧。

蜕了一层皮肉后，秋水与只爱秋水终于各自离婚，双双变成自由人，却尴尬地发现彼此并不被对方的父母家庭接受，国内似乎已无立身之地。一个料峭的早春，秋水和只爱秋水，背井离乡，远走英伦。

接下来，我就时不时地收到来自伦敦的国际长途：我们与人合租房子，我给伦敦一家中产家庭的两个孩子当家教，他送披萨外卖；我们终于自己单租房子啦，我学了驾照，两个人开两辆车；我们驾车环游，爱尔兰的田园风光真辽阔啊；我在拼命写论文，快毕业啦；他不想回国，想要张结婚纸，想要个孩子；我必须回国，我不能让青果在国外接受教育，我不想结婚，不会再要孩子；我们吵架了，老问题，地覆天翻。

终于又一个春天，槐树花簌簌飘落的时节，我又见到了亲爱的秋水同学。她说，毕业，不出去了，在青果学校附近已经租好了房，从此，养育女儿，拼命挣钱。

我看着秋水，我认识你好多年了，从花样少女到而立多年，你怎么一点都没变，甚至容貌。我帮秋水搬家，后备箱里都是书籍，英文的，她喜欢的专业。

秋水去医院查体，她说我要以最好的状态，等待他回国。

到底没等到，半年后，传来只爱秋水上了别的女人床的消息。秋水是谁，感情上有洁癖的女子，宁缺毋滥，眼睛里揉不得沙子。好不了，只有散，再多的哀求都不能挽回。秋水是不给自己、也不给别人留后路的人。

秋水流着泪，问我，为什么？为什么？我这么多年为的是什么。难道时间真的是爱情最大的敌人吗？难道相爱不能给他安全感，给予安全感的只有婚姻吗？

我无以回答。这个世界是大众的，秋水只是小众。在大众的眼里，给予感情归宿的只有婚姻，婚姻是爱情终成正果的集中体现，两个人只有爱情是不够的。孟德斯鸠早有定论，这是个需要契约的社会。

我有时候想起秋水，思考她为什么如此排斥婚姻，即使和挚爱的人。思考的结果是：秋水，貌似强大，内心却很脆弱，她经不起婚姻落地的琐碎，她只想要爱情缥缈的美丽。她知道爱情是短暂的，婚姻是长久的，却永远寻觅短暂的激情。

而秋水毕竟生命力强大，遭受感情重创，自己梳理疗伤后，抖擞抖擞灰尘，仍如一头小兽。经过最初求职的一波三折，秋水终于找到了一生中最适合她的工作，去北京当一名自由的口译翻译，不辞辛苦地飞遍祖国的大江南北，只要那里有国际会议。两年后，秋水在北京买了房、车，每周末经高速回到这个城市，只为和青果在一起。

秋水每次的感情故事，都成为情感事故。

只有秋水。没有爱情，毋宁死。

我的朋友秋水终究是个情商高于常人的女子。我终于又听到了她的爱情故事，在回国几年之后。听说只爱秋水回国的时候，直接去了峨眉山。峨眉山的仙气能指点他什么呢？他们再没见面。以秋水的秉性，相见争如不见。只爱秋水是了解这一点的。

秋水快乐地说，偶然的机会，我与 Wood 教授又联系上了，很久没有这样的感觉，我以为永远不会再次爱人和被人爱。秋水哭着说，我受不了了，往事重演，我讨厌肝肠寸断，我这辈子注定孤老。Wood 教授，秋水国外求学时的客座教授，美国名校毕业，某公司高级主管，白宫某部特聘的特殊人才，钻石王老五，居住在洛杉矶富人区。

秋水再次为情哭笑，我知道她又活过来了。只有心中充满爱情的秋水才是水源丰盈的秋天之水，润泽，灵动。妩媚倍增。

依旧还是老问题，秋水不想结婚，不想生孩子，不想把青果带到国外。我对秋水说，你有病，多少人巴不得攀上美国亲戚呢，何况木头先生那样优秀，你却被人求着还不干。快点嫁吧，秋水同学，我还等着孩子将来出国请你当监护人呢！只求将来生的孩子像你，别生就一双深深的蓝眼睛。结婚吧，你结了婚，我就省心了。

我对秋水，有一种没来由的心疼，在她身上，我似乎看到自己的 B 面。不仅是我，我想许多女人在秋水身上都依稀看到了自己的影子。却也仅仅是影子，一个想法的魅影。秋水一生追求自我，敢爱敢恨，爱得起，放得下，羡煞旁人。秋水在世俗抨击的唾沫星里孤军奋战，把许多女人暗夜里才袒露给自己的梦想做实。欣赏秋水，一定要超越世俗，不能把她当作一般的女人，以及男人一般的妻。

秋水是水中的绝色，秋水为女人中的异类。

不管秋水与洛杉矶男是否真的能跨越空间、时间、种族、习俗等障碍，成就一份跨国的爱恋，我都希望有个男人真正懂她，欣赏她，给她永远的爱，哪怕他在天涯海角，或银河的那一端。

如果，你遇见了秋水，并喜欢她，认可她，请你一辈子接受她，用爱痊愈她的爱情绝症，真正做到——只爱秋水。

西　厢

　　姨奶奶远嫁，是奶奶在世时，我们家大人间永恒的话题。

　　牵出话题的总是奶奶。一家人在暖炕上围着簸箕剥花生，花生果窸窸窣窣的破碎声里，奶奶叹口气说，我这娘家人口本来就少，只剩下一个姐姐，还跑得那么远。关于姨奶奶的话题，也只在自家的炕头上讨论，出了篱笆院，大人们三缄其口，就是葫芦秧听见了爬到邻居家，也会被扯回来。扯回葫芦秧也拦不住姨奶奶的故事在村子里流传，况且时不时的姨奶奶就回趟老家，用她那类似行为艺术的行为加以佐证。必定是在八月十五月圆之夜，奶奶家的西厢房里，姨奶奶支起用宣纸糊了的格子窗，化了脸，穿了戏装，水袖轻舞，趁着一轮清月以及清月下摇曳的瓦楞草，在没有京胡伴奏的情况下，婉转吟唱：

　　　　碧云天，黄花地，西风紧，北雁南翔。问晓来谁染得
　　霜林降，总是离人泪千行。成就迟，分别早，叫人惆怅，
　　空有这柳丝长。驱香车，快与我把这马儿赶上，那疏林，
　　也与我挂住了斜阳，好叫我，与张郎把知心话儿讲。远望
　　那十里亭，痛断人肠。

就这场面，不要说篱笆院了，也不要说在本村，就是那二十里外县城的大门，都关不住这一枝已然绽放的红杏啊。月到中秋时节，村子里不见红杏，只有那月亮中的桂花，寂寂地遥远飘落。

在我的老家冀东平原，特产的曲艺是评剧和乐亭大鼓，这是本土的福份和荣耀。我童年小伙伴素荣的姑姑，就是唱乐亭大鼓的，嫁到相隔二里地的外村。夏日的晚上，皓月当空，在有一棵大柳树的大队场院前，支起一个鼓架，素荣的姑姑缓缓走来，左手拿两个"铜片"，右手敲鼓，身边有一个盲人琴师弹弦。"铜片"清脆，鼓点悠扬，琴弦响处，人声起：陈桥兵变炎宋兴，南唐北宋起战争。赵匡胤兵发伐寿州地，就与南唐大交锋……这是乐亭大鼓传统曲目《双锁山》的开头。

如果说乐亭大鼓只在我们本土流传，那么评剧可是走了出去，全国闻名。尤其是新凤霞版的评剧《花为媒》电影放映后，我们小孩都能唱几句张五可小姐的《报花名》：夏季里端阳，五月天。火红的石榴，白玉簪。爱他一阵，黄啊黄昏雨。出水的荷花，亭亭玉立在晚风前。

姨奶奶在八月节晚上唱的，不是乡民们熟悉的评剧和乐亭大鼓，而是高雅的京剧，《西厢记》中送别一场，相国小姐崔莺莺送张生去赶考，发生在普救寺里的爱情要面临离别的考验。姨奶奶每每在八月十五前回老家，用心铺陈着一出戏，多年只唱这一场。西厢房里空间小，粗缸瓦罐老鼠洞隐匿着神秘的黑，只有一盏油灯如豆。姨奶奶移步到土院，院子里高大的臭椿树叶子正红，新夹的高粱秸栅栏散发着新粮的清香。姨奶奶唱腔哀婉，身影姗姗，只唱得广寒宫里的嫦娥掩袖而泣，天上的月就被罩上了一层轻纱。中秋时节天黑得早，又没有电视和夜生活，月朦胧，鸟朦胧，不仅嫦娥，整个村子都是姨奶奶的听众。

听大人们在剥花生或撸玉米等农业劳动时讲，故事是这样的。这样的故事，在开题前，大家都猜到了，必定是个爱情故事。因为是从和粮食作物有关的劳动场景中听到，这样的一个爱情故事，就散发着花生或玉米的味道，硬硬地带着香，可以充饥。

姨奶奶王素贞，与白娘子同名，生于民国时期，和胡兰成笔下的张爱玲一样，是一个民国时期的女子。如果不出意外，姨奶奶会和奶奶一样，二十岁左右出嫁，把大辫子在脑后挽成个髻，嫁一个农夫，生几个孩子，过一个乡村女子正常不过的荷锄生活。但意外来了，改变人命运的多是意外，然后带来意外的喜悦或悲伤，成就一个人平凡但跌宕的人生。

世事多艰，人如飘蓬。

在姨奶奶出落成待字闺中的少女时，县城来了一个唱京戏的戏班。姨奶奶和奶奶都大字不识，出嫁时节正赶上打仗，先是打小日本，接着是内战。奶奶十九岁嫁给爷爷，适逢乱世，父母因病双亡，世上只剩一个哥哥、一个姐姐。有一次日本人扫荡到吾乡，全村人跑反，奶奶不幸被抓到王家大院。奶奶的哥哥也不幸被日本人捉住，日本人命令他带路，将他的双手拴在马尾巴上。人腿怎么能跑得过马腿，奶奶的哥哥跟着马跑得口干舌燥，肺几乎要跳出胸膛，偏偏被放后喝了一瓢冰凉的井水，于是肺裂而亡。奶奶，我矮小瘦弱、一生没享多少福的奶奶，就只剩下一个下落不明的姐姐——我的姨奶奶。

流落到本地的京戏草头班，不过是一个卖艺谋生的小集体，也只上演几出折子戏。戏台搭在县城最繁华的集市上，集日是集会，平日是空场，碰上这样难得的热闹，四外八庄的人都去凑。相比评戏和乐亭大鼓，看京戏既新鲜又时髦，有钱人都请京戏班唱堂会。

戏台搭了半个月，白天上演些小戏，大戏安排在晚上。红灯笼挑出一张红纸，上书：《西厢记》，白玉演崔莺莺。《西厢记》里的折子戏，那一场戏不是拷红，也不是拜月，而是送别。白玉扮演的崔莺莺扮相端庄，声音婉转，眼光灵动，举手投足间把一个分别场面渲染得如泣如诉，使戏台下听戏的民众耕者忘其犁，锄者忘其锄。彼时正是碧云天、黄花地时节，白日里一群大雁呈之字形飞向温暖的南方，黑夜里西风开始发紧。看了几出戏后，大家就看出了一些眉目，台上扮杨贵妃、虞姬、崔莺莺的是一个男人。这也不足为奇，四大名旦不都是男的吗？但毕竟是个小地方，乡民们见的世面少，小小的草头班成为乡民们饭后的谈资。

人群中有一个姑娘，身材高大，容貌清秀，大辫子垂到腰际。大姑娘本来是和女伴们一起来凑个热闹，看个新鲜，顺便吃串糖葫芦啥的。可是，就这样一个姑娘却痴迷上了京戏，并且极为崇拜扮青衣的男演员白玉，成为白玉众多粉丝中的杰出代表。

关于那段往事，奶奶是这样说的：我姐白天看，晚上看，回家把白布被头撕下来当长袖耍，大字不识却背下了戏词。去后台找白玉，把新刨的花生送给人家，给人家打洗脸水，递毛巾。村里人指指点点，把我爸妈气个半死，打，往死里打。王素贞是锁上门就跳窗户，堵了窗户就卸门框，就差把房盖儿掀了，后来就绝食，不吃不喝。

王家的大闺女素贞，看上了唱戏的，此事在当时比听戏还热闹，比桃花还要娇艳。姨奶奶看上白玉，那白玉也是苦出身的江湖艺人，身世浮沉雨打萍，遇上姨奶奶这样死缠烂打的妙龄少女，也不禁怦然心动。于是两人合演了一出西厢记，八月十五私定下终身。

打开姨奶奶房门铁锁的，是战争。又一轮的跑反开始，全村人都在逃亡躲避，鸡飞狗跳，暴土狼烟。在日本鬼子进村前，奶奶的哥哥打开了房门，把虚弱的姨奶奶交给了白玉。跑吧，远远地跑吧，只要不被日本鬼子的洋马追上，只要能活命，尽管跑吧，哪怕天涯海角。

姨奶奶终于跟着白玉进了戏班，在那战火纷飞的乱世，背井离乡，只身随着爱情流落到了北平。北平之于我们冀东平原，对我姨奶奶来说，也算是天涯海角了。但，那白玉是何等人也，那北平又是何等地方。白玉不是龙，是条鱼，在鱼龙混杂的地方，他却梦想成为一条龙。正值年少的清秀男子，戏台上婉转妖媚，貌若貂蝉，褪去流浪的胆怯，深入粉红世界的繁华，终渐渐成角儿。而王素贞呢，除了对京戏的痴迷和对白玉的爱恋，一无所有，拼死跟随离家出走，凭的是一鼓作气，来到这花花世界，胆怯如兔。

白玉，除了你，我什么都没有：家，父母，以及自己。

像电影里的情节一样，旧时成名的戏子，不是被官僚军府看中，就是被富家小姐、太太争夺。捧红白玉的是东北富商家的小姐，我捧红了你，你就得跟我走，这是俺们那疙瘩的规矩。

素贞，对不起，我辜负了你。成就迟，分别早，叫人惆怅。

偏偏又到八月节，碧云天，黄花地，薄情年少如飞絮。开往东北的火车，哪里是崔莺莺的快马香车赶得上的。况且，徒步奔来的王素贞还没来得及抵达那十里长亭，已痛断肝肠，一头撞向了站台上的水泥立柱。

奶奶出嫁后某年的中秋，接到一封陌生来信，地址是遥远的昌平。信上说，你姐姐已经成家，嫁给了戏班里的伙夫，落户北京昌平。家里一切可好，父母大人、兄长幼妹可否平安，不日返乡。

姨奶奶命大，在撞向水泥柱的危急时刻，被及时赶到的戏班伙夫拉了一把，虽然也头破血流，却不至于毙命。宿命已定，认了吧。无可奈何花落去，从此，天上人间。其时新中国已经成立，战火停息处，奶奶的父母、兄长皆亡。一抔净土，掩风流人物，也埋黎民百姓。姨奶奶和奶奶见面，泪飞顿作倾盆雨，再见亲人已惘然。

姨奶奶回乡，住在奶奶家的西厢房。于是，吾乡人有耳福开始在中秋之夜，聆听王素贞吟唱《西厢记》，多年却只听得送别一场。

问晓来谁染得霜林降，总是离人泪千行。远望那十里亭，痛断人肠。

我小时候去过一次姨奶奶家。姨奶奶病重，昌平的亲戚捎信来让去看看，于是奶奶带了姑姑和学龄前的我，坐上了开往北京的火车。我年纪太小，记忆模糊，以至于我总是认为考上北京的大学后，才是第一次进京。其实不然，那次和奶奶、姑姑去昌平，必须经过北京城。去昌平的经过，后来被姑姑描绘得很感人。在北京火车站，从没有出过远门的三代农村女性被人民列车员很是照顾了一把。姑姑拿着装满农产品的黑提包，与奶奶和我失散了。少女姑姑被人民列车员送到广播站，人民广播站倾情广播，终于找到了奶奶和我，并被送上开往昌平的汽车。

纵是新社会了，北京之于冀东平原的农妇民女，一如天涯海角。姨奶奶，我们沿着你走过的路，寻你来了。

姨奶奶病后就只回过一次家，也是最后一次回老家，依然住在西厢房。我已经读小学，记事了。是夜，庭阶寂静，万籁无声，只有桂花香暗飘过。此次回乡，姨奶奶把戏服、胭脂红、孔雀绿，一把火，烧在了她父母的坟前。父母大人，女儿不唱了，素贞叩拜。

是个晴朗的白天，姨奶奶站在院子里，温和地冲我笑，语声轻柔：要好好念书啊。彼时，农家院里幼小的我，正坐在板凳上用白薯刀旋白薯，一片一片的薯片被晾晒在秋阳照耀的大地上。我抬起头仰视姨奶奶，先看到的是姨奶奶背后白云衬底的蓝天，高大的臭椿树，以及西厢房的屋檐。然后才看到立于天地间的姨奶奶，头发齐耳，整洁地别在脑后，白衣黑裤，目光清明，凛然如仙。

在我墨如黑豆一样的眼睛里，姨奶奶虽不是角儿，却真有范儿。

红花和红酒

北方初春的早晨，微风清寒。阳光却好。推开门，差点一脚踩空，恍惚在期然而至的明亮里。

我坐在出租车上，往正东行，阳光隔着玻璃窗直接照进来。不禁闭上眼睛，眼前立马跳跃出一片一片斑斓的红：有时候是鲜红，像我昨天网购的那方手帕，不，像漂在水盆里的红花；有时候变得深红，是阳光被高物遮挡，像我前天代购的那款口红，不，像盛在酒杯里的红酒。

似乎地球上每辆出租车都喜欢开着广播，想来是一个人工作的缘故。这个职业时时刻刻应酬着人进人出，却是寂寞无比——遇上的都是过客。我戴上耳机，听虾米音乐，一首优美的钢琴曲缓缓而出，从耳朵落在心里。出租车的广播正在播放某款保健产品的早间广告，我猜测是司机懒于换台。幸好有人发明了耳机，使我可以将自己隔绝于出租车司机的寂寞和广告节目的无聊中。

斑斓的鲜红和深红在眼前交替跳跃，一会儿是落在水中的红花，一会儿是盛在杯里的红酒。那首钢琴曲的名字叫《Just For You》。

昨天晚上在"花草志"微信群，我们谈起林语堂。皆是因为最近在读《苏东坡传》中文译本的缘故。

群里有一位英俊儒雅的福建青年，目前正在东南沿海省亲。

我问他："小林啊，你家与林语堂家有什么关系吗？"顺便在发言栏打上一个龇牙咧嘴的笑脸。

他回了一个流哈喇子的色色表情包，"有哦，他家就住在我家隔壁……"此处他特意留了个省略号，然后回车换行。

我们正表示羡慕嫉妒。他又龇牙咧嘴："县。"

小林继续："福建的林姓，据传都是林禄之后，所以我和林语堂算是有点关系。不过，你一看到林语堂就想起林两荫了吗？"

"我正在读林语堂的《苏东坡传》，继而对'林'起了兴趣。看纪录片，知道他出生于福建漳州，就想到了你！你们福建林姓的名字都这么好听吗？"我都没好意思说，其实根本不知道林禄君是谁，感觉是林氏一族在福建的鼻祖。

我俩开了头，接着群里就热闹起来。想来是春分过半，南方花儿朵朵，北方野菜棵棵，南北方都萌发新生的缘故。

久不露面的"茨威格"说："好巧，我也在看这本书。"

久不露面的"生活只剩呼吸"说："林语堂的妻子是鼓浪屿上一个富人家的女儿。我特意在鼓浪屿寻了那家看，情景已经破败不堪，若不是有人指给我，几乎找不到。那所宅院在鼓浪屿深处，里边堆满杂物，正房已被辟为一个批发兼零售劣质纪念品的仓库。他们结婚时住的偏房紧锁着，透过门缝往里面看，楼梯已经坍塌。"

"生活只剩呼吸"也许平时净忙着呼吸，很久没有说过这么多的话。

久不露面的刘迪艾特了"生活只剩呼吸"："我去鼓浪屿时也寻到了林语堂故居，的确很破旧，附近还有一个卖肉串的大叔，呵呵。"

我艾特茨威格，握手："巧啊，同看一本书。那你是喜欢林语堂还是喜欢苏东坡？"

茨威格回复："真太巧。我也去看过林语堂结婚的那个房子，好像他们的后人还住在里面，算是私宅吧。"

生活只剩呼吸艾特茨威格："我去的时候，那个批发商经营者说是私宅，他只是租赁，主人很久才来收一次租金。"

茨威格："我们走到那个巷子时，看到卖小吃的，就买了吃，然后问他林语堂的宅子。他说就是这家。他们只住了一部分，他老伴是林语堂夫妇的亲戚。好像如此，记不好了。"

生活只剩呼吸："嗯嗯，也可能旁边的院子都是，按理说富家宅子应该更大一些，也许我们看到的那一片儿都是。"

我说："我去的时候，在一个台阶上坐下休息。导游指着后面一座新古典主义的老建筑物说，这就是林语堂结婚用的教堂。可是天太热，我太累，也没留意。记忆中有年轻男女在拍婚纱照。"

看我们这群人，意趣相投，去厦门都过海去了鼓浪屿，然后环岛寻找大师留下的那缕光辉的蛛丝，并且，没有一个人感叹说这别墅目前得值多少钱啊。

我稍作停顿，稳了一下情绪，"大师啊！该保护的。"

刘迪："嗯，应该保护修缮一下，太颓败了。"

生活只剩呼吸："所以，以前对他的保护都不太重视。"

茨威格："该保护的。"

我说："既是私产，政府不好出面吧。"

生活只剩呼吸："明天给你们找找当时拍的照片，有图有真相。"

刘迪："回头我也找找去。"

林两荫："我回头倒可以去他老家看看。他老家是平和县的，和我们漳浦县紧挨着，还好，不算太远。"

我说："我对他很感冒。拙作《尘世是唯一的天堂》的书名就是出自林语堂。可是，林语堂和梁实秋，我有点傻傻分不清了，你们有什么窍门吗？"

潜水半天的"米粒儿"爬完群里长长的楼梯后，发言："一个姓林，一个姓梁。"

和一群有趣的人聊天的确很投契。那晚"花草志"群谈到很晚，破例没有谈及花草。我看时间不早了，就煮了艾叶加红花，用来泡脚。脚盆放在餐桌底下，餐桌上摆着手机。我一边看有关林语堂的纪录片，一边在"花草志"聊天。可是没多久，我就意想不到地睡着了。等我醒来时，林语堂那八十多岁的女儿林相如正在平和县林语堂纪念馆的院子里夸赞红心柚，资料显示当年是 2011 年。

你看，政府不是没有保护大师。鼓浪屿上的那所建筑于十九世纪中叶的廖家私宅，也该有后人做修缮事，那么多人来岛上探访林语堂故居，希望看到一个让人安心的情景，何况又不差钱。

林语堂先生出身于福建漳州平和县一个基督教家庭，是家里的第七个孩子。因父亲是乡村牧师，所以他得以入学鼓浪屿的教会中学和上海圣约翰大学，父亲希图他将来接班。林语堂本来与圣约翰大学同窗好友的妹妹恋爱，因为女方家长不同意而分手。这位义气的同窗好友遂将隔壁家的小姐介绍给林语堂，而其兄弟也是林语堂的好友。廖翠凤就是这位小姐，鼓浪屿首富廖家的二女儿，如此，大师的姻缘成就。林语堂用英语写就《京华烟云》和《苏东坡传》，意在向西方介绍中国文化，他本人也曾多次获得诺贝尔文学奖提名。上述两本英文原著的中文翻译中，以台湾张振玉先生的译本最为流传。

不知道为什么，那段前所未有的思想变革的大时代，我觉得好比红色，鲜的红、深的红，兼有红花之美和红酒之味，可疗伤，亦可沉醉。

晚饭的时候饮了点红酒，据说能抗氧化和促睡眠。果真，在红花和红酒的双重作用下，我罕见地一头栽在桌子上睡着了。睡眠比往常来得早一些，脚下的红花汤在梦中慢慢变凉。

然而，似乎也没有梦见什么。

第二天清晨，我推开门，一脚踩在令人恍惚的阳光里，因为明亮，差点踩空。迎着初升于正东的新阳，我在出租车里闭上眼，看到一片一片的红花和红酒跳跃着略过。真想就这么一直走向远方。那首陪着我的动人情怀的钢琴曲叫《Just For You》。

朗读课

对于门庄小学 1983 年毕业的那帮孩子来说，人生中又一个同龄的冬天如期而至了。

季节多么准时，时间多么公平，从来不会单独为谁早到或迟来一分一秒，可是脚下的路已经不是三十几年前的路。然而，回忆这东西就在这条无法回头的路上产生，在 20 世纪 80 年代初年的冬天，路上生长着一棵开满白色芬芳花朵的三月雪。

事隔多年后，又是在隆冬，有热心的小学同学建了微信群，于是儿时的小伙伴们在网络里重逢了。与其说是重逢，毋宁说是新识，隔着漫长又迅疾的岁月回望，关于那段珍贵的人生初体验的美好时光，你能记得几人？

我始终，始终记得李老师和她的三月雪。

许多年以后，我成了一名文学青年，思忖虽然没有实现当作家的少年理想，但这一点延续下来的业余爱好还是给予了生活许多慰藉，而绒线团的开头就是李老师和她的三月雪。它开始于——冬天里，窗外落着雪花，教室里围着炉火，进行的一次开辟鸿蒙般的朗读课。

那时的冬天真冷，寒风凛冽，能冻掉男生们鼻涕长流的红鼻子。李老师的家在青龙河那一边的邻村，冬天需要踩着河里的冰来学校上课。有一天下午，天空飘起了雪花，最后一节自习课上，梳着两条长辫子的李老师在讲台上拿出了一本书，不是语文数学教科书，一个年轻的乡村女教师拿出了一本书，神秘而俏皮地说，我们今天在下雪天读书，读小说，你们可要认真听。没有谁这样要求她，也没有谁会想到，我们的李老师拿出了她精心挑选的一本小说，在肆意飘雪的寒冬，在窗子上糊着塑料布的教室里，围着温暖的炉火，开始了对这些顽童关于文学、关于精神、关于世界的启蒙教育。

我们的确是一群顽童，和大地上随着季节自然生长的野草野花没什么区别。从小没有读书的习惯，家里也无一本藏书，只知道小人书、唐诗和评书，分别来自供销社的柜台、语文课本和戏匣子，它们是我们童年时期唯一接触到的精神食粮。我们也只知道作文，不知道什么是散文、小说、诗歌，而我们的李老师，一位朴素端庄的乡村女教师，在那个朴素纯真的年代，跨年级、跨年龄、跨时代地让我们聆听了人生中最动人的一堂朗读课。

那本书的名字，我一辈子都记得，短篇小说《三月雪》，作者萧平。

故事情节只记得大概：抗日战争时期，小女孩小娟，和我们的年龄差不多大，跟随教书的母亲刘云住在村子里，刘云其实是一名共产党员，在村子里组织抗日。不幸的是，小娟的母亲在一个漆黑的夜晚，被敌人杀害，牺牲后被埋在村口那株叫做"三月雪"的大树下。将敌人打败后，小娟去看望母亲，村口的三月雪迎着阳光盛开，发出浓郁而清冽的香气，洁白的花像雪一样飘落在树下的坟墓上。

外面北风呼啸，教室里温暖安宁。煤炉子烧得很旺，弯弯的长烟囱从塑料布的窗户伸到外面的世界，白色的长呼吸消失在村庄的尽头。年轻的乡村女教师，用区别于当地口音的普通话，在教室的过道中来回走动，用清脆的嗓音给自己的学生们大声朗读一本叫做《三月雪》的小说。教室里一片安静，仿佛外面的大雪覆盖了一切，连班上最调皮的男生都屏住了呼吸，恨不得一脚踢死地主恶霸，女生的眼睛已经湿润，希望自己就是革命先烈的后代小娟——美丽洁白的三月雪花瓣开放在一群懵懂少年同样洁白的心中。

世界如此喧嚣，又如此宁静。

正是由于李老师的启蒙，从那一堂朗读课开始，我喜欢上了读书，并且暗暗地树立了要当一名作家的理想。老作家萧平的儿童文学作品《三月雪》，无论是当时朗读课上真切感受到的革命励志精神，还是多年不能忘怀的文字美学，成为我的作家梦最初的源泉和驱动力。

我们都很喜欢李老师的朗读课。冬天的大雪多日不化，学校的南面就是广袤的田野，一直白茫茫了很多天。值日生每天下午都将煤炉捅得热烈，因为李老师之后连续利用几个自习课，给我们朗读《三月雪》和另一本科幻小说，那本我忘了名字的科幻小说让我们更觉新鲜，之前我们从不知道什么是科幻。

我开始喜欢作文，偶有范文被李老师夸奖，便高兴坏了。

我向母亲申请了资金，开始订阅纯文学少儿读物《少年文艺》。就如它的名字，《少年文艺》是我们这个年代的人在少年时代最美好的阅读。在一个乡村小学里，一个无知少年手捧着带着油墨清香的书籍，小心地打开书页，自顾自地沉浸在文字带来的精神冲击中，一个新世界被打开了。

我的阅读生涯也随之开始，开始于一本叫做《三月雪》的书和一棵叫做"三月雪"的开满白色花朵的树。我畅想着，三月雪是不是如院子里那株最大的槐树，挂满了香喷喷的可以吃的花朵呢。而这棵树，是我的小学毕业班李老师种桃种李种春风辛苦栽下的，在那节令人终生难忘的朗读课。

来年夏天小学毕业考试，怀有身孕的李老师送我们去镇上参加小升初考试，那是我最后一次看到她，后来听说她调到了婆家所在的村子教书。此后三十多年，一路马不停蹄地离开家乡，倏忽走到中年的地界，我忽然不想向前走了。

微信群建好后，同学们都很兴奋，纷纷寻找旧照片。找来找去，发现就我们五三班没有找到毕业合影。我灵机一动，在群里打听到李老师在邻镇一个叫做"夏花园"的村子教书，而正好叔叔在镇政府工作，就托他帮忙打听。"夏花园"实际上是音译，但我希望李老师住在夏天花园样美丽的地方。

终于，我激动而小心地打通了李老师的电话，隔着从小小少年到人到中年的长距离回头，三月雪还是那段初始岁月枝头最动情的花朵。李老师果然保留着我们的黑白毕业照，并且，居然还找到了我的小学作文。我笨拙的笔迹，我幼稚的文字，我最初的萌发，都藏在——当了一辈子乡村小学教师李老师泛黄的相册里。

我告诉李老师，我写了一本书，在一篇叫做《旧物的风声》的文章中，想念着李老师和她的朗读课。李老师的儿子用微信传来了已经模糊的黑白老照片，我们毕业那年，他还在李老师的肚子里呢，所以他出生于 1983 年。

我后来突发奇想，网上一搜，果然没有失望。我特意从当当网购买了一本《三月雪》，才知道萧平先生的这篇短篇小说被选入百年百部中国儿童文学经典。我们的李老师，在所谓的毕业年，在没有上级教育局统一要求的情况下，自作主张地利用所谓的宝贵复习时间给我们上了一堂终生难忘的朗读课，让教育的种子蒲公英一样自然地扎根下来，真是让人敬佩。

萧平先生有着孩童般的调皮。那棵叫做"三月雪"的树，是真实存在的，且有原型，只不过应该叫做"四月雪"，长在故乡山东省乳山市瑞木山村东的山坡上，年轻的萧平曾在那里担任教职。每年农历四月，四月雪花开盛雪，清香延绵数里，为了文学审美的要求，萧平先生叫它"三月雪"。"三月雪"，也就是"四月雪"，还有一个美丽的名字叫"流苏花"。我搜来照片看，花开如丝，流苏繁缀，一树成林，漫山遍野都是春天。

作者萧平，一生从事教育事业，于 2014 年去世，享年 89 岁。我的小学老师李兰英女士，生于 1956 年，退休后在天津照看孙女，据说那个孩子已经认识了许多字。《三月雪》于 1956 年发表于《人民文学》，被评为当年最有影响的短篇小说。

今冬无雪。洁白的流苏花要等到来年春天再次开放。

我一个人在房间里大声朗读《三月雪》，好像座下还是那群眼神里充满渴望的孩童，仿佛那个端庄美丽的乡村女教师，在雪花纷飞的寒冬，用她清脆温暖的声音，给我们重新上了一堂三十几年前的朗读课。

疗养院的树

疗养院在海边。出了南门，过马路，上台阶即是海上公园。

因为太近，以为晚上能听到涛声，谁知疗养院颇大，百亩园区内分布着十几所住处，房间走廊又曲折迂回，夜晚并没有枕着想象中海的声音入梦。这是异乡，寂静的夜晚忽然醒来，仿佛依然在梦中，一时不知身在何处，耳中却隐隐传来波涛之音。心里想着到底是来到了海边，于夜的安静和波动之间，不知不觉又沉沉睡去。及至次日来临，世界重新清醒，思考着毕竟是住在海边而非海上，距离大海尚有一定的距离，疑惑夜晚的涛声究竟从何处而来？等到走进阳光充足白云朵朵的疗养院大院中，看到随处高大繁茂的松树林，大梦初醒般，方才晓得夜晚隐隐听到的是海洋风吹过松柏树发出的阵阵松涛声。

我们住在海边疗养院，可不是专门过来海边疗养的。我们参加一个学习班，被称为学员。这很幸福。放眼望去，疗养院里树木真多，且深藏古树。这更幸福。可一般人并不知情，潦草路过，忽视时间和神秘，未免降低了幸福感。

除了我，没有人注意到那些树，这让我很孤单，处在百十来人的临时集体中更感孤独。如果有人也和我一样，暂时脱离人群，踩着早晨的露水去寻找一棵棵古树，发现它们的年轮，然后深情凝视它们已逾百年的树干，怀有崇敬之心抚摸粗糙的树皮，仰头看遒劲的枝条在天空交织成一片别样的景致，背后衬着辽阔的蓝天和白云，岁月千载空悠悠——我将会很高兴认识他。

我是因安静的夜晚不知来处的松涛声发现疗养院里生长着很多松柏树的，它们粗壮高大，一树成荫，在草地上或空地间成了树林，在道路上排成树行。可我却是在早晨独自寻找合欢花时发现那些古树的，我一一发现它们的时候，手里握着粉红色的针状落花，露水沾湿了鞋袜。心情却是极妥帖，像找到了被岁月深埋的宝藏。

夏天已到，曾经灿若烟霞的春花都结成了果，夏花不如春花繁盛。有一种树的花期却在六七月的盛夏，它叫合欢。在疗养院的松柏路上散步，我远远看见树林和青草间闪出了一片粉色，毫无疑问，那便是美丽的合欢花开了。这一次，尤其诱人，是海边的合欢。

我特意趁早出了房门，一个人。走在枝枝交通的松柏路，经过一棵高耸入云的老榆树，再弯腰穿过阴凉的紫藤架，还没有抵达开满针状花朵的合欢树，眼光就被一株粗壮的银杏树生生截住，它，好粗好高好英俊啊。

小心翼翼走近这株绿油油的银杏树，它巨大如伞盖覆下了阴凉，我心里想的是如果是秋天的话，它将多么美丽，如童话。金黄的扇形叶片缓缓落下来，堆积在海滩，让人不禁记起张枣的诗：望着窗外，只要想起一生中后悔的事，梅花便落满了南山。

目测过去，这株两搂粗银杏树的最高枝条，应该可以伸到五六层楼的窗户吧。不知住在这里的人推开窗，看到秋天金色的银杏叶落满了海滩，心里想的是不是这一生中后悔的事。

然后我便看到了标牌：银杏，国家三级古树，树龄105年，树围1.75米，树高10米，2011年10月。如此，这株银杏如今112岁了。

原来疗养院中藏有古树。发现这个秘密，我极其意外和欢喜。这片海滩我来过数次，也曾在遍植松柏的沿海公路上走过多次，那么，唯有这一次我发现了内核。

我们虽然不是专门来疗养的，但享受着疗养的待遇，站在院子里就能看到海，过了马路就是海滩。不仅如此，夜晚听到的阵阵松涛，是风吹过古树的声音，很悠远，很有况味。

那株约300年树龄的侧柏，就生长在培训楼的入口处。主干上分出了很多侧枝，每根侧枝都长成了一棵树，所以看上去是一棵大树擎着一群小树。这是我在疗养院发现的最古老的树木。百年来，有数不清的人来了又走了，简直是你方唱罢我登场，度假胜地嘛。可是，与尊敬的侧柏君打声招呼的人能有几个。人类的脚步太匆匆了，以至于忽略了一棵300年的树，此君才是这里最早的主人。

四号楼那里有一棵貌似比这棵侧柏还高，小树一样的枝条更多更蜿蜒向上，离海也更近，可是没有标牌。我在花房请教一位拿着水管浇草地的工人，他说没有标牌的话谁也不知道年龄。是啊，他只是花房一位干活的普通花工，不是植物学家，有理由说不知道。可谁知道呢？总不能伐倒树木一圈一圈数年轮吧。

疗养院还有其他古树。比如花房那里有一株约 180 年的油松，比这片海滩被开发的历史还要早。培训楼那边有一棵 108 年的白皮松，比疗养院的历史还要早。多棒啊，在历史的河流中，它们活了下来。树根吸取着地下的营养，枝伸向辽阔的蓝天，不远处就是包含盐分的古老的大海——人类的故乡。

白皮松很漂亮，疗养院有很多棵。阳光打在迷彩服一样光滑的树干上，让人忍不住去抚摸那白色、青色、红色相间的皮肤。呀！多么漂亮的树先生啊。

除了松柏，疗养院还生长着洋气的古树呢，比如年龄过百的五角枫和槲栎。五角枫我认得，不过没见过百岁的。我错将槲栎认作了蒙古栎，一看标牌才知道错了，不过它们的叶子真像，都是壳斗科栎属，是同宗。

五角枫和槲栎太美丽了。如果说松柏像园子中孔武有力的男性，这两位就是端庄优雅的太太了。只是他们不能通婚。

有一棵不足百年的树种也挂了标牌，我凑近一看，是中国梧桐。不是法国梧桐，没错，就是传说可以引来金凤凰的梧桐，高达五层楼。梧桐青青，亭亭玉立，在海边召唤着凤凰栖息。

这座疗养院建院 70 年，这片海滩被开发成度假胜地不过 120 年，可是这里生长着 300 多年的古树。300 年又算什么，眼前这片看上去并不蔚蓝的海域，又是多大岁数呢？二叠纪还是侏罗纪？放置在地球的生长史中，不要说大海了，人类连树都活不过，在大自然中如此渺小，又何必如此喧嚣。不如，像树一样宝贵地沉默，守护着大地，像大海一样成为故乡守护着地球。树和海其实一直没有沉默，它们合作演奏夜晚的松涛，哄人类入梦。人类，只有得到大自然中伙伴的庇护，才能安眠。

所以，瞧，这一次学习的福利多好。只要想起古树就在身边，合欢花就落满了海滩。偏偏那两株合欢树比较年轻，20岁左右的样子，还是个年轻姑娘呢，她们是松柏和五角枫槲栎的女儿吗？我在一首小诗中称她们是百年合欢，那是借了隔壁银杏树的寿，我希望疗养院里全是古树。

有树就有鸟儿。我在早晨至少听到五种不同鸟儿的声音在树上起落，也看到麻雀旁若无人地在松柏路上散步，喜鹊在落满毛毛虫样落花的栗子树下悠然自得。这个时候，你便觉得，疗养院的主人是鸟儿。扭头看到不远处的大海，你又觉得，这世界的主人是大海、白云和古树，人在其中，仿佛成了觅食的鸟儿。

住在海边，几个人坐在沙滩上等着月亮升起来。月光皎洁，投在海水里映出一份斑驳的分明，好像在黑夜的海里腾出一条闪光的路，那是通往月亮的路。夜空虽然黑暗，月光却很好，盯着盯着又看出蔚蓝和白云来，和白天并没有什么不同。

月亮还没看够，夜已经渐渐入深，几个人只好相伴着回返疗养院。

枕着疗养院的松涛入梦，梦见一望无际看不到尽头覆盖地球70%表面的海水全部变成了淡水，人类回归故乡，在大海里洗澡喝水嬉戏洗衣服，变成了自由的鱼。

那该是这个世界最初的模样吧。

「辑二」

花
痴
记

你看到的山河，未必就是山河。

美丽的胡枝子

当校长的老同学委托我给一个新生儿起名，大概是看我经常码字的缘故。我几乎忘了他上学时学的是英语，曾经是一名站在三尺讲台上执教的年轻教师。过往越来越恍惚，幸好还看得见眼前的路。新生儿父母是普通人家，不需要英文名字，只希望有一个美好寓意的中文名，觉得一名校长必是堪当此任。然而，英文到底和中文差别很大。胡兰成说，中国文明不是社会，是人世。

朋友说 B 超已显示，是个女孩，预产期在中秋节前后。

我问："姓什么？"回答："姓胡。"

天空马上飘来三个字——胡枝子。但在微信上却这样说："偏偏这个准婴儿姓胡，胡枝子的花很美，刚刚认识的，可惜用来叫女孩的名字，现如今一般人，会觉得有些土气。"

枝，五六十年代女孩常用的名字，特别是在乡村和城市平民家庭。秀枝，春枝，玉枝，素枝，红枝，青枝，小枝。总有那么一个叫枝的普通女子，出没于平常的巷陌，默默无闻地过着生活，没有人注意到这些平常的枝子上，也挂满了累累的新鲜花朵。这就是枝的人世。

我觉得"枝"这个名字很好听，款款的一民间女子，有中国山水画的古意。而胡枝子，是一种花，柔曼的淡紫色，在秋天开放，从栏杆上缠绕伸过来的枝条上的确含有古意。

第一次认识胡枝子，是在一次下山的过程中。山很低，不足百米的海拔，不够高度，实在是担不起山的名声。但，却是城里的制高地，著名的公园，市民遛早的好去处，名字还很宽阔，叫凤凰山。

我沿着台阶，从凤凰山北坡上、南坡下。在南坡的护栏下，晨光照耀处，赫然看到了一丛美丽的淡紫色花枝，是花的枝条从护栏外伸到了台阶上，新日的斑斑光点透过树木，正好洒在枝条上。我弯下身，通过手机的镜头捕捉这梦幻一样的淡紫色枝条，面对这不知所措的邂逅，唯有用两个字形容：美丽。

我拍了小视频，第一时间放到"花草志"群里，他们告诉我，是胡枝子。这个秋天的早晨，因为初次遇见胡枝子，我的脚步轻快起来，剩下的百十台阶算什么，我完全有理由雀跃。

隔几天，我和花草志小组转山，深入凤凰山腹地，寻找和认识植物。我刚刚加入花草志小组，虽然都是老朋友，几个因为文字而相识的老朋友，但是研究花草，他们已经先行，并且将整个凤凰山转了个遍，已在"眉力村"公号推出了百余种植物介绍，有模有样。我以为只有自己独自寻花，然后回来默默研究它们的名字，方才晓得我不是孤单的，我有同类。因为文字又因为花草再次走在一起，这种感觉很奇妙。

我们三个人转山，我是学徒。我只不过认识什么蔷薇玉兰喇叭花，他们却认识醴肠虎杖一丈萩，显然不在一个档次。可那又有什么关系呢，只要是走在这林子里，寻找凤凰山中野生的植物，听着寂静的山音，看秋风吹动丝巾，耐得住千般的寂寞万种的离愁，就像这草丛中湮没的美丽胡枝子，一样花开为此秋。

在凤凰山公园，平地上多为人工栽种的花草树木，山坡上多为野生的植物。野生的，为凤凰山自然孕育，虽然很不起眼，也当是凤凰山亲生的孩子。我们沿着北面的小湖转到北山边缘，山体多是石灰岩，脚下就是城市的人行道。我先是抬头在石缝里发现了沙参，植株细弱，却开出让人不忍碰撞的一串一串蓝紫色铃铛。在此之前，我在眉力村公号看到推出过沙参，觉得美极了。如今亲自寻到，心情自然欢欣。已是接近黄昏，街道上车水马龙，我的心情很是平静。就在此时，距离沙参不远的山的转角处，我们看到了开花的胡枝子，也是长在岩石缝隙里。这个季节，凤凰山腹地，开放着多少胡枝子啊。

生命力。请让我感慨一下，绝不是矫情。这条繁华的街道上，每天来来往往的人群和车辆不可计数，唯有三人肯停下脚步和目光，看向岩石的山坡，发现了野生的沙参和胡枝子，想象着明天早晨的阳光照射过来生命的美丽和灿然。

原打算第二天早晨再过来，拍一些晨光中的胡枝子。可是，没能去。第三天、第四天，以后好多天，直到此时的深秋，都没能去。

胡枝子的花期大约一周，纵是在秋天开放，如此细碎的花朵，也不是说能够永远不败，盛花期只有一周。我们的误会是，以为花开了，就会一直美丽下去，以为相爱了，就会一直等下去。

我百度胡枝子的时候，一种说法是胡枝子也叫萩。我又百度了萩，说是一种蒿类植物，觉得那不是胡枝子。"花草志"说，凤凰山有种植物叫一叶萩。

　　我们三人转凤凰山，看到了一叶萩，蓬大的灌木，叶底藏着珠玉一样的果实。看来，萩和胡枝子的确关系不大，但和给新生儿取名有关。我是由于查找胡枝子，才认识了"萩"，一时觉得萩这个汉字好看得很呢。

　　我对校长说，如今给一个女孩当大名，"胡枝子"的确不太容易被接受，枝子枝子，好多人会觉得土气。既然女孩将要在中秋诞生，不如就叫胡萩吧，和秋天有关，和胡枝子有关，也和一叶萩有关，都是美丽的植物。

　　如被采纳，从此人世上就多了一朵花，叫胡萩。

夏紫薇

夏紫薇的妈是夏雨荷。夏紫薇去京城找爹，幽怨地追问："皇上！您还记得大明湖畔的夏雨荷吗？"于是，这一句成了名句。

荷花和紫薇花都在夏天开放，的确是夏天开花植物的代表。湖里的荷花开放的时候，盛夏来临。坡上的紫薇花开放的时候，正值盛夏。不过，紫薇花的花期要长一些，可以一直从夏天开到秋天，而荷花在秋天已经结出了藕断丝连的白藕。

奇怪，我一直不太喜欢紫薇花，可能不太喜欢它的红，觉得它红得很艳俗。又可能是它开在盛夏的缘故，因为不太喜欢夏天，尤其酷夏，汗水让人狼狈，而紫薇花开成那样没心没肺般的鲜红，更是让人心浮气躁。

有一年七月外出培训，庭院里旁若无人地开着一树火红的花朵，经过的人都要为之侧目，并询问是何种花。我用手遮着太阳，没好气地说："还能是什么，紫薇花呗。"听到的人"哎呀"一声跳了一下，指着火红说，"这就是紫薇啊？！"

你瞧，她也不认为这应该就是紫薇。或者说，她也一直知道世上有紫薇这种花的存在，但一直不认识，碰巧认识了，不禁出声，原来这就是叫做紫薇花的啊！

紫薇，多好听的名字。我不喜欢紫薇花，却喜欢紫薇的花名，想来是犯了以名取花的错。紫薇花一直默默开在心里。

　　高中时，有一个美女同学深得男生们的喜欢，如果他们知道她的小名估计会更喜欢，她的小名叫紫薇。但她的大名却很一般，叫丽娟。紫薇的父亲在矿上当采购员，她夏天穿了件粉色纱质暗花领子上缀有飘带的粉色衣衫，就是她爸出差从上海买的，靓丽得很，亭亭玉立如一株紫薇花，我常常偷窥其美色，何况那些小男生。她叫丽娟已经很美，如果叫紫薇，就会显得更美。这是人的名字带给人的美意。

　　事情有时候就是这样。一个相貌平平的女孩，如果名字叫紫薇，就会平添出几分风姿来。所以，我进城后就很在意自己的名字，忒土了，怎么吧唧也吧唧不出韵味来。

　　1998 年，电视剧《还珠格格》上映，万人空巷，连我妈到点都会用家乡话说，去看"还珠个个"。于是，清朝姑娘夏紫薇出现了，去京城找爹，然后追问："皇上，您还记得大明湖畔的夏雨荷吗？"

　　姓夏，叫紫薇，叫紫薇，姓夏。琼瑶阿姨真有才。

　　可能因为觉得"紫薇"这名字太好，看到紫薇花长那样，多少有些失望，连带着不喜欢花朵了。爱屋及乌，爱名恨花，心中总有流不尽的柔情，胸中总有填不满的沟壑，纵有花儿朵朵，到底意难平。

　　夏日的时候，在一个兄长的手机里，看到红色紫薇花的照片。我奇怪他怎么没有问我"此花叫做什么花啊？"一问，原来知道，叫百日红。我说，这不是紫薇吗？他说，这就是紫薇啊！原来紫薇花也叫百日红，那就对了，要不怎么从夏天一直开到秋天呢。

话说某年的秋天，我下了班又去凤凰山散步。秋天的园子略显寥落，春花换成了秋月，黄昏更兼秋雨，平添愁绪。玉兰变成了一树叶子，迎春变成了一丛叶子，杏桃连果都找不见了，且正在落叶，一年又快过去了。忽然，一片鲜艳映入眼帘，定睛一看，是各种颜色还在开放的紫薇。这时节了，唯有紫薇，从夏开到了秋。要知道，秋天开放的美丽胡枝子，花期也不过一周而已。

紫薇花，秋天的紫薇花，秋天黄昏雨中的紫薇花，紫色，深红，淡红，白色，一枝枝美丽的紫薇花看起来让人爱怜。让人爱怜就会俯下身心，俯下身心就会付出宠爱。忽然就改变了对紫薇的看法。不是它当得起"紫薇"这两个好听的汉字，而是当得起白居易那首《紫薇花》中"独坐黄昏谁是伴，紫薇花对紫薇郎"。

我到底觉得紫薇花配得上这句诗了。

谁在秋天黄昏微雨中，遇到了美丽的紫薇花，一怀心绪入秋色，谁就是美丽的紫薇郎。

江南江北蓼花红

一个姐姐说，你写了那么多花，是不是狗尾巴花也能写？我说是的，碰巧正在写。姐姐问，是不是它也有一个不被熟悉的官名？我说是的，还很好听，叫红蓼。

我的确在江南见过红蓼，也的确在江北见过红蓼。就是说，红蓼这种花，既开在南方，也开在北方。红蓼花开放的时候，秋天就到了。不同的是，南方的红蓼可以开到冬季，比如福建的山中。而北方的红蓼花期短暂，开不到冬天，比如华北的田渠。

这是多么卑贱的花啊，上不了厅堂，也进不了厨房，只合开在田间，水边，沟渠，墙角。但红蓼花开放的时候，秋天真的到了。秋天到了的时候，你一定认识红色的蓼花，告诉你它有一个更广为人知的名字，叫狗尾巴花。狗尾巴花开在家乡的墙角，开在童年的水边，开在奶奶的菜园，狗尾巴花是让人怀旧的花。

我认识狗尾巴草的时候，就认识了狗尾巴花。客观地说，这一草一花的体态，真的很像狗尾巴，村庄里怎么少得了狗呢。我是什么时候知道红蓼花就是狗尾巴花的呢？大概还是从1998年版的《还珠格格》开始，也依然和夏紫薇有关。

紫薇格格陪皇上南巡，写下一首送老铁的诗："你也写诗送老铁，我也写诗送老铁。江南江北蓼花红，都是离人眼中血。"琼瑶阿姨的这首诗，和纪晓岚陪皇上南巡写的那首《雪花》有异曲同工之处："一片二片三四片，五片六片七八片。九片十片十一片，飞入草丛皆不见。"妙处都在结尾。懂了吧，人生的妙处不在开端，也不在过程，而是要有个意味深长有嚼头的结尾。

自此，记住了蓼花。更让人惊异的是，经查，这种可以入诗的蓼花，竟然就是狗尾巴花！这个发现，就像村口那块经常被各种臀部坐压的大石头，原来是块和田玉，感觉是发了大财。在我的童年，谁没采过狗尾巴花啊。

还有呢。在我们村，爷爷奶奶们常吃一种点心，短而粗的棒槌状，外面是芝麻，一咬里面是空心的松软，甜到掉牙，用我们家乡的方言谐音叫"了豁"。"了豁"是一种好点心，常常被长辈们放在篮子里挂在房梁上。伸手够不着的、高高在上的都是好的，至少以为是好的。

你知道，当我知道"了豁"原来是蓼花糖的时候，心情是多么激荡吗？可是这蓼花糖，从用料来看和狗尾巴花没有半毛钱关系啊。经查，原来是慈禧太后觉得此糖像她家乡大草原上的蓼花，故而后人赶紧改了名。蓼花糖，太后看到它，就想起了老家大草原上开放的红蓼，秋天来了，北雁南翔。所以，蓼花糖别有一番思乡味道。

那年九月，开学季。我和朋友一起开车去接百里外读书的孩子们放学，因为雾天，走的是下道。初秋季节，天气很温和，空气中飘荡着一种成熟的滋味。我们在国道上行驶，车少人稀，路边是高大的白杨树，白杨树种植在水渠边，过了水渠是广袤的冀东原野。

我们心情很愉快。两个好朋友，载着两个正值妙龄的青春少女，车上一片欢歌笑语。我看向车窗外，窗外一片和谐的初秋大地，忽然就叫了起来："快看，红蓼花！"

水渠里有水，水面上荡漾着一层令人可疑的绿色，然而沿着水渠边，开放着成片的红蓼。我告诉她们，这是狗尾巴花，也叫红蓼。好像她们并没有在意，但也表示了微微的惊讶。狗尾巴花作为一种花朵，实在是太卑贱和不起眼了，只适合开在水流静止、水面混沌的野外沟渠。蓼花是流水的红颜知己。离人的知己呢？都开成紫薇诗中的眼中血了吗？

然而，我却希望沿着红蓼岸行驶的旅程一直走下去，就这样，很快乐和温暖，宛如知己，宛如情人。

刚刚搬进这所社区的时候，是在一个秋天。我在秋天的傍晚遛弯，在人工水系的岩石边，看到了几棵高大的红蓼花，开得正好，肯定是野生。也许是这里环境优雅，养分充沛，红蓼花看上去干净透亮，枝茎粗壮，比田野沟渠边的鲜艳硕大。

我赶紧拍照，非常欢喜，想着每年的秋天，我都可以来这里欣赏红蓼红色的花穗了。这小时候的花朵，这知己般一起走过的花朵。下一个秋天，我如期而至，却惊讶地发现，此处没有了去年的红蓼。红蓼这种植物生命力极强，今年有，明年应该在同一个地方还会有更多。估计是被工人当杂草给拔掉了，这里是水流的下游，在水的中央长着一棵贵重的元宝枫。

为何要拔掉呢。难道他们不知吗，蓼花是上得了台面的。《红楼梦》中，曹公给大观园中水景花景类似桃花源的一处绝美景致，取名为"蓼汀花溆"，人工园林取于自然，流水处合该有蓼花开放。他们拔错了。

　　秋天了，总会开放着不起眼的狗尾巴花。你如果偶遇了，记得这位姑娘也有一个动听的名字，叫红蓼。

无法停留的爱

我观察了多年，不权威，但有个人的具体实践，本地最早于春寒料峭中昂然绽放的是迎春花。迎春花开放的最晚时间是在三月底，赶上暖冬暖春，会在三月中旬开放。黄灿灿的花朵，低低的枝条，一丛丛簇在一起，开在公园或者小区，是人为种植的美丽景观。迎春花，不是本土孕育的植物。

毕竟还是浅薄了。我视力所及的人自然是狭窄的，迎春花自然是早期开放的花卉，然而，悄悄推开春天大门，挤进门缝来报春的，应该是另一种黄色的花朵。这类花朵，该是本土的亲生。

时光最是无情和公平，不因人的悲喜和意愿而时快时慢，它雍容走过，掩埋着一切。不知不觉，北窗外的春天到了。

三月开始，北窗下天井里的草地开始泛青，然而比草地先绿起来的却是另一类植物——野菜。小块的草地不是野生的杂草，是草坪的草，但由于天井地处偏僻无人打理，岁月累积下来，野菜反而有压倒之势。好比农民起义，直接捣入了皇宫，嗯，当年黄巢不就写下了"满城尽带黄金甲"的诗句嘛。此黄金甲和早春的野菜都属于菊科。

真是让人始料不及，也是措手不及吧。与大自然的亲密接触，竟是从野菜开始。直到看到草丛中开出了一朵又一朵的黄色野菜花，才恍然大明白，在这北国，最早开放的不是迎春的黄，而是蒲公英的黄，苦麻子的黄，苦碟子的黄。

春天的野菜里，原本荠菜比较有名，可追溯到诗经，"其甘如荠"。我很喜欢"荠"这个字，同为苦菜类，"荠"就显得很漂亮。"荠"有古意。荠菜的花如小米粒，是星星点点的白，这星点的白其实要比蒲公英的黄还要早，但花开得太小了，完全被忽略。

新同事对野菜颇有心得。这个春天，我对野菜较为全面的认知就是来自于他们。在我们工作的地方，东北角有一个二三百平方米的天井，这里有风和天空，是我们间或放风的唯一去处。天井里有几棵石榴树，一丛苦竹和几棵泡桐的幼株。本来这里种植着草坪，然而慢慢地被野菜侵占，逐渐成了天然的菜地，盛产蒲公英。

隔壁老王生活经验丰富，春天里经常采了天井里的蒲公英泡水喝，说是可以降血压。因此，天井被戏称为老王家的菜园，我们去那里挖野菜，需要请示他，得到他的同意。我没有用蒲公英泡水，和高血压没有关系，在我的意识里，蒲公英就是用来变成小伞飞的。

可是，我并不是在这里才看到蒲公英开放。

某个早春的中午，如果风很平静，阳光又好，我们三个人随意吃了午饭，经常相伴出去走走。公司的大院很大，土地连成片，有很多很多个现在的天井那么大，土地上种植着多种植物。在西南角，有一个缓坡，翠竹，碧桃，西府海棠，紫叶李，春天来的时候，那里是西南花园。

我们在花事来临之前，就踱到了缓坡，穿着过冬的棉服，风还很清冷。草地还在大面积枯黄，但根部已经钻出了绿意。就在这黄绿更替交接之间，赫然看到了闪亮的金黄色，先是一朵，然后就会发现两朵三朵。这黄色是多么让人激动啊。我们三个人对着这突如其来的花朵，除了感叹还是感叹。这最早破土而出的野菜花，被我们看到了，金灿灿的，洋溢的都是力量。蒲公英，是最早打开心扉的春天花仙子。

没有谁会陪谁到永远。后来，我们就先后分别了。各自安妥于命运。再后来，我们再也不可能一起在暖暖的初春之日，共同去见证一朵蒲公英花的开放了。倒是那年的蒲公英，见证了我们的旧日时光。

话说到了新单位以后，从第二年的三月底开始，我的饭食就很浪漫。我可以去天井里挖野菜吃啊。经常在一天的早晨，我拿着水果刀逡巡在天井里，围着石榴树转悠，那里的野菜大而水灵，又往往被同事忽略，他们不肯钻到石榴树下。与野外不同，这块城里的土地盛产蒲公英和苦麻子、苦碟子，我喜欢苦碟子。

我甚至用它待客。一次，一起看过蒲公英花的老同事过来吃饭，我出其不意给她准备了野菜，她直呼惊奇。蒲公英依然没有染指，因为它开起花来灿烂如锦，结起籽来毛球如伞，我有些不舍。

野菜也有青春，开了花的野菜就老了。于是放下屠刀，看花吧。

苦麻子苦碟子都是土名，它们为苦荬菜属，官名分别叫中华小苦荬和抱茎小苦荬。这两种野花太常见了，只要是进了山，或踏入田野，你必能在岩石缝隙中看到一丛黄色的小野花，默然地，又有些遗世独立之感。总以为毛主席那句"战地黄花分外香"的"黄花"一定是苦菜花。

天井里最多的是蒲公英，开花的时候，在二楼的北窗边，可以看见小小的花海。我又以为这是上帝赐予我的美景。

先是天井里的草色中渐渐有了一朵两朵数朵的黄，蒲公英开花了。上午的阳光打过来，蒲公英田里一半阴，一半阳，花儿就一半明亮，一半沉静。我伫立北窗，良久，拿着手机拍照，一只麻雀飞来了，又飞走了，还是对不好焦距。

后来，小黄花没了，有了一根两根数根的小白伞，绒绒的，蒲公英结籽了。我弯腰摘下一茎白色的绒球，站在天井里，对着天空轻轻一吹，小伞次第打开，蒲公英的种子飞了起来。这场景，何以只属于小时候。

春天的大门被打开了。

蒲公英的花语是，无法停留的爱。

初雪·牛膝菊

距离小雪的节气还有两天，天空昏暗暗的，天气预报说北方近期有暴雪。

每每看到"节气"，我都会无端地联想到"气节"，反正左右不过是这两个字的组合。想想也是，几千年来，在 360 度循环播放又无法倒退的日子中，被智慧的先祖优定为"节气"，这二十四天一定也很有"气节"。

小雪，我认为是最适合作为女孩子名字的节气，比小满洋气，比白露亲近（想来也没有哪个父母愿意给女儿取名霜降或大寒）。那一天，太阳刚好转到黄经 240 度，距离回到起点立春不远了。

如果，小雪那天飘起清凉的初雪，一个男孩和一个叫小雪的女孩子约会，看她扬起头双手接住冬天的花朵，绽放春天般的笑容，那个男孩子真的很有眼光。

小雪那天，早晨的时候，就开始飘雪了，这是今冬的第一场雪。我独自站在北窗前，看着外面雪花飘飘。在所有的天气中，还有什么比降雪更让人欢喜的呢。看着看着，时间匀速而过，匀速是时间的无情，它不肯拉长快乐，也不肯缩短忧伤，它不会为谁停留，它让一切都变成回忆——北窗下的天井中很快就积了一层薄雪。假如我一直站在窗外的话，此时一定身披了霜花，成了一个雪人的雏形。在这一刻，我将自己在屋内站成了雪人。

初雪降落在小雪那天，真是好极了，就差一个叫小雪的女孩了。比起雨水那天下雨，霜降那天降霜，更不可求的是小雪那天遇到叫小雪的女孩子吧。而我，是不可能遇到小雪的，我本应是小雪。我又不可能是小雪，我生在隆冬，日子在小寒和大寒之间，错过了小雪大雪，也躲过了被叫做小寒或大寒的可能性。

我在小雪日，遇到的是小菊——牛膝菊。

一墙之隔的东边，是个园子，就是城市里那种紧邻繁华街道却少人光顾的小小"静园"。因为是邻居，我即使还没有走进它的内部，也算是混了个脸熟。这个园子是属于一群老人的，确切地说是三五老妪在这里度过春日，我经常看她们在这里晒太阳，将轮椅或小板凳放在砌成花纹的石径上，有人步履蹒跚地靠着西府海棠的树干锻炼，海棠树卜绑着棉布制作的靠垫。从生物学的角度来说，她们的生命已是接近尾声——这是所有生物的归宿，从思想的角度来说，这些老人每天都在谈些什么，想些什么，是否因担忧终结而祈祷生命的无虞，是否因到了暮年而放弃芦苇的思考。我在栅栏边注视她们，觉得自己没有猜到开头，可的确猜到了结局，那是所有故事的结局。

在园子里，春天的时候去看过海棠花，夏天的时候采过桑葚，秋天的时候摘过山楂的红果实，而今冬天来了，唯有园子北面的居民住宅前红色的柿子光秃秃地在树上挺立。那棵高大的银杏树下落满了金黄的扇形叶子，踩上去簌簌有声，如今下了初雪，雪白掩埋秋黄，一定非常有看头。

园子的草地上一片浅白。沿着弯曲的石径，我还没有抵达那棵最大的银杏树下，就被海棠树底下一丛不起眼的小花拽住了目光，然后放眼望去，天啊，雪地上竟是开着整片整片的小花！目力所及，简直是花园了。我特意跑来看银杏的落叶，没承想这时节这天气，竟然还开放着花朵。如果不是一直沉浸于赏花爱草，我肯定也会像旁人一样无视这些小花朵，并且是践踏着经过。

你在意什么，才会关注什么。你在意过去的悲伤，你就悲伤，你畅想未来的美好，就会遇见美好。

菊科，只有菊科，只有菊科才能如此傲霜经雪。

雪一直下。

我屈身蹲下来细看，植株纤细，几十厘米的长度，叶子宽大，花朵指甲那样大小，黄色花序，五瓣花片，花瓣好像三个锯齿的小叉子。一个人的荒园寂静极了，可是真的沉静下来，可以听到雪落在叶片上的声音，好像白砂糖撒在薄荷叶上，好像细而绵长的乐章。我情不自禁地用手捻起牛膝菊微小花瓣上的细雪，放在嘴里，这初雪的味道，嗯，凉凉的甜津津。

我屏住呼吸。每每看到动心的场景，我总是呼吸困难，恨不能即刻融入，又怕打搅什么。这大自然的孕育，这风雪中盛开的精灵，这值得尊敬的纤细而坚强的生命，叫牛膝菊。

和牛关联在一起的花朵，应该是杏花啊，牧童在清明时节遥指杏花村嘛。牛膝菊高过草坪，它是在草坪上野生出来的植物。浅草才能没马蹄，牛膝菊比浅草要高，那就是牛膝菊才能过牛膝。呵呵，有意思。

初雪和小菊的约会，比往年来得早一些。

我将小雪这天拍到的牛膝菊发到朋友圈，出场就很光彩，博得了很多赞。我的大学老师还特意转载，与一张清晰的六瓣雪花照片一起发在她的朋友圈，那张六瓣雪花上清晰地标着"小雪"二字，资料显示：公历 11 月 22 日（阴历十月十一）23:25，地球北半球进入二十四节气的小雪，小麦是植物种子，去皮性熟，此时食物应以面食为主。

今年的小雪节气（我又想到了"气节"）真是应景，媒体预报的北方"暴雪"虽然没来，雪还是如期而至，从早晨缠绵到晚上，洋洋洒洒下了一天，真的没有辜负黄经 240 度。黄昏时分，我将自己裹紧出门，看到无人踩踏的皑皑雪地，已有几厘米厚。我戴了一条羊毛围巾，纵然这围巾是几位大学美女同学送的，寒冷中平添了更多的温暖，呼吸还是很快结成了冰茬儿。

一个人囊囊地走在雪地卜，天上的雪还在下，路灯点亮前路，房屋和花草树木渐渐模糊，前途一片雾蒙蒙。这天和地，这雪和夜，就收了我吧。

遇到牛膝菊的那天，正是小雪，下了一天的初雪，我在当当网买了一本川端康成的《雪国》，然后把送我围巾的那几位想象成小雪姑娘来思念。唉，分明缅怀的是立春时节的青春。

已经过了黄经 240 度，等待不远的春风吧。

陪你去看早春的梅

　　这一次着实任性了一把，正月元宵节恰好刚过，决定趁周末，坐高铁去苏州赏梅——早春的梅。

　　心事由来已久。

　　作为名字里含有"梅"字的女子，作为大名小名都含有"梅"字的女子，作为大名、小名含有两季梅花的女子，只在北方花市的暖棚里看过盆栽的梅花，不能不说是一种遗憾。暖棚里的梅，小小的植株，开着弱弱的花朵，斧凿痕迹浓重，看上去有些可怜，仿佛一直病着。

　　梅，该当成树，享日月之精华，承四时之雨露，款款立于天地间的一棵梅树，绝然清寂，暗香幽生。

　　北方产雪，梅却不盛。最好的梅花开在南方。《红楼梦》里栊翠庵的红梅生得最好，元宵节随雪盛放，妙玉亲手折了送给众人。我猜，曹公家的园子在北京的哪里呢？元宵节的北方，天气仍寒，厚雪可落，但没听说过哪里是赏梅佳处。如今，北方的雪也少也薄，更不曾听闻赏梅盛事了。北京的秋天著名，秋来红叶动京城。看来，到底是梅花输给了秋叶。

　　后来自觉了悟，假亦真来真亦假，曹家祖先为江宁织造，曾数次接待皇上下江南，真正的曹家园林在南京吧。南京就对了，在元宵节就有梅花开放了。

赏梅的心事藏了许久，藏了许久的心事有时候也只是一直藏着。在每个飘雪的冬季，心或微微动一动，脚步却稳稳根植。何止赏梅，人生里好多事情也是如此吧。

盛夏季节，我搬到了新办公室，一个人，一间小北屋，小北屋里有一扇朝北的窗。窗外有一个天井，面积不大，有三四棵小石榴树，几丛苦竹，几棵紫桐的幼苗。闲来无事，我常常一个人临窗北望，想来幸运的时候，透过这扇朝北的窗，能看见天上的星斗。因为从来没有加班到夜里，不得而知。

有一天，打开一本旧书籍，在单位多次搬家都没有被淘汰，是1986年版的《中国文学作品选》。经了年代的书籍，泛着岁月的沉味，果然书页很黄，合该叫"黄页"。

翻到龚自珍的《病梅馆记》，开篇第一句"江宁之龙蟠，苏州之邓尉，杭州之西溪，皆产梅"，倒又勾起了我深藏已久的心事。一个大名小名都有"梅"的女子，怎能不识得梅花？

然则，和谁·起去好呢？这是个问题。旅途要有伴侣，在大众中花好月圆，方显得不太可疑。

拿起电话，"我要去苏州看梅花。"

"跟谁去啊？"

"没人。"

"好，我陪你去。"

至亲至疏夫妻，亲也夫妻，疏也夫妻。无论如何，最终的结局，还是不要疏离的好。爱情，已经成为可堪或不可堪回忆的往事，是个短句。婚姻，却会一直陪到终老，是个长话题。

终极幸运的人，不是遇到了热情似火的爱情，而是细水长流的婚姻。火会燃成灰烬，水可滋养生命，长久更为可贵。恋爱是年轻的，恋爱中的人是非理智的，恋爱和恋爱中的人在当年往往不明白这个道理。

终于要启程了，去苏州看早春的梅。南方已含春意。

没有去心仪已久的苏州邓尉山，虽然那里是著名的赏梅盛地——香雪海。网上做了功课，苏州西山林屋洞的梅花也很好，种植面积全国最大，每年都要启动赏梅盛会，号称"林屋梅海"。就去那里吧。

之前，如龚自珍文中记载，对苏州邓尉山"香雪海"的梅花畅想了好多年，终于迈出了脚步，却走向了太湖西山。好比爱情和婚姻，嫁的人不是当初死乞百赖爱的人。这，实在是没什么大不了的，低头守护一下现实，西山的梅花开得更好，何必耿耿于怀一个所谓初衷呢。

聪明的女人，可以改变初衷。

终于见到了传说中的梅花，终于看到了自己的大名小名。成片的梅树汇成令人荡漾的梅海，心事就在眼前，触手可及，反而让人不忍践踏和触摸，恐有叨扰之嫌。词汇变得更加贫瘠，文化已成了负数，也只好在放松了不自觉间屏住的呼吸时，轻轻呼出："好美啊"。

我们一早入园，游人尚少，梅园很静，简直就是两个人的梅海。男人在入口处看到第一株高大的红梅时，也不禁慷慨抒怀："我终于见到真的梅花了！"唉，枕边陪你二十年，不及苏州一朵梅。

渐渐地，赏梅的人多了起来，梅园开始活泛并喧嚣。事情往往如此，孤单的时候向往热闹，热闹的时候又"我想静静"。红梅，白梅，绿萼梅。临山，临水，枝相交。人在梅下走，岁月染衣香。

我们随人群流连在一座小亭，那里的梅花开得好新鲜！一株单瓣白梅开得正盛，不似园中其他白梅已露零落之态。一株复瓣白梅花朵刚开，透着水意，枝头多有含苞。一株红梅生得高大，斜枝临水，花水相映。我发了一种颜色发绿的梅花视频到微信，女友说，是绿萼梅哦。

我说，要是和我的美丽女友们在一起，尽情拍照，那将是多么开心啊。男人说，要是和我的美丽女友在一起，更好。我听见身旁的梅花，簌簌落下。

梅树高大枝疏，此时只开花没有叶，掩映相交成花路，梅香淡淡入味，此情此景，果有美人与梅花互可比拟之意。无论男女，因花想美人，也是常情。

赏梅，总会有离开的时候，纵是绕了一圈，两圈，又一圈。出园时看了路牌，才知道那个亭子叫"春梅亭"。我指着路牌激动地说，你看。男人很平静，嗯，这样的话，你的名字也不显得那么土了，简直有了诗意。

苏州真的不是那么远，梅花真的不用等上几十年才去看。我不过是上车睡了前半程的三个小时，后半程就一直在手机备忘录上写啊写，从滕州北写到天津北。家，还有不到一个小时，就回了，天还是亮亮的。

远的，从来不是地理距离，而是人心。

栒子姑娘

最初遇到栒子姑娘，是在某年的深秋，园子里最显眼的是高大的枫树金黄如漆。

在一个缓坡上，她穿了一身红衣，手里捧着更为火红的小果实，身姿低低的，仪态优美又成熟稳重，成熟稳重又有些小脾气的样子，看上去让人无比爱怜，只想将她揽入怀中。揽入怀中又不敢亵玩，就只好隔着距离静静地欣赏。

我们四个人遇到这位俏姑娘，交口称赞，然后她们三个人一起问我姑娘的芳名，这样的事情总要有人抛头露面。我只好向人打听，好在并没有费什么波折，那个叫做"花草志"的微信群里，都是植物专家，附近的植物已经难不倒他们。果然，打听来美人的名字颇动听，简直是耐人寻味，叫做平枝栒子。

一种植物的名字如此拟人，倒像一个有故事的日本姑娘的名字。问了渊源，实则原产于中国的西南，川贵一带。

话说我们四个，从哪年开始的呢，从风华正茂的时候吧，我们总会在春天、秋天相约照相，南边的公园，北边的公园，总之是在春秋两季踩下了很多的脚印。打开电脑浏览照片，一年一年的春去秋来中，自有岁月留痕。像 BEYOND 乐队歌曲中最常用的两个字——"唏嘘"。

这就是时间。这就是陪伴。令人唏嘘不已，又令人倍觉珍贵。

进入十一月份以来，气温下降，雾霾锁城，居然半个月没有见到太阳。好不容易在一个周一天气转好，立马约吧。园子里一片大好的秋色，杏树的叶子还在呢，软软的青黄，法桐叶子宽大，最美的是那条两边种植着枫树的小路，金黄如漆，却已接近秋之尾声。

中午的园子并不寂寞，尤其在那条风景独好的枫树路上，人来人往，手机咔咔，究竟是人让园子生动了起来。空气清新，清冷中含有湿润的气息，令人不禁深呼吸。我们霸占了一小片林子，争相入镜，恨不得变成一片秋叶站上枝头。我们记录着秋色，时光也记取着我们。

然后，就遇到了栒子姑娘。中午的太阳刚好出来，打在缓坡上，打在平枝栒子低低平铺的红色枝条上，打在红色枝条上挂着的累累果实上。那时候，我们还不知道她就是栒子姑娘，只觉得这孩子真是美极了，美丽又如此安静。

回来后发照片到"花草志"打听，才知道是平枝栒子。告诉她们三人，她们说名字倒好听，就是有没有个中国名？也是，本来就是原产于中国的植物，查了查，平枝栒子也叫铺地蜈蚣、矮红子。一个比喻，两个形容词，真是恰如其分。分明就是铺在地上的蜈蚣，有很多斜枝一样的脚，又的确很矮，秋天叶子和果实都是深深浅浅的红色。

我还是喜欢平枝栒子这个名字，听起来像个姑娘，有故事的日本姑娘。

不过是过了几天，小雪那日应节气下了一天的雪，大地看起来安静了很多，也干净了很多。第二天早晨上班经过那园子，决定穿园而过。而初雪过后的城市公园，已是一个小小的雪国。

恰好刚刚读了川端康成唯美主义的《雪国》，不免遐想联翩。岛村在第三次去雪国找驹子的时候，将漫山遍野盛开的芭茅花当成了白色胡枝子花。胡枝子花我认识啊，就在刚刚过去的秋天，不过是淡紫色，野生的，开在岩石的缝隙里，隔了阶上的栏杆，悄然伸到路人的脚下。够调皮吧，实际上也足够美丽。

经过秋天淡紫色胡枝子开放的山丘，上山的台阶上都是雪，无人踩踏，可见雪后还没有谁上山。我从山下绕行，仰头望去，知道山上哪里生着胡枝子，得等到来年的秋天才能看到那抹淡紫色。还早着呐。

然后，就到了那个缓坡。雪国的枸子姑娘就在那里。我小心翼翼地踩着新雪爬坡，果然是"吱吱"的声音，这里没有人来过，前面没有一个脚印。不过五六天的时间，平枝枸子的果实落了好多，平铺于地的枝条上只剩下少数的红果，这些红果上结着冰凌。枝丫上的雪将枝丫变得更低，先前有紧邻法桐的叶子落下，雪将法桐宽大的叶子和枸子小巧的叶片连在了一起，这自然的坠落，冬天真的到了。

雪白和叶红在一起，白的更白，红的更红。

平枝枸子，着了红色的斗篷，如今那斗篷的颜色不那么鲜艳了，默默地站在雪坡上，落了满身的霜雪，望向远方。这雪将她变成一个等待的人，一个有故事的人。

小野丽莎轻柔的爵士乐轻柔地飘过雪国……

站在雪中的枸子姑娘，她在等待什么？

迢迢牵牛花

我从西边来，将车直线开进最东边的停车位，离爬满牵牛花的铁栏杆刚刚好的一段距离。高高尖尖的铁栅栏历经风雨，早已锈迹斑驳，它将办公区域与临街小花园镂空地隔开。

除了冬天，经常有上了岁数的男男女女在粗壮宽阔的海棠树下集结。春天的集会最好看，灿烂的西府海棠树下，春风一度，粉白色的落英花雨一样纷纷落在粉白色的头顶上——有一位老美女在白发上戴了顶粉色的帽子。阳光好的时候，他们在盆口粗的银杏和法国梧桐上绑了布垫，"啪啪啪"地用后背拍树。园子里除了盆口粗的银杏树、梧桐树，还有一人抱粗的银杏树、梧桐树，他们只选择盆口粗的去拍打，不粗不细刚刚好。

之所以知道这些，是因为阳光好的时候，我也会从二楼东侧小北屋里出来透透气，溜达溜达就站了小花园的旁边，隔着铁栏杆的间隙，默默地注视他们貌似迟缓的暮年时光。物以类聚，人以群分，不要以为盛年正盛、盛无尽头，中年阶段的人群已经有半只脚踏在了人生的边上。

我在冬天下雪的时候来到小花园，这时节他们不来，园子里除了天地间落雪的动静，就是我的脚步声。众人的热闹是一锅热气腾腾的滚烫火锅，撤了火很快冰冷。一个人的寂寥是大雪慢慢覆盖银杏叶子的安静，要忍住才能获得。可能因为正处于"一个人的寂寥"的现实，个人喜欢后者多一些。我们终归只剩下一个人。

第一年的初雪，11月份下旬，雪花如期落在牛膝菊纤细而单薄的素色花瓣上，好像白糖粒，让人很想弯腰去舔。这是下雪前野外开放的最后一种花朵吧，不起眼的牛膝菊，要放大才能看得清花瓣，没有人注意到它们。我因为体味"一个人的寂寥"来到这园子里——寒冷让老人们早早就取消了集会，暮年终究失去了对大自然和社会的抵抗力。下雪的时候不冷，寂静的园子里，我忍不住向天空伸开双臂，呼吸着顶顶新鲜的凛冽，不期然地一低头就看到了初雪。我来到此间第一场冬雪，白糖粒一样落在牛膝菊纤细而单薄的花瓣上，很想让人弯腰去舔。

现在是第三年的八月下旬，听说秋天又要回来了。

我将车照例停在最东边铁栏杆处的停车位，这一次先是隔着车玻璃观察那些开放在栏杆上的牵牛花，继而下了车手机拍照。人的脚步随时间一样匆匆，不是每天都能停驻下来，即使停下了脚步，也不见得有心情，去看一看雪后牛膝菊或者秋日牵牛花。然后，我发现与往年不同的是，缠绕在栏杆上的牵牛花开的是紫色，去年明明是拇指肚大小的白花，我还将那些自认为就是小号牵牛花的白色精灵放到"花草志"微信群里显摆，群里却告诉我说那不是牵牛花，那是北鱼黄草。

北鱼黄草，有没有想到《逍遥游》的第一句"北冥有鱼"，好古远的意味。

无人管理的园子里，所有的植物也是无人管理。但当初想来是有人管理的，懂行的人建了这个园子，造型弯曲的石子路，有层次地种植了银杏、泡桐、法桐、海棠、白杨、槐树，甚至西北角还有一株山楂树、一株黑枣树和一株桑葚树。即使有人管理的当初，牵牛花这种不请自来的东西，也是无须管理。没有人会收起牵牛花的种子，也没有人会种下牵牛花的种子。民间的，草根的，贫贱的，不起眼的。于山间、平原，于田埂、路边。兀自欢喜，自消永夜，自生自灭。

这样一想，便很哲学。

为了更加近距离地观察牵牛花，我绕过了栏杆，终于在夏末秋初走进了园子。这个园子近乎荒芜了，地上杂草丛生，其实挺让人觉得碍眼的，杂草很像房间里的垃圾，恨不得要拔光心才安静。可是从植物爱好者的角度来说，杂草野花也是大自然天生的物种，是同样公平美丽的馈赠，并且要远比人工打理的高级草坪有意思得多。野草丛生中，野菜也丛生，人迹罕至。所谓荒园，不过如此吧。

一个小小的街旁荒园，倒是和有时候人的生活状态颇为相似。春种，夏长，秋收，冬藏，大地上的事物莫过如此吧。

可是荒园自有荒园的乐趣。一根断木旁边的草丛中开着一丛金黄的旋覆花，小时候叫做野菊花，采了晒干当做药材卖。是的，所有的野外植物都是非人工的药材。高大的白杨树下，生着一片碧绿的鸭跖草，零星开着幽幽的紫色花朵，秋梦一样。金叶女贞的灌木丛上，一大片鹅绒藤缠绕，正在风中舒展着一簇簇白色的花枝，有东风压倒西风之势。更不要说草丛中大树下随处可见的马齿苋，牛膝菊，酢浆草，委陵菜，斑地锦，以及紫花地丁、地稍瓜们的植株了。

好不容易走过了上述那么多美色，我终于抵达了开放着紫色牵牛花的铁栏杆。

那么，为何去年爬满白色北鱼黄草的铁栏杆，今年却缠绕开放着紫色的裂叶牵牛呢？这是我感到奇怪的地方。难道是风，是雨，是沙雪？总归不是人为。事实是，我终于在铁栏杆内圆圆的冬青上看到了北鱼黄草白色的花朵，有那么一朵，躲在缠绕在冬青上的层层牵牛花、北鱼黄草的叶片中。去年的种子还是落在了去年的这个地方。不仅如此，我还在那株粗大的海棠树上，无意中看到了缠绕着海棠树干的北鱼黄草，不是一朵，也不是两朵，是整整三朵开在一起的白色精灵。

毕竟是个荒园，这些不起眼的缠绕植物将冬青给包裹占据了，现在又缠上了海棠树。要是有人管理，牵牛花们肯定是被当做杂草给除掉的。

城市里荒芜的园子虽然让人觉得刺目，但是还有我等涉足寻觅欣赏杂草和野花之美。假使生活荒芜了，好像打理方面出了什么问题的花园，是不是也要换一个角度思想，拔掉清除是一种修行，顺应自然培育美色也是一种坦然应对。

一切都顺应大自然吧。无论是牵牛花、裂叶牵牛、圆叶牵牛，还是北鱼黄草、田旋花、打碗花、藤长苗，无论是白色、粉色还是红色、紫色，反正都属于旋花科，看起来叶子和花形都差不多，一般人见了，肯定都管它们叫牵牛花。

也就是喇叭花，只在早晨开放的那种。还有个很文艺的名字叫朝颜，经常被写入诗文。日本国很喜欢此花，大概是感慨它只在早晨开放，生命之灿烂和瞬时宛如樱花。东京机场，楼上，在那些拉面和刺身店的附近，光亮的过道上开满了粉色、紫色、白色的牵牛花，经过的人无不驻足并拍照，虽然那是人为铺设的一片绚烂。

我喜欢牵牛花，因为一个"牵"字，牵挂，牵手，牵牢，牵肠挂肚，魂牵梦萦，无不都是从内心出发的实在情感，偏偏它们的枝条又那么缠绕，活脱脱绕指柔啊。你看天上有一颗牵牛星，拼命地爬啊爬地渡过银河，一年开放一次，只为奉献给自己的爱人。朝开瞬时，直奔抵达，即使短暂继而毁灭，那又如何。

各种牵牛花如此缠绵，见树缠树，见杆爬杆，绕篱萦架，牵牵连连，不过是为了奋力站上高处，在一个怒放的早晨，晨曦普照下，扯着喇叭大喊一声——我、爱、你。

所以——

你看到的牵牛花，不一定是牵牛花。

你看到的山河，未必就是山河。

今年的桃花

我站在窗前，看见院子里桃花开了，就打算去趟超市。

早春的三月，我打算去趟超市，是为了看院子里桃花开了。

此桃花非彼桃花。此桃花开得早，叫山桃，结的果子不能吃，却可以用来穿手链。彼桃花开得晚，就叫桃，结成硕果，是夏天最好吃的水果。

那么，人说犯桃花的桃花是哪种呢？估计山桃和桃都有可能，因为它们开起来，都一样粉粉的，绽着蕊，蜜蜂嗡嗡，心事静然，宛如春梦。世上最甜的蜜应该是桃花蜜，世上最醺的酒应该是桃花醉。

是借口，去超市。我不过是想出门看看桃花。

我想看桃花铺陈在春天。我想看桃花开在水边。

说真的，四处可见桃花。门前，小桥边，路的拐角处。山桃的树干光溜溜的，让人很想触摸，树枝直入云霄，千万花朵压低了花枝。果然是山里来的，有气魄。

我终于来到了水边。桃花源就是武陵人沿溪行，穿过桃花林找到的。水边的桃花果然不同，它们斜着生向水面，于是桃花和水就融为一体。成了桃花潭。

桃花潭水深千尺，李白就是爱夸张。当然，对于千尺或三千丈我也没概念，不知道到底有多深。但是汪伦在岸边踏歌声，我是知道他是怎么踏的了。中国诗词大会上说，那是唐朝的一种舞蹈，随着节拍边唱边跺脚。啪，啪啪。橐，橐橐。

桃花潭边有桃花吗？不知道，没去过。中国诗词大会上又说，桃花潭在安徽省桃花潭镇。我搜了搜，照片上水是有的，却未见灼灼桃花开满潭。

扯远了。

此刻我站在水边的桃树下，拿着苹果手机拍桃花。还好结不成水蜜桃，否则桃子会生气的。唉，天才们怎么不打造一个桃子呢？拿着桃子伫立在桃树下拍桃花，想想就很搭。如果正赶上春风一度，落英缤纷，撒在赏花人的青青子衿上，人花两不知，天地岑寂——那该是多么的仙啊。

人类失去联想，世界将会怎样。

还是回到尘土里来吧。

水边的桃花美极了……水面桃花相映红。正好水流对面的长椅上坐着两个丽人，脚下开着一丛金黄的迎春花，迎春花的长枝条探入水中。

是，探春吗？

多像一首钢琴曲，名叫水边的阿狄丽娜。经典来到现实，现实造就经典。桃花春水，人生漫漫，烟烟霞霞落红满地。我忍不住踏起了歌声。啪，啪啪。橐，橐橐。

我独自一人穿过桃花树，偶尔碰上另一个赏花人，四目相接火光四射——我们是春天里的知己，是此一刻人生的陪伴。

超市还是要去的。是借口，也得不要让人看出来才好。心事默然，方显诚恳。

　　谁知，在小超市门口，我又一次被惊艳了：天啊，一株盛开的粉色桃树款款立于门口，像位姑娘。是日本京都寺庙的樱花开了吗？

　　背景是墙壁，映出的是干净，安静，平静。一束束的粉，一朵朵的美，一片片的春光，一阵阵的心事。又一个终将离去的早春，又一岁即将增长的年轮，纵然化作春泥更护花，这次地，又怎抵它晚来风急！

　　施施然，还是面若桃花吗？

　　面不若，而心还在。这可如何是好呢。

杏花落

两荫说柚子发现的，杏花整朵落。

看到这则微文时，我正好打杏树下经过。杏树株株高大，杏花千朵万朵，染白了峰回路转处春之晨光。一片片白云落在头顶，就很想抬手撕一小块儿，放在嘴里尝尝甜不甜。一低头，看到洁白的杏花果然整朵凋零在草地上，冬青上，石阶上。

最好的杏花不在城里。最好的杏花开在田野，开在村子老宅的墙角。

有一年的四月，杏花开放时节，我们去山脚下的杏花村看杏花。那是怎样的一场春盛啊。杏花村的人家不种庄稼，只栽果树。房前屋后，近凹远坡，都生长着躯干弯曲遒劲高大的杏树。村口几株老杏的枝条很低，白色杏花开得层层叠叠，烟烟霞霞，仿佛杏花万里路。多少心事可表白，多少惊叹心底起。人在花前，不禁变成了呆子。变成呆子后寻思，不若变成一株杏树，年年花开锦簇，白得又忒不像样，然后在这世间站成一个春季。

杏花村的杏花年年开，却没有再去那里赏花。就是在当年，说好等夏天来了去亲自采摘杏子，也只是彼时随口一说而已，随口吐出的谎言。

多少梦想，就这样消逝在风中。多少遗憾，随着杏花埋进了泥土。无声无息，零落无痕，与大地同寂。

一位朋友，某年春天去老家探亲，正是清明时节，稀有地拍了照片放到微信。背景是老屋，门窗油着绿色斑驳的油漆，老杏树硕大的枝条伸过来，杏树下站着两个人：朋友和他的母亲。母亲穿着红色的上衣，头发如杏花般洁白，站在儿子身边，双手拽着杏花的枝条。

老屋，老杏，老人，杏花繁盛，恨不得要开到天上去。而她，仿佛少女，手执杏花，美美地站在自己孩子身边。

有一个词，叫感动。

我问他，杏子甜吗？

他说，杏儿小又甜，每年都很稠密，到杏熟时，坐树下，不断有杏儿掉下来。

这棵老杏树有故事。

杏是一个个掉下来，那么杏花呢？杏花果真是整朵整朵地掉下来吗？要知道，整朵整朵掉下，是不能结果的。

我现场实地调查了一下。一株杏树下果然是整朵整朵掉下来，掉到绿色的草地上，一阵风过来，风又将杏花吹到台阶，于是台阶下堆积了若干的杏花。

另一株杏树下都是一瓣一瓣的落花。

这，有何玄机？

花草志微信群给出了答案：杏花不是整朵掉落，整朵掉落可能是受环境影响。果树落蕾，落花，落果都正常，和树体营养、气候都有影响，是自身调节的缘故。城里的杏树可能没受粉，树体营养不足，当然，亦有人为。

杏花落，是受环境气候的影响，也包括自身提供养分的不足。

我躺在私人诊所的按摩床上。玻璃门外是马路，马路对面是春天，一株小杏树正绽放着花朵。是季节，是轮回，也是生命和抗争，修行和体味。

比如此刻，我受损的躯体趴在按摩床上，通过床上的洞口，看着瓷砖和瓷砖之间的缝隙，一只春虫不甘寂寞地在游走，特别想洞察什么。我不要整朵整朵地飘零，虽然飘零是宿命，是终点，是自然。

我想，赤脚走过春天的田野，草地，穿过桃花林，樱花林，杏花林，然后来到水边。我理想的乌托邦一定是在水边，有一座我那学建筑的理工男亲手设计的幸福小屋。我讪讪地走进去，然后梦醒了。

梦醒来的时候，杏花是如何落的呢。

很简单，我落花人独立地亲身站在杏树下，等风来。

因　荷

2009 年，夏天。

七月十八号之前，我就在手机上制订了这天的备忘录：阎荷祭日。

正是北方的雨季，十七号下了一天的雨。十八号正好是周六，一早拉开窗帘，明晃晃地，外面是阳光灿烂的大晴天，能看得到高远的蔚蓝。此地距离北京不远，想来北京的天气也如是吧。一定要晴朗，要不我怎么去荷塘，北京的阎家人怎么去墓地。

七月中，位于城南的南湖荷花初绽。宽大的碧绿荷叶，硕大的花瓣，不是什么秀气的花，却因为一根中通外直、不蔓不枝的长茎，笨拙全无，亭亭净植。生如夏花之繁盛，除了夏木槿，夏紫薇，也包括这夏荷啊。

因为来得早，大南湖很安静，林子空旷，草地洁净，水面不惊，虽然夏蝉在树上声嘶力竭地鸣叫。在荷塘边的长条椅上坐下，打开笔记本电脑，拿出那本《三十八朵荷花》。

我不认识阎荷。我或许"认识"阎荷的父亲——"一个消瘦的躯干"。

不是每个作家都有女儿，也不是每个女儿早亡的作家都将女儿记入文字，然后为人所知，并心有戚戚。我知道的，先是周国平，后是阎纲。周国平失去了仅仅一岁半的女儿妞妞，妞妞患先天性眼底瘤，双目失明，不要说开花，连叶片都没长齐。几年后，啾啾出生，健康可爱，亦是女儿。生活和情感在继续并有所依托，这多少让人心有所安慰。

而阎纲老师，那个坚硬如钢的"消瘦的躯干"，在宝贝女儿阎荷离世时已是快到古稀的年纪。他的《三十八朵荷花》一书中第19页写到：

> 我的主意定了，咪咪的墓碑上就刻上这两段话：
> 阎荷是《文艺报》编辑，写得一手漂亮真诚的文章。
> 阎荷总是一副和善的笑脸和一双值得信赖的眼神。
>
> 美丽的夭亡。她没有选择眼泪。
> 她的胸前置放着一枝枝荷花，总共三十八朵。

2005年，我偶然读到《三十八朵荷花》单篇文章。哪里是汉字，分明是一颗父亲的心被掰成了数片，化作文字，点点都是离人泪。三十八朵荷花，几多的清丽韶华，几多的摇曳韵致，却是一个清荷般女子的"享年"，也是终年。

我写了《偷来的三十八朵荷花》。"偷来的不是荷花，是题目。书读到顺手，就拿来，像从过路人家的篱笆上摘一朵白色的葫芦花，自觉无罪，不敢言偷。这一次，是阎纲先生的三十八朵荷花，阎荷去世四周年，他作文送给女儿。"

自此，一段缘分，因荷而起。

2009 年的第一天，我忽然接到一个显示北京区号的来电，是《文艺报》的冯秋子老师。她说《文艺报》要纪念阎荷，问阎纲老师有没有关于阎荷的文字，阎纲老师推荐了《偷来的三十八朵荷花》，只是把"杨荻"写成了"杨获"。秋子老师做事认真，认为《偷来的三十八朵荷花》的文风怎么都不像"杨获"这样的男子所写，一定要找到作者核实。秋子老师上网查，又打了很多河北的长途，终于找到杨荻。

"我推荐给秋子，秋子找到你——缘分"，阎纲老师邮件中写道。

我向来是个"唯缘分论者"。遇到谁，不遇到谁，随缘或深或浅，相请不得，偶遇才好。阎纲老师把"荻"写成了"获"，我把"纲"写成了"钢"，相抵了。

我说，偷了您的三十八朵荷花，就还您三十八朵获花吧。

网络上搜索：阎纲，著名文学评论家，散文家，编辑过《文艺报》《人民文学》等诸多刊物，作品获"首届冰心散文奖"，出版集子若干，另有头衔若干。别人的印象："一个文静柔弱的老头，高高细细的身材似乎随时会被强风刮倒。"然而，"这不过是表象。真实的阎纲是一位铮铮铁骨的汉子。说话、办事、写文章，均是如此"。

阎纲老师说，他挨过了"文化大革命"关，闯过了胃部恶性肿瘤关，挺过了老年丧女关，关关都是鬼门关。我感觉不到阎纲老师是位老人，他马不停蹄，是一个永远挺着脊背前进的受人敬重的战士。

菡萏初开，半塘淡红，半塘清白。我在荷塘边打开《三十八朵荷花》，权当在阎荷的墓前点燃了一炷香。2001年，阎荷周年祭日，一个伤感的父亲在女儿的墓前即兴作了一首诗："梦里寻你千千遍，须弥山复恒河边。芳魂已随风飘去，荷塘月落又一年。"这首诗，被印在了《三十八朵荷花》一书的封底页，应是阎纲老师手书。

一个让人伤逝的女子，永远活在了三十八岁。一个满怀伤感的父亲，永远的柔肠百结。世上多少让人伤逝的女子，永远活在了瑰丽年华。想一想，也是一种美，彻底的洁净，那么世上多少失去女儿的父亲，心也有所安吧。

红色荷花，给天底下所有失去女儿的父亲。

白色荷花，给地底下所有远离父亲的女儿。

桑女子

关于"信誓旦旦"的那些事，就是在以后的日子中男人很轻易遗忘、女人很容易指责的相爱容易相处太难的是是非非，却原来渊远流长，出自《诗经·卫风·氓》。

你可以想象，虽然实际上无法想象周全——在两三千年前的农业社会，没有现代工商业和"互联网+"，生活是多么的简单静美和绿色环保。这一点，有《诗经》可供佐证。在诗中的农业社会，我们的祖先在勤劳植桑种稷伐檀的间歇，他们在唱，用歌喉也用心，于阡陌间，于水边，于植物旁……总之一切和劳动相关的场所。诗，首先是唱出来的歌，它来自民间，出处为民风，并最终成为人类史的记录和证明。

《诗经》是古老的，桑也是古老的。想象一下。古代的女子，葛衣素服，长发如桑，在春天桑叶鲜嫩翠绿之时，结伴在田间采桑，于日常的劳作中，戚戚地表达心声："桑之未落，其叶沃若。桑之落矣，其黄而陨。"翻译成现代文就是："桑树年华正盛的时候，它的叶子水润青青；桑树衰败的时候，它的叶子枯黄随风陨落。"

桑，多像一个从古代一直走到现代的女子。

桑，仿佛她们的青春。

头发如桑，青丝系。好比罗敷，陌上桑。我的头发，如今自然是不行了。干枯，关键是逐渐失去生命的力量，一寸一寸褪成白发。在年少时，我那不识字的奶奶，抚摸着我黑黝黝光滑滑油亮亮的一头浓发，满怀喜悦地说："瞧，这桑头。"

唱《氓》的一定是个女子。一个采桑的女子，遇到了一个卖丝的男子，相约于秋天完婚，看完八字相合后，男子驾着车来拉走女人和她的嫁妆。结婚以后，女子日夜勤劳持家，依然爱着男子，男子却渐渐"贰其行"，违背了曾经的"信誓旦旦"，并施展家庭暴力。女子在日复一日的劳作中忧伤地唱道："斑鸠啊，不要吃桑葚。女人啊，不要迷恋男人。男人迷恋女人犹可脱身，女人迷恋男人实在难以自拔啊。"

然后，你是否发现，两千年前和两千年后，有些事物的本质，比如婚姻情感，一直没有变。

但，关于《氓》是一个弃妇表达怨言，反映那个时代妇女受婚姻压迫的说法，我是不赞同的。假设这个女子的名字叫"桑"，她虽然告诉你青春易逝，男人忘了当初的誓言，但最后的结局是，桑女子说淇水终有岸，沼泽终有边，你既然不再爱我，我必定绝然离你而去。

因此，桑女子虽然没有遇到良人，但是，她选择了重新选择，她坚强、独立、自尊。她的精神是自由的，桑女子是个千年好榜样。

正值初夏，隔壁小花园里的一株桑树果实正熟，枝条伸过墙头，其叶沃若。熟透的紫色桑葚落地，没有斑鸠等小鸟来啄食，兀自在草丛里干瘪。在可以预见的未来，必是其黄而陨。

我伸手拉低桑枝，揽桑入怀，摘下黑色的桑葚放在嘴里。不是小时候甜滋滋的味道，也实在无诗可供吟唱。

谁与合欢

走在夏天开满合欢花的文化路，真的显得很有文化，我们当地管合欢树叫绒花树。张贤亮先生叫它马缨花，也叫它绿化树。其实它还有一个更让人迷醉的名字"夜合"，夜晚的时候，它那羽状的叶片像含羞草一样慢慢闭合，因为要合欢啊！

有本土诗人东篱的诗为证——

这些树。它们多么像人
白天，各怀心腹事。各走各的路
当夜幕低垂，便成双成对地
合欢起来

六月过半，高大的合欢树上结出针状的花瓣，簇成粉色绒球，点缀在青翠的羽状树叶间，闻上去有杏桃味。打文化路的合欢树荫下经过，有说不出的静美和阴凉之感。

然而2015年的六月，不过是两天的时间，文化路上的合欢树全部消失了。因为每日上下班都要经过文化路，我便亲眼目睹了惨状。我怀疑挖树的工作是在夜间或凌晨进行的，因为一早路过时，看到的已经是躺在地上的合欢树和留在地下的深坑。

这个城市颇年轻，不过百年历史，又曾遭遇罕见的大地震，在废墟上重生不过近四十年的时间。文化路上的合欢树肯定是震后栽种的（顺便夸一句当年的决策者，真有文化），那它们就是活了快四十年。如今，四十年的文化路还在，四十年的合欢树却没了，于是文化路显得就不那么有文化了。

据群众们反映，合欢树被移栽到了南湖植物园，因为要举办世园会的缘故。全国人民看到了合欢树，然而唐山人民，终究还是失去了文化路，夏天开满粉色合欢花的文化路，走在树荫下，闻着杏桃味道，让人心情变得轻盈起来。

熟悉的道路变得陌生，过一段时间，就又回归原状了吧，从陌生到熟悉。有谁在乎一条路，一条路上是不是有合欢呢。

然而，诗人是敏感的。东篱在诗歌《文化路上的合欢树》中，还有描写：

如果那片树叶，想先锋或时尚一把（腻烦了一种生活方式）

而非要跟另一片树叶，合欢

如果两片、三片。三十三点三三片（合欢树一定会扭曲）

你能想象得到，文化路会乱成什么样子。

文化路上的合欢树，到底去南湖找别的树叶合欢了。诗人，你不用想象，你已经预见，且你日日经过，看，文化路乱成啥样了？！

六月底的黄昏，又见两边开放合欢花的路，却是另一条隐蔽的道路，在城外的环城水系，少有行人，非常安静。我是专门来看合欢花的，只因春天从此路过时，见到了合欢树。叫了人陪，不至于觉得孤单，虽然常常一个人看花时，也并未觉得孤单。

我说："陪我去看合欢花吧。"

"好啊。"

驱车到了目的地。陪的人说："这就是你说的合欢啊，这不是绒花树吗，整那景做啥？"

嗯。我们就是愿意叫它合欢。我们已经失去了文化路，我们不能再失去文艺。文化路上的文艺生活，已随着合欢树的移栽，永远地失去了绯红的故事色彩。

太阳西坠，红彤彤的圆球挂在黄昏的地平线。站在合欢树下，仰望合欢，看花叶和天空作画。静者如斯，心中慢慢渗出说不出的喜悦，又有些无端的伤感。合欢，合欢。我到底失去了合欢花覆盖的文化路。以后每个夏天里的期盼，谁与合欢？

以此告别六月。

蒹葭与荻

《诗经·秦风·蒹葭》：蒹葭苍苍，白露为霜。所谓伊人，在水一方。

经典永远是经典，两千多年了，画面依然太美，令人不忍眨眼，又令人不忍闭眼。想想吧，秋天的水边，苍翠的蒹葭开始变黄，着了早晨白色的霜露，有一位佳人迎风而立，就那样独自站在秋水边。

然，何为蒹葭？蒹葭，芦苇，荻，都是些什么植物呢？

芦苇，这个名词不用解释，现在还在用，最是让人熟悉，是芦也是苇。葭，初生的芦苇。蒹，没长穗的芦苇。这种叫法多好，好比人的婴儿和少年。所以，蒹葭，名字现在虽然不常用，但就是芦苇。

荻——水边生草本植物，叶子像芦苇，秋天开紫花。荻，只是像芦苇，但不是芦苇。

某年的冬天，我去厦门。车行南方的山中，盘山路的两侧是高高的翠色毛竹。峰回路转，山崖耸立间，溪水流淌处，我看到了一丛丛的草状植物。手指宽的叶子簇生，挺立着高高的花穗，居然是明显的紫色。

那么，这就是叫做"荻"的了。我在终于见到荻的那一刻，瞬间认出了它。水边生草本植物，叶子像芦苇，秋天开紫花。那种感觉，如故人重逢，多年不见，丝毫没有违和感，只想拥抱亲近。

于是，在福建的山里，溪水边，路边，山崖上，我看到了一片又一片的荻草。因此知道，不是所有的荻花都是紫色，也不是所有的荻草都长在水边。

一个人看日本电影《伊豆的舞女》，三浦友和跟着阿熏一家人，走在山路上。镜头扫过，泛黄的叶子和花穗，是秋天的荻草。也许生长在水边的荻，才能在秋天开出紫色的荻花吧。

无论绿色的苇，还是紫色的荻，应该都是女子吧。至少在诗人东篱的眼里是——

> 这个秋天，我看见一位女子
>
> 赤脚站在水边
>
> 秋天的水，向晚的风
>
> 总让我想起她，落满霜的身世
>
> 和道阻且长的爱情
>
> 远离喧嚣，天高云淡
>
> 就那么一个人，头戴一顶忧郁的花穗
>
> 不免有些落寞

那个水域辽阔、蒹葭苍苍的秦地，古代诸侯国，今属陕西境内。据我的体会，蒹葭，即芦苇，多生于北方，茎长叶窄，直立生长。荻，多生于南方，叶大簇生。"浔阳江头夜送客，枫叶荻花秋瑟瑟。"浔阳，今江西九江。所以，荻，应该是位华南、华东的女子。北方的那位，该叫蒹葭。

可是，谁又分得清呢。一棵思考的芦苇，或一棵不思考的荻草？

好了。关于蒹葭，芦苇，荻，你明白了吗？当然，最好的办法是，走到大自然中，与这些美好的植物邂逅，相遇，拥抱，亲昵。然后，你总会有不一样的所得。

夏茉莉

夏茉莉，肤白，异香，可佐餐。山西太原的一个花痴男子在做面条的时候，顺手摘了几朵夏茉莉放入锅里，并没有听说被毒到。

茉莉花的芬芳悄无声息，却又无处不在。只要你肯安静下来，舒缓一下疲惫的身体，有意谋求一点精神的建设，茉莉花的芬芳就会从角落里悠悠地飘来，越安静越浓郁，浓到可以用来沏一杯茉莉花茶，夏天也就快要过去了。

茉莉花，属于民间，属于每个喜欢栽培它的男子女子。在平房成为标准住房的那些日子里，墙的一角默默生长着一株茉莉，高大，葱茏，枝条可攀援墙头。直到夏日的某个早晨，院子里大人小孩都喊着寻香，原来白色的茉莉花开了，女人们会悄悄在花前默然一阵，瞧，又开了。后来，楼房成为标准住房，没有了院落和土地，茉莉花就被养在花盆里，依旧安静地开落。

我就养过好几盆，但茉莉花在我手里并不怎么好活，使我很有挫败感。往往是买来好好的一盆茉莉花，花期只一茬就不再开放，不仅如此，连枝叶也开始逐渐枯萎至死，过不了一个夏天。

菜市场紧邻着主干道，一大早，一辆卖花车就停在了入口处，卖花的是母女俩，种花的是男人。茉莉花被栽在黑色塑料花盆里，整整摆了上下两层木架。我关注那个细细的女孩，水灵灵，站在母亲身边，几分羞涩的样子，分明就是一株芬芳的茉莉花，又香又白人人夸。卖花的母亲做起生意来很是泼辣，大声地招呼行人，她，也曾是一株默然芬芳的茉莉花啊。日子和容颜就是这样慢慢改变和新陈代谢的。

我从母女俩手中买下一盆含苞待放的茉莉花，端端正正养在家里的南窗台上。

在单位附近街道拐角处，我常看见一个老花农推了车子卖茉莉花。这一次，我和另外两个男子一起讨价还价后，买了一盆，是双瓣茉莉，端端正正放在办公室的北窗台。回来后悔，何必为了一块两块的零钱，和养花人砍价呢，这可是盆香喷喷的茉莉花啊，每一朵花蕾还不值一块钱吗？

放在家里南窗台和办公室北窗台的茉莉花次第开放，又次第零落。我打了鸡蛋给它做肥，过了些日子，它们又次第开放，次第零落。这竟是我养茉莉的历史上最成功的一个夏天。

花开了，邀了楼上楼下的同事来赏花。刚刚开了三朵，细细数花瓣，一朵七瓣，一朵九瓣，一朵十瓣，很有意思。花落的时候，不忍打扫，看零落在地板上的花瓣最后变成枯黄色。

茉莉花很平民，但有一个贵族小姐也很喜欢茉莉花，她叫贾迎春。贾家二小姐无疑是懦弱的，在薛、林等才女面前，又无疑是平庸的。可是，少女的心怀并不因为性格和智商的不同而有所差别，迎春是个安安静静的姑娘，经常一个人在花荫下拿着花针穿茉莉花。

《红楼梦》里有一个场景描写，一日入秋，史湘云在藕香榭摆下螃蟹宴：林黛玉倚着栏杆坐在绣墩上钓鱼，宝钗手里玩着一枝桂花，掐了桂蕊掷向水面，引鱼吞食，史湘云只顾出神招呼众人吃螃蟹，探春和李纨、惜春立在垂柳荫里看鸥鹭。二姑娘迎春呢？书中表明，迎春又独在花荫下拿着花针穿茉莉花。一个"又"字和一个"独"字，品起来多让人心疼，在个人的成长史上，是否每个人都经历过呢——"又独自"做着自己喜欢的满怀心事的什么事情。

窃以为，如果比较行为主义，比起钓鱼、掷花、出神、看鸥鹭，在花荫下拿着花针穿茉莉花，画面感实在是更胜一筹。虽然二小姐写诗作画均不敌其他姐妹，性格上亦无光环，可是，别忘了它的人丫鬟叫司棋，她卜棋自是拿手。这一双手，除了拿棋，也喜欢拿花针，独自在花荫下穿茉莉花，从夏天穿到入秋。

对了，这香香白白的茉莉花虽然姓夏，花期却很长，如果养得好，可一直开到九十月呢。

秋天快要来了。

　　　　　　　　　　　　夜深同花说相思

逃花　离花

人间的桃花快要开尽的时候，听说山里的桃花开得正好。

关于桃花，最著名的怕是《诗经》里的那首《桃夭》，诗曰："桃之夭夭。"夭夭，就是茂盛的样子。然而胡兰成却说，桃花难画，因要画得它静。

一朵粉色的桃花，灿烂于枝头，凋落后却能结出鲜艳而硕大的果实，可见其"夭夭"的能力原本是从花开延续到果落，从早春一直繁盛到夏秋。

面对一株或一片桃花，要从中观其"静"，又怕是和看花人的心情有关。心底宁静的人，如何的繁盛，也能看到桃花的静，心底不平静的人，怎么看，也是一片烦乱。

几日来，心情略好了些，仿佛破损的沟渠得到修复，只等待下一次的雨水冲刷。一个人静静地听一首歌，刘若英唱的：

> 那天的云是否都已预料到，所以脚步才轻悄。
> 以免打扰到我们的时光，因为注定那么少。
> 风吹着白云飘，你到哪里去了
> 想你的时候，抬头微笑
> 知道不知道。

有的时候，随意的一句话，就应和了某年某月某日的一个场景。所以命中会有注定。国人大多相信命运，认命，在无可奈何之际，可以安慰人心。每个人，不过是被命运的手拨来弄去，遇到谁，亲密或冷淡，都是早就安排好了的。

　　就像你不能躲避命中的桃花。桃者，逃也。不能逃花，必见桃花。粉色的，成片或孤单一朵地开放。在平原，在海边，在崖上。朵朵都是你前世的盼望或厌弃。你，想逃？哪里逃……

　　无声的思绪滑入生命中的时候，隔着不透明的暗夜，我也能看见你疑惑的粉色的略有虚弱的忧郁。你站在路边，用手遮了灯光，回归真正的田园。有彩虹桥，有飞鸟和河水，有中秋的月，有竹叶浸泡的清茶。

　　从不曾离开，因为你见了桃化。再尢处可逃。

　　属于我们青春的时光，如此稀少。而我夜夜都梦见那些时光。它们变成阳光，月光，温暖或清冷，开出一朵朵桃花，嵌入生命的墙壁，已成雕塑。

　　桃君，我以你避邪，躲避生命中阴郁的情绪。

　　看到一个人在 QQ 上的签名，如下：这个春天，切几斤桃花下酒……

　　这，大概是我看到的，关于桃花的，最慷慨的表达了。

　　嗯，我喜欢。

　　还有一种树花，在我看来，与桃花有"异花同工"之处，是夏天开放的栗花。栗花就是栗子树开的花。与那些职业开花的植物比起来，开花的树，到底多了几分持重。

很多年前，一个姑娘对我说，姐姐，山上的栗花什么时候开放，开了的话，我们一起去看栗花。她约我去看栗花，大概知道满是板栗树的山上住着我的亲戚。

我先生曾经交流到北部山区工作，那里是著名的栗乡。在有皇帝的年代，当地的栗子专供皇宫，是为贡栗。当年的贡栗，现在已经入得寻常百姓家，不仅如此，还出口海外，赚来了外汇。因此，为了提高产量，山上凡是有条件的地方，都栽种了栗子树。

栗子树高大，一株即可成荫，看上去很是漂亮。夏天的时候，毛茸茸的栗花开放，柔而碎，香而远，好像蝴蝶落在肩膀上，让人不敢呼吸。以上是我看到栗花前的想象。

接到那个姑娘的提问后，我对先生说，快带我去看栗花吧，否则哪天你再交流到海边，就去不成了。没想到一语成谶，多年后，几经波折，先生果然被调到海边工作。难道闻着栗花的香味，就一定会离开吗？

栗子好吃，栗花也很美，只是其美全不似桃花的铺张和艳丽。初看栗花，还以为不是花呢，毛茸茸的，倒像是春天的杨树狗，闻其香却是悠远。连我那不浪漫的先生都说，春天的时候下乡，走在山里公路上，满山遍野全是栗花香，感觉不错。

我说桃花和栗花相似，全是个人的以为，因为：桃花，逃也；栗花，离兮。在某个情绪低沉的时候，睹物感怀，谐音遐思，也是人之常情吧。

月亮之美，因其会缺。人世之美，因其会散。

所以，世有桃花，亦有栗花。

那些叫菜的花

有一种菜，南方叫花菜，北方叫菜花。在这一点上，南方人倒比较写实，北方人显得线条柔曼了些，虽然的确是菜，但吃的确实是这种植物的花朵啊。打北方和南方的菜园子经过，最好是滴着露水的清晨，菜花或花菜被宽大的绿叶子包裹着，白生生的硕大花序圆滚滚地生在土壤里，看上去有端庄丰润的喜悦。

菜花是一种菜，虽然它是一朵大鲜花。在我认知的植物范畴内，有几种花朵的名字叫作"菜"，其实却是一种花。

黄花菜，有一个很女性的名字，叫萱草，对了，它的植株很像一棵长起来的大草。又传说，食了萱草能够忘忧，所以它又叫忘忧花。我之前不知道这些，比如萱草和忘忧花，虽然村里有个姑娘叫小萱，虽然漂游半世至今不能忘忧。

这种叫"黄花菜"的忘忧花，最初的确是以菜的形式进入生活的。那居然是一种佳肴，稀有到只有过年的时候，母亲婶婶们才在集上买回些晒干的黄花菜，同时买来的还有晒干的黑木耳。这些干货都需要用水来发，吸收了充足水分的黄花菜和黑木耳，奇迹般地慢慢舒展身躯，木耳的确很像肥厚的黑耳朵，而黄花菜，也显露出花冠的形状，这花蕾的细长的棕色尸身，看不出当花时候的娇黄。

黄花菜木耳炒肉，吃了的确忘忧，因为终于尝到了向往已久的肉。家庭名吃重点原来在肉，千年名花不过是个配头儿。那是整整一代人怀旧的记忆，因为黄花菜必须配肉，于是在灶台前就充满渴望，那种感觉至今不敢遗忘。

黄花菜开的当然是黄花，以明黄和橙黄为主。如今绿化搞得好，路边、花圃广泛种植，菜市场上也有鲜黄花菜出售，那是初生的花蕾。春天的时候，萱草开成一片一片，黄灿灿的，你若遇到，并且肯站在花前静默，真的可以让人忘却烦忧。

最初见到诸葛菜，是在某年五月初的北戴河。和同学一家在海边的路上骑自行车，就在松柏树下，见到了蓝盈盈紫生生的一片花海！这是什么花？细长的植株仿佛不胜海风的吹打，蓝紫色的花瓣好像兰花，簇生成片，幽幽无声。我保证，这些花朵是海边松柏树下野生的植物。

后来就是在本地的南湖生态公园。早春的清晨，无意间经过一片林子，又见到了成片成片生长的蓝紫色花朵。这一次，我之前无意中查到了它的名字，好听得很啊，二月兰。我和我的女友们，流连在二月兰花丛中，用大光圈拍照，二月兰被虚化成紫色的光晕，人蹲在那里傻傻地笑。对了，二月兰，就是被季羡林先生写入《二月兰》的二月兰，它也叫诸葛菜。

相传诸葛亮带领蜀军作战，粮草渐渐不能供给，为了补充军粮，诸葛亮让士兵们种植一种野菜，竟渡过了难关，后来人们就把这种菜叫做"诸葛菜"。奇怪，曹操也曾在行军中让士兵们"望梅止渴"，又在一个雷雨天邀请刘备"青梅煮酒论英雄"，但那种青梅并没有被称为"曹操梅"。大概是诸葛菜当了粮食，挽救了饥荒，更接近民众的口舌。

诸葛菜。我研究这株菜，分明是株花。本地人在早春挖野菜，什么荠菜、蒲公英、苦菜，并没有人吃诸葛菜，可是如今树荫下，道路边，生了很多诸葛菜，它们也是用来绿化的。用来绿化的诸葛菜，繁殖能力很强，作为一种花卉，还是叫作二月兰比较妥帖。

夏日的黄昏，我去遛弯。在一条人工河边，听到一个小朋友指着一片紫红色的花穗对她爸爸说，这是薰衣草，口气很是笃定。我知道它不是薰衣草，也不是鼠尾草，但它们长得确实太相似了。它是什么草？在曹妃甸湿地、南湖、凤凰山、环城水系的水域边，多有生长。这次我请教了别人，被告知叫千屈菜。原来，这很像薰衣草的花穗叫千屈菜，它比薰衣草高，花色偏红，更重要的，它喜湿，水边多有生长。

是了，有一次我和先生去曹妃甸湿地，刚进入湿地区，河道芦苇蔓延的路边，就看到种植着长长的一条紫色花带，原来它是千屈菜。黄花菜和诸葛菜的确是菜，有证据表明家庭餐桌和军队食堂都曾食用，那么千屈菜，真的没有听说过有谁摆上餐桌。不过，在中医的国度里，想来每株植物都可以入药吧。

黄花菜开黄色的花，诸葛菜开蓝紫的花，千屈菜的花朵偏紫红色，不是每种花都是菜，但是每株菜都开花。这个世界，不是菜的世界，到底是花的世界，那组成大自然重要部分的绿色开花植物的繁殖器官，洋洋立于世间。生命因花开而得到繁衍，让人不禁心生敬畏。

水芙蓉　木芙蓉　草芙蓉

越想越有意思。越查资料越觉得曹公为千古第一才子。

北宋周敦颐的《爱莲说》，对繁多的水陆草木之花只列举了三种：菊，花之隐逸者；牡丹，花之富贵者；莲，花之君子者。并言"世人盛爱牡丹，予独爱莲……"

《红楼梦》中，薛、林两位自是花魁，可是在繁花似锦的大观园里，如何安置并驾齐驱的两位女主呢？个人非常喜欢书中第六十三回"寿怡红群芳开夜宴"，众女儿夜宴欢聚，命运的谶语在芒种时节开始显露，之后三春花事渐渐散场，那是最后的热闹。宝玉生日那天，夜晚，众女儿在怡红院聚会，喝酒，宵夜，做"占花名"的抽签游戏，就是在这少有的放纵之夜，薛宝钗掣得一枝牡丹签，林黛玉抽到一枝芙蓉签。

牡丹好解，国色天香嘛，艳冠群芳，是李唐来的盛爱，与薛宝钗很配。然何为芙蓉花，能够与牡丹花相提并论，并代表着林黛玉呢？

曹雪芹真真高明啊！将周敦颐名篇中的两种名花比作薛、林两位才女：一个是陆上的花王富贵牡丹，一个是水中的君子清露莲花，水陆两不相欺，各为花魁，并驾齐驱。又及，薛宝钗这朵花王，是世人之爱，而林黛玉，堪堪一枝出水芙蓉，是周敦颐的独爱，恐怕也是曹公的独爱。当然，也是后世诸多读者的独爱。

黛玉抽到的芙蓉花，是水芙蓉，是《爱莲说》里的莲花，也叫芙蕖，民间最为熟悉的名字是荷花。

荷花，南北水中皆有生长，大人小孩都认得。可是，如果问到水芙蓉是什么，恐怕很多人要迷惑起来。荷花，也叫水芙蓉，它是林妹妹的化身啊。

《红楼梦》中还有一朵芙蓉花，是贾宝玉的丫鬟晴雯。贾宝玉有两个很重要的丫鬟，一个是袭人，一个是晴雯。这两个丫鬟其实和薛宝钗、林黛玉有着丝丝缕缕的关系，比如袭人希望薛宝钗成为二奶奶，而晴雯得到林黛玉的信任。王夫人不喜欢林黛玉，连带着不喜欢眉眼和林妹妹有些像的晴雯。林黛玉和袭人生日相同，如此缘分竟不相知，倒是晴雯成为宝玉和黛玉"二玉"之间的纽带。

宝玉挨打，黛玉伤心，宝玉于病痛之中为了让黛玉放心，就叫晴雯送去两张旧帕子，黛玉拿着旧帕子不由得左思右想，神魂驰荡，这简直就是私自传情了，而红娘就是晴雯。

晴雯被逐出大观园，含恨而亡。宝玉在园中对着芙蓉花吊唁，抒写《芙蓉女儿诔》，因他相信晴雯是天上的花神，掌管芙蓉花的花神。黛玉和他一起修改祭文，到底把"黄土垄中"改成了"茜纱窗下"，而林黛玉所居潇湘馆的窗纱就是茜纱，红色的纱。那么，晴雯化成的芙蓉花也是荷花吗？我特意搜来87版的《红楼梦》来看，还好，电视屏幕中显示的是木芙蓉。

代表晴雯的芙蓉花，不是林黛玉的荷花，是属于她自己的木芙蓉。

明代袁宏道《瓶史·使令》:"牡丹以玫瑰、蔷薇、木香为婢……莲花以山矾、玉簪为婢……木樨以芙蓉为婢。"牡丹、荷花都是主子身份,而木芙蓉是婢女。瞧,曹公多神!

是的。芙蓉有水、木之分。水芙蓉是荷花,是莲。那么,木芙蓉长什么样呢?我在本地四处溜达的时候,并没有遇到木芙蓉。倒是出差厦门的时候,在学校的院子里看到了一棵花树,标牌上写着"芙蓉"二字,始知是木芙蓉。

国内哪里的木芙蓉最盛呢?必是成都。成都也称蓉城,芙蓉的蓉,市花就是木芙蓉。秋天里带着母亲去成都,出了高铁车站,母亲就指着一树繁花说道"看花",还能是别的花吗?当然是木芙蓉花。

除了水芙蓉、木芙蓉,还有一种花叫草芙蓉。草芙蓉为灌木,花形和单瓣木槿很像,单株的很少,一开就是一片。如今,路边和公园多有种植,特别是公路和高速路边,虽是灌木,花茎也可以长得很高,远远望去,虽说叫"草"芙蓉,不似林黛玉的水芙蓉和晴雯的木芙蓉那样有名,自有一番热闹和情趣。如果你开车回老家,路边开满了红色白色的草芙蓉,大朵大朵的单瓣花朵陪伴,一路下来,回乡的路就会变得短了些吧。

紫　桐

　　辽阔的五月里的一天，都和桐花有关。香可嚼，醉可调。

　　一大早，冒着交通风险去朝阳道上拍泡桐花。虽说故意起了个早，避开了人流车流的高峰期，可是总有那更早的鸟儿走在觅食的路上。那条街道两边栽种着高大的泡桐树，正开着淡紫间白的层层花朵，远远看去，路的尽头花树相交，像沁了淡紫的云雾，连附近居民区里震后盖起的旧居民楼都跟着历史起来。女儿读初中时，这条路来回我走了三年，度了三年的紫春。

　　中午的时候和人聊天，又说起泡桐。说是大炼钢铁时树木被全部砍尽了，又需要木材，就急功近利地引进了泡桐，因为泡桐生长迅速。还说，看到它，就觉得人们性急，泡桐是种沾沾自喜的植物。然而，我虽然觉得这比喻很不错，但是并不认同此说法，泡桐应该是顶中国的植物之一吧。

　　晚间时候，正好读到宋人李昉的《桐花鸟》，说有一种拇指般大小的五色鸟，专门食桐花，桐花谢了，鸟儿也就没了踪迹，因此人们叫它桐花鸟。

　　因了桐花鸟，又寻读到了唐代李德裕的《画桐花风扇赋序》："成都夹岷江矶岸，多植紫桐，每至暮春，有灵禽五色，小于玄鸟，来集桐花，以饮朝露。及华落则烟飞雨散，不知所往。"

看来蜀地成都，应该多有紫桐。成都有个著名作家何大草，我极喜欢他的小说语言，据说他有一双普希金一样的眼睛，他写了部小说被改编成电影《十三棵泡桐》，还获了当年的东京国际电影节评委会特别奖。我寻了看，剧中的学校里、街道边等外景地，哪里是紫色花和墨绿叶的泡桐，分明是翠绿色的舶来品"法桐"。我特意请教作者，作者也很无奈："剧组找不到泡桐，只好以法桐代替，可是我的小时候……"

嗯，泡桐，的确应该来自小时候。在我的记忆中，堂前屋后应该有一株高大的桐树，不是能引来凤凰和制作良琴的梧桐树，也不是从英国引进种植在上海法国租界的法国梧桐，而是泡桐，顶中国和民间的植物，春天里开了喇叭一样的紫色花朵，毛茸茸地掉下来，拾起来放在嘴边想去吹。

因了桐花鸟，还知道清代一个名叫王士禛的人因写了"郎似桐花，妾似桐花凤"这样美好的词句后，从此被人称为王桐花。也算是个传奇了。

那么，桐花鸟或桐花凤所食的桐花，是我早晨拍到的淡紫色桐花吗？李德裕所说的紫桐也是这种泡桐吗？

"度娘"说，泡桐原产于中国，栽种历史悠久，有两千多年了。至于紫桐，李时珍《本草纲目》上亦有记载。只是，泡桐生长迅速，既做不成良琴，也做不成好家居，因为浓荫蔽日，影响其他植物生长，还被美国列为危害植物。

然而，泡桐虽然做不成良琴，也做不成上等的木质家具，却可以制作一般的家具，烧桐木。我在网上对一款烧桐木四方桌心仪了好久，终于在一个多收了三五斗的月份拿下，配了同质地的木盘，放在榻榻米上，正供把玩，纯实木哎。

是了，就是早上所拍的紫桐花，紫色泡桐花。记忆中顶民间的、小时候的，瓦屋边、街道旁、黄土中的泡桐。一切，都是因为这个桐花开放的春天，以及放在春天晚上的枕边书《念楼学短》，书的作者是钟叔河。本该九点就关了微信，在宁静的春夜中独自体味春寂，耐心地培养睡眠，皆因为钟先生书的缘故，我才熬夜临屏敲字到深夜。

不过，还是要说，这是别人推荐给我的书，现在我推荐给你，希望你能在短暂的春天，遇到紫色如烟的桐花万里路。

只不过，又有谁，在这繁花渐欲迷人眼的时光里，在乎到底是何种桐呢？

遇见一朵矢车菊

为此，我特地搜来安徒生童话《海的女儿》的英文版开头：

In the sea in the distance, the water is so blue, like the most beautiful cornflower petals.

《海的女儿》中文版开头是这样的："在海的最远处，海水是那么的蓝，像最美丽的矢车菊花瓣。"Cornflower，矢车菊，是怎样的一种花，在丹麦童话里像最远处最远处海水的颜色。

我曾经拥有过一本《安徒生童话选》，应该是初中时，来源不记得了，估计是父亲买给我的。

父亲会从单位的图书馆借阅书籍，这就使得我们家有些许不同，图书是家居里最不同的装饰。图书馆里的书籍包着厚厚的牛皮纸书皮，打开来，是本《聊斋志异》。我拥有的那本《安徒生童话》一定是父亲买的，没准是从街上的旧书摊路过，忽然想着家里有一个爱读书的孩子，就很骄傲地弯腰买下，那可是本童话啊。

《安徒生童话选》的第一篇就是《海的女儿》，在海底住着一个国王，一个老奶奶带着几个美人鱼公主，最疼爱的小公主也最美丽聪明的。真的不记得是否有像最远处海水一样颜色的矢车菊花瓣了……

我是在工作以后，确切地说是在有了孩子后，在给孩子朗读《安徒生童话选》的时候，被"在海的最远处，海水是那么的蓝，像最美丽的矢车菊花瓣"吸引的，我定睛看着这些汉字，特别想知道矢车菊是怎样的一种花。

于是就从网上搜了矢车菊，幽幽的蓝，开着美丽的花瓣。居然是德国的国花。

矢车菊，成了我的心事。从来没有放弃想知道这是一种什么样的花的想法。一时又觉得德国很远，心事难以达成。

春天的午后，我一个人驱车，沿着去往高速路口的那条路缓慢行驶。是为了虞美人。每每经过那条路，在这个春天，会看到在风中摇曳的虞美人，红色的，白色的，黄色的，像朵朵诱惑，与罂粟花同宗。

这是一片杂色品种的长条花田，估计是负责人买了各种花的种子，一并在春天撒下。就在这一片各种春菊和虞美人中，我赫然看到了一株细小的植株，隐藏在其他花朵之下，不注意根本就看不到。它太细弱了，开着幽蓝色小花朵，啊，是矢车菊。我一眼就认出，没有半点含糊。

有没有这样的时候，一件事在心中想了念了许久，一年，两年，十年，也许是半生，甚至一生，总是错过不能相遇，然而在不经意间，在让人最没有想到的时候，赫然就实现了。并且一眼认出。这样的不期然，除了手足无措的喜悦，就是在梦一样的喜悦中感慨命运的奇特。

　　　　　　　　　　　　　　夜深同花说相思

我围着矢车菊左拍右拍。我甚至离开后又回转再次寻找那朵幽蓝色。我想尽量和它多待会。我是不可能将它像紫花地丁一样移栽到家里的。春天移栽的紫花地丁，不久就死了，在窗台的花盆里。这一次因为喜爱，所以不忍让矢车菊的生命冒一丝半毫的风险。

　　这是上帝安排好的一场奇遇。如今我还这样认为。像一个最远处最远处海水颜色的绮梦。不知哪一天，它就来临了。

　　再次遇见矢车菊，是在青海湖边。那个秋天，我和先生去青海旅行。沿着开满格桑花的路径向湖边走去，在一个花田里赫然看到了一片矢车菊，颜色很多，白色粉色红色紫色酱色，花瓣多重，在高原上摇曳盛开。

　　我俯下身。啊，这是重逢。

异乡的花

　　走高速一个小时，就到了异乡。我们在异乡临时租了两室一厅的房子，准备做一对周末陪读的父母。故乡异乡的距离，有时也不是那么遥远。

　　台湾美女林志玲曾说："现在没有男生追志玲，只有时间追志玲。"我来此陪读也有这样的感慨，一不小心成了高考陪读家长，时间过得很快很公平，不管你美不美，愿意不愿意，只管一路前行，绝不回头。

　　小区在小城的北部边缘，过一条马路，再过一条壕沟，就可以看到庄稼。有一次夏日午后路过，听到豆田里有唢呐声，一个男人靠着树干独奏，与周边的环境很是契合，有古意。夏天，沟渠里有水，有三五男人垂钓，路边停着汽车，是很城市的闲适生活。这一点都不矛盾，小城有小城的故事，小城有小城的妥帖，非不远处繁华的直辖市所能比拟。要想保有自信的信念，就要在心里坚定地认为"寸，有所长"。

　　你从山中来，带着兰花草。我从异乡来，看到喇叭花。

　　是在早晨。过了马路和壕沟，向北遛弯。就看到了很多的喇叭花，都是圆叶的，白色，粉红，紫色，开在壕沟边，开在墙头上，黄色墙体后边遮挡的应该是工地，谁知道呢，这个世

156　　　　　　　　　　　　　　　　　夜深同花说相思

界总是藏着很多不为人知的秘密。

喇叭花的喇叭只在早晨打开，那个吹唢呐的男人却是在夏天的午后独自在豆田边的树下吹奏，用的肯定不是这些白啊，粉啊，紫啊。豆子应该是黄豆，唢呐该是黄铜色的黄吧。

喇叭花的秧子需要依赖别的什么才能向上爬，枝条牵牵扯扯，合该也叫牵牛花。耕牛随着喇叭花一路地走，就被牵到了田里。天上的牵牛星闪啊闪的，是由多少牵牛花引路呢？

它还有一个名字，叫朝颜，就很有文艺范了。不像唢呐和牵牛，很是乡村，上不了文艺的台面。乡村不文艺吗？乡村不文艺，每分每秒都是现实，可是乡村里也有很多文艺青年。我的一个儿时伙伴（我当他是），长得帅帅的，青年时期留着长发，让多少城里的文艺女青年迷恋啊，他一直生活在乡村，谋生之余却是个小说家。嗯，可以叫"家"了，短篇、中篇、长篇，像夏日的朝颜花一样开不败，开着开着破了纪录，经常牵出个大奖啥的。

我在异乡锻炼身体，沿路快走。中年人似乎都喜欢走步，或慢或快，我的大学同学都跑了2500公里了，合1553英里，跑步软件的背景都升级成了紫色，写着"欢迎来到紫色"。不知道走过25000公里，屏幕会变成什么颜色，我想红色最适合。

我被牵牛花牵住了手，牵住了眼，牵住了心。我的散步变成了手机随拍。看它们在墙头一簇一簇地，紫得深远和悠然，看它们在沟渠边的植物上牵扯，红得坦然和灿烂。

在异乡，也可以这么拍花朵，让我觉得还是在故乡。然而世界上的万千花儿，本来也是有故乡的。

小小一株含羞草

两天没有回家，餐厅的玻璃窗上爬满了黑色的小飞虫，通体黝黑，外壳坚硬，小翅膀可以飞到天花板，打也打不绝。被拍死碾死的飞虫身体轻脆，能清晰地听到"吱吱"的死亡声，很是让人麻心。环顾四周，窗台上的绿植就显得颇为可疑。

窗台上的植物都不是名贵的品种，价钱低，生命却很蓬勃。有一盆母亲移栽过来的紫色变叶，有一盆养在玻璃杯中的绿萝，有三小盆菊花和三小盆月季。小菊花和小月季被养在藤编小筐里，记得当时筐比花贵。当时的时分是春节前夕的腊月一天，一众文友在家里进行高逼格的聚会，新晋鲁迅文学奖得主作家张楚亲自下厨炒了俩菜，美女诗人唐小米拿着筐菊花当模特，著名诗人东篱是个业余摄影师。其时，白雏菊和粉月季开得正好，是冬天里的亮色。上述植物已经养了一年或半年，经过了两个或一个夏天，都没有生出小飞虫，那么问题就应该出现在最新买来的那盆植物上了。

是一株小小的含羞草。

我们三个正值中年盛花期的女人，趁着一个稀有的闲暇时光，遛到了花卉市场。一个是我高中同学，认识了不知多少年了，一个是相交了十五年的同事好友，我们看着彼此，就像彼此看到了自己，互为镜子和证人，怪没意思的。逝去的青春，一直以来几乎被忽略掉的珍贵陪伴和彼此见证，以及可以预见和不可预见的未来，恍惚间，已是数十年。就是在三个女人寻花的过程中，我看到了那一盆含羞草，价格也是贱贱的，毫不犹豫地将它买下带回了家。

我将这盆小小的含羞草放在餐厅的北窗台，让它含羞地望着外面车水马龙的街道。不久出门，回来就发生了虫灾事件，当然它首当其冲被怀疑。于是含羞草作为"嫌疑人"被挪到了楼道里，并且是楼道的角落，因为一时的恻隐和案情尚不明朗，没有被立即扔到垃圾桶。

可是，我是喜欢含羞草的。曾经，我觉得自己就是一株含羞草。

20世纪90年代初，各位可以想想，这个时间节点自己处于什么样的状态。那时的电视里，放映了一部台湾电视剧《含羞草》。至今记忆犹深，那首片头曲依然可以完整哼出："小小一株含羞草，自开白落白清高……"还因为，至今记得女主的名字纪璇，女二号的演员名字叫李烈，和那个看似不羁颜值又高的男二号赵子豪。

上述元素整理为：时间过去了很久，我还记得翁倩玉唱的那首叫《含羞草》的歌，多年以后在卡拉OK唱起，伴舞跳三步正好；我记得纪璇的温婉和传统美，一头烫蓬松的长发，自尊自爱，女性楷模；我记得罗大佑的第二任妻子李烈短发英姿，"公举病"严重，动不动在路口伸手，大声叫"TAXI"，而当时北京城里满大街跑的都是黄色面的；我记得那个叫赵子豪的男人，带着一个女儿，性格不羁，对纪璇又深情脉脉，好想以后也遇到这样的男人。

那么，我就是记得《含羞草》了。含羞草，一碰，叶子就闭合，多么地害羞。自开自落自清高，自怜自爱自烦恼，她只愁真情太少，不知道青春会老。

我将"嫌疑犯"放在了楼道的角落。第二天早晨上班，在电梯口下意识地看向角落，微弱的一缕阳光下，我居然看到了两团粉色！你知道吗，含羞草，开花了。

我是第一次看到含羞草开花。含羞草和合欢相像，无论是叶子还是花朵，含羞草就是微观了的合欢。微观了的合欢，是微观了的时间，从二十几年前飘来，奇怪，感觉并不遥远。

我想，不管虫子是不是因为含羞草而生，我不能再将它丢弃。它一夜绽放，这是多么强大的力量，它要向我表达什么呢？在楼道的角落里，只有早晨的一缕折射光射入，微尘清晰，含羞草的小粉球花朵，情操赫然，令人震撼，无需美图。

其后：经进一步勘查，虫灾的确是由植物引起，但不是含羞草，而是那几盆菊花和月季。菊花和月季养在藤筐里，藤筐被塑料布罩着，不透气，水分无法渗出，又赶上夏末连续几日高温，我们出门又没有开窗通风，正好滋养出和花土一样颜色的黑色飞虫。最后解决办法，杀虫剂。菊花和月季连花带筐被移至楼道，于是我日日从花间入户。因为阴暗，它们生出了虚弱的新芽，绿色几多可怜。婆婆看了不忍，筐和花最终被拿到了她家，放在南窗外面的窗台上，时有灌溉，阳光充沛，生命无虞。

皆大欢喜。

「辑三」

信札记

谁此时孤独，就永远孤独

就醒来，读书，写长长的信

——里尔克

关于相遇

亲爱的，你好吗？

南半球的春天快到了吧。除了宽广的草坪和高大的橄榄树，那里是否也有白色的流苏花开放？白色流苏花如雪，多像我们鬓边的头发。还记得吗？有一次你拍了流苏花给我，我还特意上网查了查，这种花也叫"四月雪"。按理，我省也有分布，可我竟然没有见到过。

我这里8月8号刚过了立秋，炎热又延续了十几天，8月23日处暑之后，雨水反而较多，天气才凉爽起来，秋意渐浓。一年二十四个节气，每半个月一次更选，万物应着季节的温度，看似轮回流转，实则"光阴可惜，譬诸逝水"，天地看似不动声色，实则每一秒都在发生变化。而距离我们上次联系，堪堪过了十四个节气了吧。

呵呵，你知道的，几十年来虽然从未谋面，但我们也从未断绝，频繁或疏离只是个表象，其实情谊如影随形，又化于无形。他们说从前很慢，而我们现在也不快。一直以来我们靠呼吸，靠写信，后来有了电话，接着是网络，微信，不知道未来还会有什么样更快捷和简洁的沟通方式，但我只知道一点，对于专属于我俩的时光来说，从前和现在以及未来都很慢，慢到沙漏停止漏下沙粒，我们和自己永恒相对。

忽然想重新给你写信。虽然我的钢笔字一直不好看，但也不想打在电脑上给你电邮过去。我更喜欢传统的邮寄方式，一封信件被盖了邮戳，通过轮船、火车、飞机，然后经邮递员的邮车送达你手里。历经千山万水，期待才有厚度。

我们从来不怕慢，我们怕的是快。

买了鸵鸟牌的纯蓝墨水，在书橱的抽屉深处寻到了一杆英雄牌的墨绿色钢笔，从办公室要来一本厚厚的横格信笺，更主要的，我在等待心情，不多不少的，情绪凝成笔尖的一小滴墨水的时候，刚刚好。在寻思和准备给你写信的时间里，我一直在等待夏日的离去，如今真正动笔的时候，已是八月之末，秋天到了。本来打算从来年的春天开始，我喜欢事情的开头是个时间的节点，比如一日的开始，月初，年初。这一点可能是受职业的影响，也可能患有轻微的强迫症，像给你写信这样隆重的事件，理应始于年初。

何况，我越来越喜欢春天了，风开始变暖，植物开始重萌，一出门就看见花儿开在春风里，让我欢喜无比，我叹息生命的向荣和热烈，而我欢喜花的开放要胜于花的芬芳，好奇怪，年轻的时候不怎么喜欢春天，觉得这个季节气燥而热烈，大概青春的荷尔蒙作怪，只有冬天的凛冽才能和它抵抗中和。如今，我看春天，看生命从土地里，空气里，草木间，人心中，慢慢复苏，感觉好极了。如果此时让我从人类变成流水，树木，花朵，我会义无反顾地答应。

生存的意义在于自我实践和体验，每个人的内心都渴望奔放的自由。

不过，你还记得吗？你说过，当我变成春天的花朵，你不会变成采蜜的蝴蝶或蜜蜂，你会变成一坨牛粪，热气腾腾地给我提供给养。爱，本质是付出，不是索取，如果一个人不肯付出，那不是别的问题，是爱得不够。我想，一辈子都恩恩爱爱的夫妻，一定是一个人付出了比另一个人更多的爱，因爱才有包容，包容是解决一切问题的关键，小到家庭生活，大到政治。针尖对麦芒，谁也不想收起片刻的锋芒，针锋相对，必定双双遍体鳞伤。

话题转回。之所以决定现在给你写信，是因为那个叫司马丹如的丫头太心急了，说好明年春天一起搬进终极山，她却早早收拾好了那座百年宅院，非让我们现在就搬过去小住，说秋天来了，抬头就可以看见山上的红叶。这就牵扯出一个问题，关于相遇。

终极山属太行山脉，山西境内，山下有一个古老的村庄，村庄里有一座百年它院，论朝代始于清朝末期。我的朋友司马丹如当记者的时候很败家地买下那座宅子，后来她辞了职，一直想收拾收拾，叫上紫含、弱水、我，以及司马的闺密知微一起入住。我们仨和她们俩，五个女人，因为缘分，相遇了。

因为"缘分"的相遇，原本是个宗教概念，佛教里有很多关于缘的说法，比如世间万物皆因缘起缘落。中国文化也很讲究缘，甚至在婚姻里被月老注定的才是上等的姻缘。婚姻是缘，相遇也是缘。如此说来，你我的关系，也是一种缘吧，呵呵！

我们是如何认识的？记得我和你提过。2003年，在"新散文"和"汉字"两个散文论坛里，我和紫含、弱水相遇了。之前，她们两个已经相遇并交好，我，是后来的第三者。我是先进入了"汉字"，然后才进入的"新散文"，那时我初入论坛，是个菜鸟，不知道什么是链接，"汉字"有通往"新散文"的通道。"新散文"的发起者马明博先生是个佛家修行者，心怀慈悲，后来出了好几部佛性散文。"汉字"的发起者玄武先生性格不羁，生性淡然，养花养狗，一心归于田园，后来创办了"小众"纯文学微信公号。我记下他们两位的名字，是对他们个人表示敬意，更是对那个时代表示敬意。

那是一段辉煌的美好时光，关于散文，关于写作者，关于散文和写作者。每周三，是新散文论坛的聊天时间，大家分布在五湖四海，却在同一时间做着同样的一件事，写散文、发散文，然后在聊天室聊天。新散文人多，有很多"大腕"真名或穿着马甲出没（事实证明他们的确成了腕儿），我们几个女子就很愿意在相对清静的汉字聊天室玩儿。

后来，论坛零落、消失了。因为网络有了更为崭新的方式——博客。后来又有了更为直接的方式，随时随地，不需要电脑，只需要一只小小的手机触屏——微博和微信。这个世界，何时变得像雁荡山，具体而微呢。

我在论坛认识了紫含和弱水，紫含在浙江，偏偏很是率性，弱水在山西（后来到北京），偏偏蜜语柔声。而难得的是，十多年来我们依然在一起。最近几年，我们开始每年都要相会，我们计划着退休了生活在一起，开一个叫做"三姐妹"的蛋糕房，紫含做蛋糕，弱水卖蛋糕，我负责收银子。要问能实现的概率是多少，客观一点可能是 1%，绝对的小概率，然而我们似乎对理想国的想象乐此不疲，在想象中还开怀大笑，这样，平凡的日子就有了些滋味。

我和司马丹如也是在新散文论坛认识的，一个从小到大的"叛逆之徒"，一朵三生河畔的奇葩。通过司马，我又认识了她的闺密知微，一个看似柔弱实则刚强、极具生活能力的哈尔滨女子。就这样，通过今生的缘，我们五个互相认识了。

在此，我不赞美女性之间的友谊，我要说的是，如果五个女人的相遇，是佛教讲的缘（我感觉，国人是很相信"缘"的），那么，可不可以换一个角度，相遇是否也是哲学的范畴。我这样胡乱思考的时候，恰好遇到了一位被西方公认为"当代最伟大的思想家之一"的德国犹太哲学家马丁·布伯，当然，我是偶然遇到了他的书籍和思想。

是时候读一些关于哲学的书籍了，就像是时候在床头放一瓶阿司匹林了。哲学，不是虚幻，它无处不在。不过，读哲学书籍真的很难进入啊，仿佛头上悬着一根细针慢慢地寻找头颅，寻找一个契合点，好让一些灵光从大脑传至心灵。我是粗看瞎翻，用眼睛先尝试着接触，但这不妨碍看到思想家的思想之光时，心里产生一种很踏实的感觉，我不是虚无的，我是存在的。

马丁·布伯说："凡真实的人生皆是相遇。"读到这一句，我放下书籍，默然走到北窗前，看着楼下天井里的五棵幼小的泡桐树和三株石榴树，此刻，我注视着这些植物，这些陪我从去年夏天走到今年秋天的绿色生命，和高级灵长类动物一样的平等，是一年来的真实，是可依靠的伙伴，是生命中永恒的相遇。

读哲学，很容易进入自我的环境里，太自我，会有一种不真实的错觉和迷乱。但，我很享受这种自我，至少有这么一刻，我忘记了烦恼，忽略了孤单，脱离了世事，沉浸于一种思绪里。如果能够无限缠绵，我倒也挺乐意的，一点都不怕别人说我没成为女神，倒成了女神经。所以，我们五个，尚且不说"永远"这样不靠谱的话题，只说已经得到的温暖和欢笑，已是永恒。有一天，也许会散了，那也是永恒。

终极山在远山，那里是我们的梦想之家，我们收拾了心情和行李，准备一起上山。在山上，如果还依赖网络，整日刷微信看搜狐，那么我们不过是换了个地方玩手机。所以，准备与现世隔绝，回归本真。亲爱的，我带了钢笔和墨水，纸张和书籍，和理想国的女儿们一起手工劳动之余，会给你写信的。

马丁·布伯告诉人们，"你必须自己开始。假如你自己不以积极的爱去深入生存，假如你不以自己的方式去为自己揭示生存的意义，那么对你来说，生存就将依然是没有意义的。"

我深度阅读了这段话，理解为你的生存状况依赖自己建树，你且只有你才可以成就你自己。对此，作为读者我予以认同，并尝试着开始深入生存，开始的时刻没有时间的节点，应是当下的这一秒。亲爱的，你没有感觉到吗？这封信充满了我的哲思，哈哈！所以，准备去终极山的五位女子，已经开始了建树。

我理解的哲学层面的关于相遇，以马丁·布伯的著述《我与你》作为理论依据（我其实只粗粗翻阅），就是我们过去和此刻已经定格的人生，它是如此的真实，不管痛苦还是幸福，是我们不能回避和更改的相遇。所以，尽量幸福吧，善待"我"

　　　　　　　　　　　　夜深同花说相思

相对的"你"和"它",关于这个世界的种种。

　　我会在将来的日子里,把我们五个在终极山的生活点滴讲给你听。亲爱的,有一点要说给你的是,在又一个过去的夏天,我还是没有看到茂密如雪的白色流苏花。你写过的关于白流苏的绝句,我在已经长满衰草的博客里翻了翻,没翻到,你能再讲给我听吗?

　　而我与你的相遇,又何尝不是一首绝句。

关于孤单和孤独

亲爱的，你好吗？

看到天空中有鸿雁飞过，知道有些日子没有给你写信了。你知道的，年岁一大，就不太敏感于世事，更多的是感慨时间。庄子云："人生天地之间，若白驹之过隙，忽然而已。"想象一下，一匹俊美的白马驹，抬蹄子跑过细小的缝隙，那还用得着分分钟吗？简直是多少分之一的秒秒间。哎呦，你是不是变成了一匹小白马，颠颠地向我跑过来，可是怎么还没跑过来呢，不就一条缝隙的距离吗？

袅袅兮秋风，不觉中秋已过。那天晚上我的确看到了圆月，当它从楼宇和云层间脱颖而出的时候，我对着天上举起了手机，看到的却是月光下一匹银白色的马。我这边秋风乍起的时候，你那边是春天的开始。亲爱的，为何我们要离得那样遥远，中间隔着地球表面最长的圆周线——赤道，以及填不满的缝隙。时间的缝隙虽然细，但深不见底，你也许掉下去了。

举头望明月的时候，倒是想起了一个量词和一个偏旁部首，一个单立人。一个人的孤单，单立人的孤独，月中嫦娥的寂寞。嗯，趁着清明的月色，我们今天就聊聊孤单和孤独的话题吧。

英语单词 alone 和 lonely，常常出现在测试中。比如说某人一个人在家，但刷微信刷得不亦乐乎，并不觉得寂寞，用哪一个单词？比如某人参加聚会，身处人群之中，但还是觉得孤独，寂寞得无以复加，用哪一个单词？ alone 是那个量词和偏旁部首，是一个人，而不是多个人。lonely 是那个形容词，在一群人中也觉得一个人的寂寞和孤独。中学的时候，老师常常拿来解释，幼稚的脸庞们却总是弄不清这个考点，是因为人生的滋味还只是浅尝啊。

如此说来，嫦娥是最孤单的，一个人住在宇宙唯一的一个星球上。如此说来，人类比嫦娥好不到哪儿去，因为地球也是唯一的一个，虽然载了几十亿人的喧嚣，还不是孤单单地悬挂在无限浩淼中。地球虽然是一个，但我们的确处在人群中，可是，你能找到完全相同的两片树叶吗？答案是不能。既然不能找到完全相同的两片树叶，你能找到完全相同的两个人吗？既然不能找到完全相同的两个人，那么，人都是孤单的。

都是孤单的人，为何有人觉得寂寞和孤独，而有人可以和这个世界达成暂时的和解呢？只能说是暂时，放在宇宙洪荒，没有什么可以永恒。爱和真理也不能。

亲爱的，你孤单吗？有时候我想，你无疑是孤单的，那么形单影只的一位。可是，人们想要做到长久的孤单其实很难。那么多的人，总会遇到谁，在通往未知前程的路上，相伴着走一段。亲爱的，你孤独寂寞吗？人们想要赶走孤独和寂寞其实也很难，在生与死的链接线条上，总有一截属于自己的鲜为人知的线段，可你告诉我那是精神。

我记得问过你，一个人跑到那么远，不孤单寂寞吗？你一如既往地笑着说，不啊，我有我自己。那一刻，我觉得你是佛，虽然你没有说你有众生。

从夏天开始，我们几个就开始谋划着相会，相聚的甜蜜是颗糖，吊在房梁上，人卧在柴薪上也不觉得辛苦，因为望着那颗糖。

结果是，分别有在北京相会的，有在哈尔滨相会的，有在杭州相会的，有在太原相会的。我因为种种原因，恐怕要缺失今年的相会。在我们几个女人的微信群上，我们毫无顾忌，可以呻吟着说，我情绪太低了，痛苦无比，急需你们，很想见你们。我们不孤单，家里外面承受着很多的事儿，当我们说想见面的时候，是一种孤独和寂寞的情绪在作祟。而如何排遣，我们能想到的是短暂的聚会，是在合适的人群中安放自己有些孤单的心灵，放声大笑，这让我们得到安歇。

聚会的甜蜜好像罂粟，犯了瘾，又不能常常吸食，解决不了本质问题。所以，我冷眼旁观，很多人将自己的快乐依附在他人身上，尤其是女人将自己的情绪依附在男人身上，牵牵扯扯不停追问，一直过不了情关，其实无异于吸毒。吸毒的结果，不言而喻。

我想到了哲学。我甚至买了冯友兰的《中国哲学简史》，因为听说朴槿惠在最无助的时候受益匪浅。哲学这东西，不是一般人能够进入的，哪怕只是阅读。我想，恐怕只有思想家和执政者对哲学最感兴趣，一个是创造思想，一个是实践或利用思想。哲学，既然不是一般的东西，那也不是大众可以用来疗伤的广谱抗菌良药。冯友兰先生说，中国是个哲学的国家，所以产生不了宗教。

然后，有一天晚上，我和人说到了宗教。

在宗教之前，先谈到了心灵鸡汤。心灵鸡汤是什么，在此不解释。微信圈里一碗一碗的，每天都有，热气腾腾，新鲜味美。那些有道理的话语，真心的劝慰，个人体验的广而告之，鸡汤，无疑是美味的。但是，就像不能拿糖当饭吃一样，也不能拿鸡汤当饭。所以，关于孤独和寂寞的问题，鸡汤这道菜，不能解决。

我们谈到了宗教。你知道我最喜欢没有"之一"，读过好几遍的外国名著，就是《荆棘鸟》，女作者是澳大利亚人。哈，和你一样在南半球，立马觉得谈《荆棘鸟》似乎在距离上离你近了些。当然，这只是我的妄想。话题转回，梅吉和神父深情相爱，神父因为要进入教会高层而放弃了她。神父与梅吉有了孩子，只是神父不知。梅吉一生都在和上帝做斗争，她以为有了红衣主教的孩子，就是战胜了上帝。可是，她视为珍宝的孩子只对上帝感兴趣，将自己交给了圣职，却不幸夭亡。红衣主教，啊，那位高高在上的大人，一直在《圣经》里珍藏着那朵南半球的玫瑰，那是梅吉最喜欢的玫瑰色。

说了这么多，是想表达，也许上帝这个男人是最无敌的，可是他的众生，依然在寂寞和孤独中徘徊和挣扎。其他的宗教，以此类推。

那么，孤单和孤独的话题结论，该是什么呢？亲爱的，我只信你的话，与自己好好相处，不会觉得孤单和寂寞。而这个自己，是修行的自己，是强大的自己，是自己的佛祖。哎呀，这是不是又涉及宗教了，不管啦，天快黑了。

　　亲爱的，我给你写这封信的时候，一个人在书房关了半天。真有意思，这是"书房"第一次发挥"书房"的功效，而不是一间屋子的陈列和摆设。此刻，我是孤单的，一个人，但并不孤独，因为有你陪伴。仿佛你就在隔壁，一墙之隔，临帖数小时，浅草静默幽深。寂寞也许有一些，是因为思念。与刨根问底的追问比起来，思念，我觉得内敛好多。我思念着你，只是我自己的事，与你，与旁人，与这世界都无关。在昨晚刚刚结束的《中国好声音》的总决赛中，民谣歌手张磊获得了冠军，于是有媒体说，这是全民的胜利。我不管全民，我是喜欢的，尤其那首毕业那年流行的《寂寞是因为思念谁》。

　　张磊唱得很是动人。

关于母爱的正确打开方式

亲爱的，你好吗？

当我公布了给你的两封信以后，就有人开始好奇地问我，他是谁啊？甚至有人打来电话说，老杨，你在南半球还有情人？这终究是一个目标化了的具象世界。人们在这个世界里，乐此不疲，努力为自己营造一份快乐，盼望舔吸到蛋糕上那层浅浅的奶油。快乐如此稀少，本无可厚非。

我特别将你发配到离我最遥远的地方，就是不想在眼皮子底下被具化，否则如阳光后的雪，糖果外面的甜浆，终究会化的。相当遥远，代表着距离延绵了思念，代表着身体触手不及，代表着情感永垂不朽，代表着我们回归纯粹。我对那些"好奇害死猫"的人说，我和我自个儿谈恋爱不行啊。我愿意匍匐在自己的抽象世界里，像个手拿冲锋枪的战士，为了前方奋力前进。

这个世界，唯一不抛弃自己的，唯有自己。一切企图依靠物质或者他人获得安宁的途径都是短路。自己洞悉自己的一切，在大场面的喧嚣后陪伴，在小场景的寂静里对话，在生活的刀光寒影中守护，在坎坷的不尽如人意中原谅。如果，自己不给自己时间，自己不与自己相爱，自己不在自身上获得，那将是如何的盲目和孤单。

除了自己，只有一种东西能和自己相提并论。那就是母爱。

那么，亲爱的，在这靠暖水袋取暖的季节，我们就谈谈关于世界上个体和个体之间最伟大最无私的情感——母爱吧。

其实，这个话题不仅我不想触碰，恐怕好多人也是如此。赞美和感恩过后，除了惭愧和后悔，还能剩下什么。

我和我的母亲长得很像，特别是方圆的脸盘，这让我很遗憾。都说女儿随父亲，我却没有继承父亲的容貌，偏偏弟弟们都是双眼皮长形脸，个个英俊帅气。我觉得都是因为我是老大，他们年轻没经验的缘故。母亲生我的时候年仅二十二岁。

就像所有的儿女认定自己父母年轻时都是帅哥美女一样，我也认为他们年轻时很漂亮，一个青年军人携了年轻的未婚妻，走在天安门前的阳光大道上，一个畅想着复员进入好单位，一个梦想着当一个军官太太，然后他们走进了照相馆。齐耳短发，笔挺的身姿，温婉含羞的笑容，向日葵一样的圆脸，晶晶亮的眼神，那时的照相馆师傅真是专业，一点不比现如今的影楼摄影师差，甚至更好。

理智地想想，儿女们赞美年轻时期的父母，几乎全是从照片上得来的信息，其实赞美的是父母们的青春，是毫无发言权的旧时光，以及黑白照片上意味的不可追踪的旧时代的美好。我们常常吃着碗里的看着盆里的，也常常端着现代的咖啡，说着旧时的美好。

亲爱的，我们也聊过你的母亲。你说你的母亲家源颇深，祖上可以追溯到南宋那位被称为朱子的理学大师，生你的时候汝母梦见有七彩的云彩和凤凰飞过。我完全相信，因为你就是个奇才，你就是个从山沟里飞出的金凤凰。现如今你退隐江湖，江湖上还流传着关于你的传说。我把这些传说搜集来，放在文件夹里，以度过和你共地球但不共一江水的日子。

不过，你想过没有，当你抛弃江湖的时候，也抛弃了母亲。他们说父母在，不远行，陪伴，才是长情。

还是说我吧。我不仅和母亲长得像，实际上对事物的很多看法相同，只不过我一直不想承认，而母亲间或不经意间点破而已。母亲只读过小学，父亲阴阳差错没留在北京军区，而是分到了地方煤矿后，母亲军官太太的梦就彻底破灭了。她从一名乡村少女当了一名普通矿工的家属。命运，由一个点，继而改变一个面，无法重来。

现实是如此的粗糙和骨感，坚硬到频频露出残忍而森然的断面。母亲，像一只老母鸡，虽然屋漏偏逢连夜雨，依然用她力所能及的羽翼，拼命保护着孩子和家。我常常想，老天要给一个女人怎样的痛苦，才停止对她的施力和重压，要她经过怎样的耕耘，才破土而出一朵弱小的秧苗。然而，这就是中国一个普通女人的真实写照。

省略母亲大人一生中大部分的奋斗过程，时间很快地走到了她的老年。

在一次家庭聚会中，堂妹看着母亲对我说，大姐，你将来就是大妈这个样子。记得当时我很是激动和愤然，用词激烈地表示，我不可能这样。其实堂妹说的是相貌，她的意思是母亲现在老年的自然状态，就是女儿们的后尘。我敏感地想的却是，我的老年怎么能和母亲一样，我的命运已经改变。

如今，如堂妹所言，我越来越像母亲，就像母亲越来越像当年的姥姥。

有那么一个传说：说是汉朝西域某王获得一鸾鸟，三年不鸣。其夫人说，听说只有见了同类才鸣，不如悬挂一个镜子让它照。结果青鸾见了镜中的影像，悲鸣不止，冲霄一奋而绝。

我以为我的心事只有自己明了，在我密不可宣的精神和情绪里，不希望被外人知晓，打探也不行啊。母亲，却是我的镜子，活生生，每时每刻地摆放在那里。没有谁，愿意在旁人面前如此赤裸裸，母亲也不能。那一年家庭遭重大变故，我在无限的痛苦中大声咆哮，用尽所有恶毒的话语进行声讨。而母亲轻轻的一句话，就击破了泡沫般的虚假表象，她只说，我知道，你像我一样地心疼。我终究是母亲的女儿，她像我了解自己一样了解我，这世上再无第二人。我听后骇然又默然，在自己的镜子面前，要么撞死要么沉默。我不是鸾鸟，只有沉默。

为此，我常常发怒，恼羞成怒的怒。从现象来看，我对母亲颇有不孝。比如：她常常喊我去她家吃饭，我就偏不去，不给她表现母爱的机会。她会和我聊一些家长里短，我就偏不听，还讽刺挖苦，借以打击报复。她辛辛苦苦炖了红烧肉，我偏偏说减肥，一口都不吃。我对她讲话语气恶狠狠，咬牙切齿，血压升高，好像她是头号宿敌。仿佛回到了叛逆的青春期。

亲爱的，你还记得吗？有一次我们谈到爱，都说很久没有伏在母亲的怀抱中了。你少年离家，一直在外生活，现又远渡重洋，和母亲在一起的时间更是稀薄。我虽然又回到母亲身边，然而不记得上次躺在母亲怀中是什么时候了，好像已经旧成了历史。我们这代人不善于用身体来表达情感，如果不是经历痛苦，没有谁会躺进母亲的怀抱。可是当遇到人生中苦痛的时候，母亲的怀抱是多么的安然和温暖啊。依稀回到最初，还无知地畅游在母亲那恒温的子宫里，满满荡漾的都是爱。

每当我因对母亲的过分行为自省的时候，我就深深地陷入惭愧和懊悔中。

重阳节的时候，我特意陪父亲母亲参加了小区组织的敬老活动，带他们到诊所查体。当量血压的护士问我母亲多大的时候，我很自然地将头扭向了母亲，多大了？是啊，我牢牢地记得女儿的生日，却从不记得母亲的生日。

枫树茂盛，梧桐变黄，道路掩映，我和母亲走在秋天的童话里。我说，妈，我实在想象不出，二十年后我就你这么大了，一个老太太。

母亲淡然地说，哼，我告诉你，很快。

北方的秋冬交替之际温度已是很低，暖气还没有来，屋子里一片清寒。我哆哆嗦嗦地敲着这篇文字，停下来，给母亲打电话。母亲正在老家，一会儿在叔叔家住，一会儿在姨妈家住，惬意得很。

我因为最近患了感冒，嗓子有些发哑。怕她担心，特意喝了杯水，清了清嗓子，这样会显得清脆。我嫩嫩地问，妈你什么时候回来啊？母亲说，打算来暖气之后呢，老家的火炕太好了，我的腿都见好，你也要多穿点，别感冒。我说，妈我没事，看你多幸福啊！你真对不起我，没有给我生个妹妹。母亲在那边笑着说，是呢，后悔没给你生个妹妹。

那又如何？母亲是我唯一的老闺密，就像每个女人的闺密其实只是她自己一样。这就足够了。

亲爱的，现在我的身体很虚弱，嗓子一直要肿的样子，不适合谈感情，适合去卧床。先这样吧。

关于生活的态度

亲爱的。

一早醒来，歪在床上，读了一首诗：

> 谁此时没有房子，就不必建造
> 谁此时孤独，就永远孤独
> 就醒来，读书，写长长的信
> 在林荫路上不停地
> 徘徊，落叶纷飞
>
> ——里尔克

我要从黑夜中醒来，读完这首诗，然后给你写长长的信。此刻，有许多人在没有房子遮盖的林荫路上孤独徘徊，落叶纷飞……

虽然田野上柳树的叶子还微弱地绿着，城市公园里的银杏树、枫树的根部积落了一层厚厚的黄叶，但是，立冬已经过了，一切不过是在等待一阵北风。一年平分下来的二十四个节气趋于尾声，新的轮回不远了。

我在温暖的房间内，展开信纸，给你写第四封信。透明的玻璃电炉上煨着小米粥，我放了些西芹和胡萝卜，炉子咕咕地响，我不仅可以清楚地听见，也可以清楚地看见食物在水中翻滚。这种透明到无间隔的陪伴，让我心生感动。

抬头可以看见窗帘外是一个稀有的明媚早晨。

我喜欢这样的日和月。

进入冬季取暖期以后，雾霾首先从沈阳开始，继而蔓延到整个东北，有在哈尔滨的朋友发来的图片为证。进入十一月份以来，华北大地已经连续半个月没有看到太阳了。

媒体关于雾霾锁城的表达不太准确，山峦、田野、村庄，上面都是和城市一样的天空，是烟灰色的灰。然而，居住在雾霾下的人们，看起来并没有减少外出，外出的人也多数不戴口罩，这样一个强大的无孔不入的污染病源，比起当年的非典，显然没有引起人们应有的惊恐和畏惧。

好了，我们确定一下今天谈话的主题。在经常的雾霾和偶尔的晴朗之间，鸵鸟牌的蓝黑墨水该用完了。

有一天晚上，和朋友聊天，他很小心地请求跟我说点实话。他说，通过现在的文字，能看出你内心的不平静，可比不上最早的文字。他这样一开讲的时候，我眼前雾时晃出了十多年前的范畴，很傻很天真，做一些让人脸红的事情。朋友继续说，你以前的文字，表现出的内心是恬淡的、安静的，而现在的文字让人读出了些许浮躁，些许抱怨，一篇篇下来，能感知你内心的不宁静。

听到这，我一下子就要泪奔。而他接下去的话，就更让我有五雷轰顶、振聋发聩之感。他说，我喜欢从前那个阳光的你；

对待生活，人多些感恩，少些戾气，保持身心的自然平和，这也许就是生活的态度！

是夜，我很晚才睡。数了很多次绵羊失败后，又试了试微信上的做法：呼吸4秒，闭息7秒，呼吸8秒，但睡眠还是没有成行，因为其间都被朋友的话一一击中。那么，我们今天的话题，就说说生活的态度吧。毫无疑问，这个话题很容易波及社会问题，我努力不把它写成说教的式样，或熬制成一锅心灵鸡汤。

我想，云淡风轻地来表达生活。关于内心的雾霾和蓝天。

如我朋友所感觉到的，他通过我的文字，读到了我的内心，这样的知音自是难得。而我被他的实话五雷轰顶的是，用一句朱自清名篇里的开篇第一句来表达："这几天心里颇不宁静"——是事实。

无知者无畏。做个"无知者"，那也是"极好的"。想到十多年前，芳龄正盛，我便是一个"无知"的人：谈情说爱没想过分手的问题，操持文字没想过成名的问题，努力工作没想过职位的问题，抚养幼儿没想过未来的问题，大吃大喝没想过肥胖的问题，热爱聚会没想过冷场的问题，沉溺友情没想过翻脸的问题，享受青春没想过衰老的问题，沐浴恩情没想过父母的问题……

年轻，多么有理由开展故事，且只需要开头和过程，不考虑结尾。时间，锻造了一把杀猪刀，猪没杀成，反倒是刀光闪闪地伤了自己。所以，文由心生，无论我掩盖得多么严实，到底被有心人看出了端倪。

随着年龄的增长，必然积累了很多生活经验，继而越来越成熟才是。可是，成熟吗？真正成熟的内心是什么样的？

人们需要的，是不停的自省，如何回归赤子之心。与所有的荣华富贵相比，心里的安宁和平静是多么的珍贵，并且最终决定一生是走向幸福的彼岸还是痛苦的深渊。被生活的纱布过滤后，将骨头渣子丢掉，剩下一碗有营养的清汤，可解渴，可养生。弄清了什么问题，然后就是如何做了。

亲爱的，你知道"费斯汀格法则"吗？

有一天，在自省吾身的时候，我忽然发现，人之所以活得不快乐，很多时候，就是把简单的问题复杂化了。比如说，我一个朋友新买了部车，明明是自己辛辛苦苦攒下薪水买的，却不想让别人知道，光明正大娶了亲，搞得却像个"小三儿"。为了完成这样一个命题，就要对别人说是她妹妹家的。可是熟人总要客气地问一下，买车了？她难道总要回答，不，是我妹妹家的。这样会很累，买车是高兴的事，因为要圆一个让人无法理解的命题，就冲淡了买车的喜悦。十几万买的不是车，而是郁闷。

简单些，再简单些。简单有时候就是不要想很多，要做个老实人。

费斯汀格是美国社会心理学家，他有一条著名的"费斯汀格法则"：生活中的10%是由发生在你身上的事情组成，而另外的90%则是由你对所发生的事情如何反应所决定。换言之，生活中有10%的事情是我们无法掌控的，而另外的90%却是我们能掌控的。那90%的可控部分，就是通过心态决定行为来完成。

心态，就是对待一件事情的态度。对待事情有怎么样的心态，从而会产生什么样的结果。这个命题说起来好像是中学生的政治课本，然而对于成年人来说，它是可以依照自身经历来反省的生活经验：你宽容，所以你快乐；你计较，所以你痛苦。

每个人都有"这几天心里颇不宁静"的时候，并且这样的时候由点到面，很容易成片，雾霾一样遮住了一切。艰难的生活似乎永无止境……

亲爱的，请你等一下。小米粥快熬好了。虽然不像红泥小炉那么文艺，但我看着电炉上雾气氤氲，西芹的香味入鼻，小米开花金黄，觉得妥帖极了。

亲爱的，今天的话题很像教科书一般无趣，我写着都觉得晦涩，但因为最近对生活自觉颇有心得，就想和你聊聊天。我一向知道并敬佩你对生活的态度，比如读书时候的贫穷，青年时代的创业，中年时候去地球另一端的远行。我问过你，抛开现在你拥有的一切光环，去一个没有熟人的异乡，不孤独吗？你说，不，我一直和自己对话，和自己在一起不觉得孤独，无论何方。

怎么样的生活供养才能构建如此强大的内心，怎么样的个人经历才能修炼得如此云淡风轻。一切都不重要了，什么无知者无畏，什么宽容，什么法则，什么道理，都不重要了——最最重要的是，你一直在，与自己，与我，与这个世间。

好了，小米粥要趁热喝。持续的雾霾难得地无影无踪，窗外是渐渐变蓝的天空，然而不知何时它就又来了。虽然雾霾锁城的时候，人们难以呼吸，可是它的降临正常得如同呼吸。

全世界所有的细雨落在全世界所有的草坪

亲爱的，有一年秋天我去日本，在北海道看到了世界上最好的草坪，隐匿在日本海附近的桦树林中。这么美好的事情，只想说与你听。

你觉得这句话好听吗——"全世界所有的细雨落在全世界所有的草坪"。

我所知道的，身边至少有三个女子喜欢这句话，并且分别被她们写进了文字，她们都是业余诗人，诗集就放在我的柜子里。我也在几年前将这句话写入了文字，哦，亲爱的，我不是业余诗人。

第一次读到这句话的时候，我沉迷了很久，沉迷于汉字组合出的意境之美。亲爱的，和我一起闭上眼，看见并倾听——全世界所有的细雨落在全世界所有的草坪，万籁俱寂。它不仅诗意，它亦有呈现，呈现出人在沉迷的那一刻心灵之宁静。由于各种阻碍，人们的心灵往往是不宁静的，如同全世界所有的猫咪抓向全世界所有的心脏，所以方显难得。

那么，就让我们在地球的两端默然无语，久久地沉默相对，如同全世界所有的细雨落在全世界所有的草坪。

夜深同花说相思

有一个象形字看上去也很美，好像全世界所有的细雨落在全世界所有的树木上。

见过一种叫作火炬树的树木，秋天的时候叶子由暗绿变红，秋越深叶越红，和臭椿树一起长在铁道岔道口。火车经过的时候，路就是回家的路，一路上有秋天深红的暖意，安慰旅人清寂的内心。和火炬树生长在一起的臭椿树，嗯，看上去很美。

中学时低年级有一个女孩的名字叫樗，不懂什么意思，还有那难以辨认的字形读音。有好事者查了字典，苦木科，落叶乔木，才知道那原就是臭椿树，读作"chū"。于是，不起眼的臭椿树神秘高贵起来，因了一个不容易辨读的别名。《史记》列传里记载战国时秦国有一个很聪明的人，名字里也有"樗"字，不过他本名叫嬴疾，因其家在渭水之南的樗里，被称为"樗里子"。

说了这么多，只为了引出一个名字：村上春树。

村上春树，说来好笑，起先就让我想起了村子里的臭椿树，高高的，有着条状的长叶脉，叶脉上生着密密的小长条的叶子，开小小的花，结串串的籽，如卫兵一样在村头站岗。印象中臭椿树总是生长得很零落，至少我没有见过成行或成片的臭椿树林。我相信这样的林子一定存在，只不过我不知道它隐藏在哪里。

村子里都种植着臭椿树，即使不是在"樗里"，但这个椿树，却不是村上春树。

全世界所有的细雨落在全世界所有的草坪，就是村上春树说的，在《挪威的森林》的结尾。每每想到这句话，多烦乱的心情也会慢慢平复下来。是啊，总有什么能让人平静下来，如同全世界所有的细雨落在全世界所有的草坪。我再次翻读这本书的时候是在某年的夏天，夏末，一个燥热的季节。夏天没有细雨，在阵雨的浇灌下，夏末的闷热顷刻间消散。然后，一位姐姐将这本书拿去借阅。

夏末接下去就是初秋，当秋天的细雨降落在草坪上的时候，也降落在了树木上，特别像那个"樗"字，有雨有木。细雨落在草坪上细细地沉默，落在树木上就有了声音，树让雨有了声音，簌簌而下的还有零落的树叶。我也在过去的某个秋天，看到了樗树林，瞧，我一直相信。我们几个女子走在树林里，踩着树叶进入林子的腹地，细雨真的落了起来。

山西作家张锐锋先生在他的《布景》里告诉我们，树叶用来通信，树叶信写满了我们曾经有过的一切，它传递到我们手上的时候，已经只有时间的重量了。我曾经很仔细地观察过一片银杏树叶，黄色的，被称为银杏黄。我喜欢银杏，不仅仅是因为最古老的物种残遗于现在——这本身就是从古生代二叠纪流传到今日的传奇，还因为它扇形叶片的美丽。银杏叶的美丽尤其显现在秋天的雨后，当叶绿素渐渐抵不住低温的破坏，而叶黄素显露于世界的时候，没有什么比落在雨中的银杏树叶更能传达一种古老的信息，但人们目睹的也只不过是无法称量的时间重量。

有一年秋天，我们像张锐锋先生一样，来到了一个河边的树林——樗树林，正好有秋末的细雨落下，看到了同样的景象：一片片落叶，从高高的树枝上飘下，随着细雨，簌簌有声。我

　　　　　　　　夜深同花说相思

也深信天上的世界已经降临到人间，我更相信那是舞者最后的上场。

那么，亲爱的，这一次我就用树叶给你写信吧，不管是银杏还是椿树，让它飘洋过海地传递给你信息，带着时间的重量之沉，以及自我的重量之轻。

话题转回。

挪威的森林，应该生长在北欧的土地上，很遥远的，一片幽深得可以让人迷路的茂密森林。村上春树写这部书的时候是在南欧，希腊的米科诺斯岛，西西里岛，以及罗马郊外的公寓式旅馆。而演奏《挪威的森林》的甲壳虫乐队来自英国利物浦，主唱娶了一位日本姑娘。瞧，挪威的森林终究还是和日本扯上了关系。

村上在远离日本的南欧，倾听着甲壳虫乐队演奏的让人怀旧的《挪威的森林》，非常想见很久很久以前——也不过是将近二十年前的故乡女孩，女孩在电话里沉默着，双方久久地默然无语，如同全世界所有的细雨落在全世界所有的草坪。

在那一瞬间，全世界都在欣赏完美的统一之美，那宁静的森林深处的沉默，那遥远的 20 世纪 60 年代的摇滚音乐，和已经伤逝于故乡的昨天。然后，每个人都不自觉地喃喃自问：我在哪里？

亲爱的。我不是要写这个叫作村上春树的很能跑步的总是被人说起与诺贝尔文学奖擦肩而过的日本国男作家，也不是要写关于《挪威的森林》的书评或者乐评，我想对你说，亲爱的，你喜欢这句话吗？我身边的美女们都用它来写了文字：全世界所有的细雨落在全世界所有的草坪。

如今让我回忆这部著名的小说，记忆里的画面是：一个37岁（对，我记住了年龄）的日本男子在飞机着陆于德国某机场的时候，听到了以来自英国利物浦甲壳虫乐队《挪威的森林》为背景的音乐，然后他陷入了头痛般的回忆，仿佛回到了少年时期的那片青青草地。这个男子想念那个女孩了，那个女孩的名字有着细雨滋润过后草地一样的颜色——绿子。他给她电话，他对于整个世界除了她别无所求。在电话的另一头，有着细雨滋润过后草地一样的颜色名字的绿子默然无语，两两长久地保持沉默，如同全世界所有的细雨落在全世界所有的草坪。

春天的时候，阴郁的天终于落雨了，清新的草地湿润如洗。

夏天的时候，阴郁的天终于落雨了，燥热的草地挂着水珠。

秋天的时候，阴郁的天终于落雨了，金黄的林子簌簌有声。

冬天的时候，阴郁的天终于落雪了，默然的心田音信全无。

亲爱的，几十年来，我们久久地沉默，相对无语，如同全世界所有的细雨落在全世界所有的草坪。

像怀抱一样温柔地对待这个世界

亲爱的。说出这一声，就很想抱抱你。以一个女性特有的温柔。

我相信，有许多人很久没有拥抱或得到拥抱了。我宁愿理解为这是中国式情感的一种含蓄和不外露，而不是相处中的一种疏离和不亲密。

今年的春天，比往年来得还要早一些。正月里我的朋友就在公园看到了迎春花开，用手机拍了枯草丛中嫩嫩的唯一的一朵，六片小花瓣黄色如金。这在本地很少见，大概是天气变得越来越暖的缘故。要知道四处还是褐色的枝条和冰冷的风，偏偏这一朵以明亮的金色率先打开了春天的大门，那么一定也是这一朵率先感知到了大地的苏醒和太阳的光芒。

在早春，白色和紫色的花开得多，白色的多是树木之花，紫色的多是匍匐在大地上的野菜之花。白色和紫色都是冷色调，春天依然处于清寒之中。

眼看着楼下的玉兰白了，山桃白了，满树的白花，高大的枝条上竟无一片的叶，竟然是花底藏叶，而不是叶底藏花。山桃枝上开了花，适合折两三枝插在陶罐里，陶罐里盛了清水，配了熏香缭绕。再邀两三知己，看她们对着春花唏嘘，发出几声岁月的感叹，然后穿梭着端出几盘家常的菜肴。平淡人生，就应该悉心营造出这样不动声色的迷人。

还是做花的好，每年的春天都会开放，花名有着轮回的期望。人就不同，只会于花前感慨在簇新的春天里终究失去了往昔，是什么让拥有变成了失去呢？

也就是一周多的时间，楼下的白就换了主，杏花开了。知道为什么会在夏天吃到桃子和杏子吗？因为她们花开得早啊。桃花和杏花，成片才让人惊艳，孤独的一株，倘若被种植在无人经过的墙角，怎么看都让人怜惜。早春的桃花和杏花，适合一个人在春夜里独赏，静静地在花下伫立，想想心事，然后默默地离开。天气还倒春寒着呢，人和花枝忍不住双双在风中颤抖，内心却想要用怀抱去温暖这个偌大的世界。

是啊，究竟要怎么对待来了一遭的这个世界呢。

亲爱的，想来有很长时间没有给你写信了。上一封还是去年的年底，如今三月将过，山中寺院里的桃花都要开了，再拖延，夏天就要来临了。你看，跟着日子走，没有什么不能成为过去。清淡是一味养生，也是一种平安。

我一个人，走过了山桃花，走过了白玉兰，走过安静的白色杏花夜。听路过的两个中年男子认真地谈论花的美貌，恍惚回到少年。真正的喜欢，有时候却说不出口，只是真心觉得好，想多点时间陪伴，彼此能温柔相待。

想象中的温柔，就是在春天的花树下经过，牵了手，留一个花瓣飞落的背影。

亲爱的，我们已有半生未见，不如在这又一个春天，谈一谈年轮。

无可厚非，又无可回避，我们正走在通往后半生的路上。也许，这难得的后半生，是时候打理和行动了，如何让那杯下午茶一直温暖下去，不要凉透了心窝——是一个终极课题。

现在，我和女友们经常谈及青春的逝去。有时候觉得，和女友们见面不过是互相鉴定一下衰老度，头发是否又多了白，脸色是否又多了黄，体重是否又向右走了一格。这，让我们有时候会感到些许的尴尬和悲哀，这种尴尬和悲哀来自彼此是彼此的镜子，来自生命的一种不可轮回的无奈。女人和女人相处，远比异性之间长久，褪去不安分的荷尔蒙，一种同类间惺惺相惜的依赖感，更让人觉得珍贵。

和朋友相约于黄昏，一路开车看夕阳在城市的西边坠落，有高楼遮挡了地平线。即使是两个人心血来潮的约会，我不同意也不愿意随便找一个街边的粥屋就坐，尽可能的，在我们的金钱合理使用范围内，讲究一下生活的质量，这，让人感到存在的意义。

独自走步，穿过一个街心花园，人声杂乱，也展示着尘世的热闹。于热闹中经营一些平静，让独处散发生命的芬芳，我在今年的春天爱上了走步。然后，我看到了四个女子。无论如何打量，她们老了，我甚至相信那黝黑的头发是染过的。然而，她们却如此悦目，招来了四下里赞赏的目光，包括我都忍不住拿起手机远远地迅速偷拍了两张。

她们四个女子，在拿着自拍杆拍照。在她们的附近，黄连翘正在盛开，紫丁香花苞初开。她们不仅衣着得体，而且看上去很优雅。春天的长裙和风衣，黑丝袜，露出裙裾下一截儿匀称的小腿，脚上蹬着高跟鞋，着绿衣，脸上化了淡妆。她们也许已有六十多岁，那又如何？在早春的公园，至少在我的眼里，她们的气势胜过了春花，旁若无人，竟自妖娆，是我和女友们未来的榜样。

女人该以自己的方式温柔地对待这个世界，这个春天，及这个生之不易的自身。我想象着，未来的十年、二十年、三十年，我和亲爱的女友们相约于春天的花海，衣着鲜亮，脸色如新，气定神闲，穿着黑丝袜和高跟鞋（其实现在很多人都不穿高跟鞋，包括我），挤啊挤的拥抱在一起喧闹，像小鸟一样，心动如初遇。

早春是美好的，是深长的寒冷后一种久别的花间重逢。适合盛装出行，敞开心怀。

春光易虚度，不如早早相逢。而我们，亲爱的，还停留在走向对方的漫长线段的两端。

当江小姐爱上徐作家

又是很久没有写信了。亲爱的，忽然想和你一起看看电影，爱情片。影院正在热映《芳华》，如果我们一起看，会对时光产生伤感的，所以，还是一起看看纯爱电影吧。

在很早之前的一期《看电影》杂志上，我看到过整版关于《一个陌生女人的来信》的报道：在西班牙圣塞巴斯蒂安电影节闭幕式上，中国导演、演员徐静蕾凭借自编自导自演的影片《一个陌生女人的来信》获得最佳导演"银贝壳奖"。照片上手捧银贝壳的徐静蕾笑得还是那么无邪、淡雅、亲切，直逼得那些国内国外浓妆艳抹也装扮不出个人底蕴的影视粉黛毫无颜色。

影片根据奥地利小说家茨威格的小说改编，是东方版的《一个陌生女人的来信》，这多少让我感到有些意外，就像看到最后才发现饰演管家的演员是著名的孙飞虎先生一样。

《一个陌生女人的来信》是一部纯纯粹粹的爱情故事片，这是我最喜欢的。拿电影来说，我很难喜欢诸如恐怖、科幻、娱乐、武打等类型的片子，我最喜欢爱情片，有一点忧愁有一点怨，那是最能打动我和引起共鸣的人间悲喜剧。影片的故事背景被设定在20世纪二三十年代的北平，这也是我喜欢的。旧上海的歌舞刀枪已经被渲染得太过华丽和喧嚣，怀旧的色彩过于浓墨重彩和被频繁引用，就成了陈词滥调，很难再打动人。北京人徐静蕾拍摄北平爱情故事，人淡如菊，心素如简，最合适不过。如果换了赵薇，大眼睛忽闪忽闪，观众听着略显不流畅的粗嗓音，就出不来那种雅致淡然、微愁出尘的效果。

一个女孩子随寡母生活在北平最常见的四合院里，日子贫困而孤单。原本日子也就这样过了：穿着雪青色和黑白格的棉布旗袍，露出纤细的一截手臂，斜背着书包去上学，然后嫁人生子。忽然北屋那家人因偷窃大宅门被封了家，其后搬来了一位作家。还没有看到男人，却先看到了他的管家和书，就像王熙凤人未到、笑先闻，或者大官员的官轿还没启动，街道却已经被戒严，都是出场前事先做的铺垫。他的管家有着优秀的职业素养，说话温和不拖沓，礼貌地问好：早啊，小姐。他的书都是精装版，管家用鸡毛掸子在冬天的大院里为那些知识打扫灰尘。她打那一夜就开始想象他：我只有十几本封面制作很普通的书籍，还爱若珍宝，而他拥有那么多考究的书籍，一定是温雅、善良、有学问的留着山羊胡须的老先生，像我的地理老师。

爱情应该开始于想象，然后在一个注定的时间相遇。席慕蓉有诗：如何让我遇到你，在我最美丽的时刻，为这，我已在佛前求了五百年。当对一个人开始想象的时候，不起眼的好像大蒜的块苞就开始在冬天孕育水仙花了。想象如此甜蜜，足可以使一个毫无阅历、毫无准备的少女在煤油灯下辗转难眠。青涩而真纯，我们目睹的是整整一个年代的沉沦，大厦已倾，街道上充斥的都是成熟到扮纯装嫩的面孔。那些清瘦的女子和清瘦的爱情，哪里去了？

他们终于见面了，或者说是十三岁的她见到了他。他居然骑着一辆那个时代时髦、当今时代看着稀奇的摩托车亮相，进四合院的时候回头还冲在胡同里玩游戏的女孩子们挥了挥手。哪里是那个时代的作家啊，简直在七八十年后的 2006 年都不落伍，还是原本风流成性的作家古今都是相同。然后有一次，他们在门口，在女孩的奔跑中撞了个满怀，男人扬起双臂俯下身，轻轻地说，sorry。

我读了茨威格的《一个陌生女人的来信》，那一撞应该是关键性的一撞，在女主角心里就是行星和行星的相撞——"你看了我一眼，那眼光温暖、柔和、深情，活像是对我的爱抚，你冲着我一笑，用一种非常轻柔的、简直说是亲昵的声音对我说：多谢，小姐。"

姜文是一个出色的演员，但他在影片中没有把那种温暖、柔和、深情演绎到位。一个学养深厚、举止优雅、目光温和的男人，应该是所有女人的杀手，在拉斯维加斯赌城永远是通吃的庄家。我认为濮存昕来演比较合适，据说濮是中年女人和老年女人的偶像，也应该是少女暗怀心事的最佳人选。姜文的目光流露出的是男人的不羁和浪荡，没有那种可以要女人命的温暖和深情，何况中年的他发福了。男人发起福来一点也不比女人好看，大类商人的腰身和脸庞甚至更难看。姜文在影片中更像个发了迹需要很多女人补充的商人，还是小商人。真可惜了这个角色。

但是，四合院里像雪花一样清凉的女孩说，我就是在那一秒，爱上了你。陌生女人在信中说：我对你知道很多，能在书里看到你的名字就是我的节日，而你对我的一生一无所知。女孩随母远嫁山东，努力读书是为回到北平遇到作家。当那个时代的儿女发奋为中华之崛起读书的时候，她只为爱情读书。六年后，她提着行李回到了无时不在想念的北平的四合院，依然是砖砌的地面，依然是糊了白纸中间镶了一块玻璃的北窗，正对着阔气的北屋。

而他已经不记得了，只是觉得恍惚应该认识。他要了她，或说是她给了他。我看到徐静蕾纤细光滑的后背（也许是替身）出现在屏幕上，心中只觉佩服。那个时代的女性、那个时代的伦理和现在有所不同，但一切为了爱情，我在你的面前毫无保留地解开了衣襟。戏演到这里男女主角都有点拘谨，接吻不是接吻，做爱不是做爱，只有拥抱还算到位。如果把这段床戏演得再大方和自然些，我想四合院春日里的海棠花开得会更灿烂，落得也会更痛快些。当然爱情也就更无奈、更彻底些。

之后是那场著名的战争，作家去了宛平，说好一回来就去找她，但他回来后却没有去找她。再之后她发现自己怀孕。为了让他觉得"在他结交的所有女人中，我是独一无二的"，她离开了北平。为了让他和她的儿子能像他父亲一样过着高贵富足的生活，她用自己的青春换取着铜钿，那些钱是不同的男人给的。

一朵清纯的水仙花沾染了风月，为了生活舍弃了自己的纯白，任不同的男人在上面染色，只为爱一个人和他的儿子。这样的女人少有，这样的爱情少有，这样健忘的男人——更不多见吧。

八年后，他们又在一个圈子里相遇，别人介绍说这是徐作家，这是江小姐。男人又把女人带到了家里，他还是没有认出来她是谁——他曾经称之为不知从哪里出来的小女巫。不可以在同一个地方摔倒两次的，更不可以两次漠视同一个女人的存在，看来陌生就是真正的陌生了，陌生到了每一根汗毛和每一寸肌肤。女人的目光不再热烈，成熟的眼眶里盛满忧伤，伏在男人怀抱里也不觉得温暖。棉布的裙子已经换成了华丽的皮草，清纯短发已经挽成了成熟的鬓发。夜晚的缠绵，锦被凌乱。早晨的分别，仿如昨日。

不再写作的作家，或只在无聊时才写作的风流作家，只是觉得这样的场景似乎曾经有过，他把这归结为科学不能解释的缘分——我们前生一定有过一段姻缘。他也不去探究是谁在他生日的时候，总是托花店送来一束白玫瑰。为什么是白玫瑰呢，还不是八年前，他们第一次亲密接触后，他送了她一枝。

早饭毕，江小姐脱掉他的大睡袍，头上插着一朵快要凋谢的自己送给他的白玫瑰出了门。他始终没有送出过门口，只在门里给她开门。冬天的北平真素净啊，素净得像没有战争和爱情的土地，迎面却碰到了管家。四目怔怔地相对中，时光流转到了十几年前，那个小姑娘帮他晒被子，雪青色的棉布旗袍袖下露出一截纤细的手臂，她抱着阳光下晒得蓬松的被子第一次进了北屋。老管家拿着文竹的手在颤抖，他在那一刻认出了她，这个身穿皮草的雍容华贵、表情肃穆的妇人，就是在这个院子里住过的寡妇的孩子。他颤着声，依然像以前见面时那样温和地说：早啊，小姐。

看到这里，我和江小姐一起哭了，这是今年第二次哭。第一次是看春晚，当我市的阿姨小朋友们在北京给全国人民表演《俏夕阳》的时候。泪花是如此的珍贵和难得，我不再掩饰自己的欢喜或悲伤，我是说如果一定有眼泪流过。眼泪真温暖，舔舔还有些咸，真是上好的调料啊。

"世界上最远的距离，不是天涯海角，而是我在你身边，你却不知道我爱你。"我一度认为这句话被说滥了，但也一直认为这句话是最深刻的爱情咒语。不被作家记忆的"陌生女人"，就是这样和她爱了一生的男人亲近又遥远着。连你的管家都记得我，为什么偏偏你不记得了。这场爱情，到底是一个人的爱情，你对我从始至终一无所知。

陌生的女人，在走过管家身边的时候，把男人悄悄放在她包里的"过夜费"或叫"嫖资"放在了他托着的文竹花盆里。

江小姐的儿子死了，她在这个世界上再也没有可以存活的借口。走之前，她给他写了一封信，开头就说：你不认得我。男人是在四十一岁生日的时候收到这封信的。茨威格是这样结束这封信的：这些年来第一次在他生日这一天花瓶是空的，没有插花。他悚然一惊：仿佛觉得有一扇看不见的门突然被打开了，阴冷的穿堂风从另外一个世界吹进了他寂静的房间。他感觉到死亡，感觉到不朽的爱情：百感千愁一时涌上他的心头，他隐约想起了那个看不见的女人，她漂浮不定，然而热烈奔放，犹如远方传来的一阵乐声。

我还是喜欢一个人静静地看爱情片，仿佛自己又谈了一次恋爱，时光从此时一下子倒转到了以前。

片里还给男人提了个醒：要想离开女人，最好的借口就是出差。这个借口徐作家就在同一个女人身上使用了两次，当然他不知道她们是同一个人，也就是说这是他对女人惯用的伎俩。男人分别时深情地说，我要出差，就几天，一回来就去找你。女人于是就凄凄地盼。然而就是这个搪塞女人的伪承诺，让很多痴情的女子成了石头，没准那石头的肚子里还有一块小石头呢。男人的差不见得一定要出，但回来不找你却是"确定一定以及肯定"。

但女人还是要爱。没有爱情的女人，眼角没长皱纹，心灵早就皱了。

我毫不怀疑江小姐爱徐作家，虽然这个男人真的是很花心。她撞到了他的怀里，他的目光温和亲昵，然后在一秒钟就爱上了他，并且是一辈子的爱情，而他竟然在分别几年后，几次三番地认不出她。一个陌生女人的来信真的陌生吗？不陌生，一个大院里住过，有过肌肤之亲，为他怀了孩子，然后又在一个圈了里混，共同认识着他人，怎么就陌生了呢？男人如果记不起一个女人，就是给他洗脑换心都不管用。要么就是他有健忘症，该去协和看看医生；要么就是女人对他来说如过江之鲫，他真的记不起哪一个从他身边曾经游过；要么就是他不爱她。

江小姐爱上徐作家，不幸的是作家，因为从他读了那封陌生女人来的信后，心灵就不再安宁了。而心灵的安宁是如此的重要，江小姐在天堂做的梦都安稳了。她的确独一无二，她做到了。

还要提及的是，影片中的音乐是清瘦的——她飘浮不定，然而热烈奔放，犹如远方传来的一阵乐声，这乐声，像徐静蕾在电影里一转身棉布旗袍里舒展的不足盈盈一握的腰肢，有着弧度之美。对乐器和音乐知识所知太少，以至于我不能立即确定那乐器是什么，只是一遍一遍地听，但肯定是中国古典的乐器，属于弦类，不是旧上海歌舞厅里用来伴舞的钢琴或打击乐器。我叫了孩子一起来听，读二年级的萌萌认真地听了听，说出了三种乐器名称：琵琶、古筝和二胡，最后我们一致认为是琵琶。对，只有琵琶才能演奏出如此哀婉、出尘的乐声，由远及近，像一段一段的细竹敲打着女人难以释怀的心事。

亲爱的，我所期待的是：在一个下雪的早晨，有人敲门，打开门，看到你微笑着站在门外，对我说："你好，小姐。"然后，我们拥抱在一起。

亲爱的，写完这封信，我仿佛度过了一生，再也没有气力提笔了。看过这些信件的人，以为我们是情人，还问我你叫什么名字。姑且如此吧，我不多做解释。如果一定要有一个名字，在内心我一直叫你周瑜。

谨以《一个陌生女人的来信》暂时休笔，停止给我的从未见过面、陌生又熟悉的"亲爱的"写信。我的无处投递的手书。凡七封。

亲爱的，我还会给你写信的。请不要放弃等待。

雪终于下了。在早晨。我开了门。像每个平常的早晨一样，依然没有见到你，

「辑四」

千山暮雪

我们都在阴沟里，但仍有人仰望星空。

何处绛珠归去

花谢花飞飞满天，红消香断有谁怜？

闺中女儿惜春暮，愁绪满怀无释处。

……

试看春残花渐落，便是红颜老死时。

一朝春尽红颜老，花落人亡两不知。

——摘自《葬花吟》

绛，是一种颜色，大赤也，就是大红色。

《红楼梦》里说，在西方灵河岸上三生石畔，有一株仙草，名唤绛珠。那么，这绛珠，就是红色的仙草了。偏偏天上的赤瑕宫里有一位神瑛侍者，每天用甘露灌溉它，这绛珠草便得久延岁月，终修成绛珠仙子。为报恩情，绛珠仙子下了凡间，只因神瑛侍者已下了凡间，托胎为衔玉而生的贵公子贾宝玉。"他是甘露之惠，我并无此水可还。他既下世为人，我也去下世为人，但把我一生所有的眼泪还他，也偿还得过他了。"

你道林黛玉生来爱哭吗？是啊，男人有几个喜欢女人动不动就哭泣的，说好了是多愁善感，最初还有些耐心哄哄，说不好就是一张哭丧脸，给谁谁也不愿意长期看啊。"相看两不厌"——也许只在诗中。绛珠偏不，和他闹，为他哭，只为那传说中的木石前盟。你懂不懂无所谓，幸好，贾宝玉懂得。

我不知道是因为喜欢《红楼梦》才喜欢林黛玉，还是因为喜欢林黛玉才喜欢《红楼梦》；也不知是因为喜欢林黛玉才喜欢陈晓旭，还是因为喜欢陈晓旭才喜欢林黛玉。

一日，与一位朋友聊天，不知怎地就聊到了残荷。

我说，林黛玉说她最不爱李商隐的诗，但却偏偏只喜欢这一句"留得残荷听雨声"，我最喜欢林黛玉了，要是中国女人活得都像她那么诗意，又不三八，你们男人是不是很向往。

朋友说，你们文人（我承认我只是名会计）就喜欢那种病态的美，小心眼，抑郁，谁也不容，不过却是另外一种美，就像过去喜欢三寸金莲。

我瞬间泥塑，顿时无语。关于对林妹妹的误解，不解释。关于对林妹妹的喜欢，不列举。我想说说陈晓旭。

1987 年版《红楼梦》热播的时候，我在读初三。20 世纪 80 年代中后期，北方平原小镇上的中学，一个女生下了晚自习，独自走在夜色里。碰巧看到一间教职员工的房门开着，电视也开着，黑白，十四寸，正在播放《红楼梦》，正好是黛玉扛着花锄携着锦囊葬花一幕，同时配放着《葬花吟》的插曲。于是女生就悄悄地溜了进去，倚在门边，原来她就是林黛玉，原来她就是陈晓旭啊。

林黛玉是南方人，姑苏林黛玉嘛。陈晓旭是辽宁鞍山人，偏偏是一个正宗东北人。但是，没有再比陈晓旭更合适的人选了，在我眼里，在很多观众的眼里，在时间的眼里，在她自己的心中，陈晓旭，就是林黛玉。只是戏如人生，人生如戏，三年拍就一部《红楼梦》下来，林黛玉和陈晓旭已经角色和现实无法分离。

她无法再演戏，因为第一个角色太成功，因为第一个角色已经人戏不分。结婚，离婚，再结婚。出国，归国，再创业。她竟成了一名很成功的广告商。

谁能将林黛玉和商人联系在一起呢，那应该是一个和商业无关的女子啊。然而，陈晓旭说，《红楼梦》为我打开了一扇窗，又关上了一扇窗，我无法进入，只好重新开辟一条路，并不知道远方的风景是什么样的，是险恶还是美丽……

大众再次看到陈晓旭，是在 2003 年央视《艺术人生》特别策划的《红楼梦再聚首》节目中，此时，距离进入剧组已经过了整整二十年。陈晓旭，还是那么美，依然盈盈独立于众花丛中。

2007 年 5 月，我的博客上有两条留言：杨荻姐姐，林妹妹真的回苏州老家了；看到林妹妹走了，就想到你这看看。网上网下，铺天盖地都是陈晓旭患乳腺癌去世的消息，她临走时的身份是——出家人，法号妙真。在听到林妹妹——也就是陈晓旭离世的那一天，独自默然在暗夜里，噼里啪啦的眼泪，旧痕未去添新痕。

都说高鹗后续《红楼梦》，写得最好的是第九十八回，"苦绛珠回归离恨天，病神瑛泪洒相思地"。绛珠以泪回报神瑛的甘露之惠，泪绝之日，就是魂归之时。

"试看春残花渐落，便是红颜老死时。一朝春尽红颜老，花落人亡两不知。"黛玉的归期，春末，一定是在春末，风雨过后，落红满地，残春配着花冢。晓旭的归期，恰在春末，是命运的巧合，还是冥冥中的注定？林黛玉作为名著中的人物，会永远流传下去。晓旭呢？时间过后，有谁还能记得那年五月的花开时节，那个名叫陈晓旭的女子的结局。

　　潦潦草草的哀祭，诉不尽的情思，终归是一场不可触摸的风流云散。

何处梦如小令

词大致可分为三类：小令，中调，长调。有人说，五十八字以内为小令，五十九至九十字为中调，九十一字以外为长调。

李清照的这两首小令，着实让人喜欢。由于喜欢，读着读着，又让人欢喜。

如梦令，令你入梦，是南宋夜晚的绮梦。

> 常记溪亭日暮，沉醉不知归路。
>
> 兴尽晚回舟，误入藕花深处。
>
> 争渡，争渡，惊起一滩鸥鹭。
>
> ——《如梦令·其一》

在一个叫做溪亭的地方，游玩到日暮，找不到回去的路了。兴致已尽，夜色中驾着小舟掉头，不知不觉误入了荷塘深处，这里，盛开着朵朵藕花。赶紧着走吧，谁知慌忙中，惊飞了栖息在沙洲里的一群鸥鹭，扑通、扑通，女儿家的春心和鸟儿的翅膀一起掠过日暮中的荷塘。

如此轻盈、婉转、花色新、夜色浓的画面，被这个叫清照的女子仅用三十三个字，就描绘得活色生香。所以是传世至今女词人。所以是传世至今的名词，婉约词。

好字如画。如果一定要着色，紫色，我觉得应是淡紫色。如烟如梦的轻紫，若有若无，缭绕在水波清明的湖面，像少女不可言明的心事。偏偏叫做藕花，这藕花，仅从听觉上来说，比荷花动听，比芙蕖民间，连着视觉也梦幻般的弥漫。

我打从中学课本上学到这首《如梦令》，就喜欢至今。记忆恰如船帆，渐行渐远不回，但这首词，近二十年后还能背诵如初。

误入藕花深处，或许，原本每次或悲或喜的经历都是场误入，权当欣赏一下淡紫色的藕花，不必讶异。

你嫁给了婚姻，不是最初的爱情，这也没什么，只要你不成心建造你婚姻的坟墓。你会发现，现实相守的婚姻远比青涩的爱情珍贵，因为它在延续，而爱情早断了。就当是歪打正着进入藕花深处，是场宿命的"误入"。

你的职业恰如你的婚姻，并不是最初的理想，这实在是没什么。理想如花，本是迅疾，职业如树，是立命的根本，所以你还为没有采摘到的那朵早春的花而耿耿于怀，放弃用心培植一棵葱茏的树吗？

误入，却见柳暗花明，简直有些佛性。

昨夜雨疏风骤，浓睡不消残酒。

试问卷帘人，却道"海棠依旧"。

知否，知否？应是绿肥红瘦！

——《如梦令·其二》

还是三十三个字，景象已完全不同。这是汉字的魅力，也是李易安的魅力。

昨天夜里有风有雨，而我竟沉睡不知晓，因为昨夜宿醉。侍女卷起窗帘，我慵懒地问道，外面花事如何？侍女道，海棠花开依旧。真是个呆人！知道吗？此时正值春末，海棠花事本来就接近了尾声，再加上一场春雨，恐怕花朵渐萎，绿叶正盛，你怎么可以感觉不出变化呢？而我，即使宿醉后晚起，没看到窗外的海棠树，也知道春逝花事尽。

如果说如梦令之一是少女情怀的不经意流露，那么这首如梦令之二就是少妇韵致的散发了。品一品，绰约如春日的海棠；闻一闻，醉人是隔夜的酒香；触一触，轻滑如最上等的丝绸。李易安，就是这雨后、醉后慵懒的美人。

女子酒醉，一场久违的宿醉，当属此词描写最为写意。

当年杨玉环因为唐玄宗那夜临幸梅妃江采萍，辜负了百花亭赏花饮酒之约，从而醋意大发，表演了一番"何以解忧，唯有杜康"的旖旎醉态。然而杨妃之醉比较清照宿醉，一个在皇宫，一个在民间，好似雪与梅，"梅须逊雪三分白，雪却输梅一段香"，杨妃虽贵，到底输了那段梅香。

两支如梦令，一个是娇憨少女，一个是绰约美妇，当真是花开正浓，韶华胜极。只是稍不留神，这春日，这藕花，就成了明日黄花，只留在小令里缅怀。

李清照，号易安居士，济南人，中国古代罕见的才女，她擅长书、画，通晓金石，而尤精诗词，她的词作独步一时，婉约派代表人物。后人认为她的词"不徒俯视巾帼，直欲压倒须眉",她被称为"宋代最伟大的一位女词人，也是中国文学史上最伟大的一位女词人"。作为一个女性文字爱好者，当以清照为傲。

九百年后，我对着电脑欣赏这两首如梦的小令，不知不觉天已经黑了。起身之际，如果有前生，我宁愿自己生在宋朝，哪怕就当那个有些呆气的卷帘人，或者荷塘里的舟楫者。只因，有如此婉约的宋词，和，如此绝世的词人。

何处风过蔷薇

那时在网上看到一个女子的网名，觉得很好，至今想起，仍觉得很好，那个女子的网名叫——绝版蔷薇。绝版的，不是别的，是蔷薇。蔷薇，不是别的，是绝版的。

绝版的蔷薇，开在五月。于是，第一次发觉五月的好。春天去了哪里，只剩这一路的寂寞。春无踪迹谁知，除非问问黄鹂，也许它知道。但是黄鹂"啾啾"地说俺也不知道啊，趁着风势，它飞过蔷薇花丛。蔷薇入眼，始知不知不觉中，夏天已经来临。开在春夏之交的美人花，就是这绝版的蔷薇。

北宋诗人、词人、书法家黄庭坚的一曲《清平乐·春归何处》，在我看来，是伤春的断肠之作：

> 春归何处，寂寞无行路。若有人知春去处，唤取归来同住。
> 春无踪迹谁知，除非问取黄鹂。百啭无人能解，因风吹过蔷薇。

欲知春去了哪里，先回想一下春是怎么来的吧。一片春色，就是片片花色。

三月伊始，就盼着春天的到来，很想脱下身上的毛衣。可是还不能够，也只能先脱掉厚重的羽绒服。盼着三月底了，迎春花果然开了，一片微寒的黄色。

　　四月里，盼着种种春花开放，熟悉她们的花期，几乎都要成了植物学家。与一帮女友，在中午去寻花，为的是照相，实则是寻欢。杏花，樱花，梨花，二月兰，丁香，桃花，碧桃，西府海棠。你看，你看，月亮的脸，藏在花蕊中。

　　趁着花事的繁忙，减衣进行中，不妨寒气浸入，倒是病恹恹的四月。况且，花期果然很短，仅仅过一个周末而已，落了一片红不说，都没来得及照像。白瞎了四月的花事。

　　跟着古人一起叹息，春花虽好，景不长，堪当折时，只须折。花无百日红，人无百日好。

　　五月里的花事也很繁盛，以树花见长。紫的泡桐花，白的槐花。五月初进了一次山，看到路边成片成片的紫槐花。问了旁边搞林业的专业人士，是新品种，叫香花槐，又叫五七槐，因在五月、七月开花。五七，五七？要是三七就好了，是味著名的中药，也可入菜。

　　五月里的花，还有鸢尾。我以为鸢尾只有紫色。某天看到一个花园里开着好几种颜色的鸢尾，黄的，浅粉的，却只觉得紫色好。五月里的花不能不说月季。深一脚、浅一脚地走向月季园，那金黄的、纯白的小小野菊花就绕着了脚踝，一回头，风景原来已经路过。

　　五月里，不冷也不热，风很小清新。有穿长衣的，也有穿短袖衣的，还可以穿件外套。光脚穿丝袜才舒服呢。

　　五月里的花不算什么，五月里的绿最好。柳烟虽好，毕竟初生，略显轻飘。且看五月的绿，很润，很润，让人想入晨梦。那个韩国男演员，在电视广告里，煽情地说，我叫，润。很有意思。

五月里的风好。开了窗，凉浸浸，舒爽极了。床单绵薄，因五月的风吹过，躺在上面，如躺在草地。

但以上等等，都是蔷薇开放的前奏和序曲。三月，四月，五月，花好，都是花魁，最绝版的，却属蔷薇。这春天的尾声，这夏天的开始，这生命的渐渐深入，这年轮的无声周转。

我曾经有过一个梦想，如果拥有一个小花园，我将在四周的栏杆上遍植蔷薇。如果我可以负责一个城市的绿化，我将在墙边街旁遍植蔷薇。那么，在五月，如果你打街上走过，满街花架，倾城蔷薇，是不是很梦幻，很幸福。

很多年以前，一个男生和三个女生一起去食堂吃饭，是个春末。在去往食堂的路上，开有白色的花丛。不知怎么就争论起来，一女生忽然说，你要是怎么怎么地，我就送你这花。男生一愣神，说，这是白色蔷薇花。另一女生说，蔷薇代表爱情。那个说要送人蔷薇的女生一脸讶异。

很多年以后，那个要送人蔷薇花的女生已是中年熟女，在另外一个城市，她于一个清晨在楼下候车等人。正是五月初的季节，恰公寓周围的栏杆上初开了整片整片的粉色蔷薇，蔷薇花朵不是很硕大，但开得繁密，衬在绿叶中，如星眸隐在人间。

曾经的女生现在的熟女问，你知道你家窗下开的花叫什么名字吗？答，狗尾巴草倒是认得，从不认得花儿啊朵儿啊的。啧啧，白白浪费了这如画的美景。

一阵清风掠过，蔷薇架下往事不惊，春花，青春，爱情，已成绝版。

何处千山暮雪

我问先生：你知道"问世间、情为何物，直教生死相许"的作者是谁吗？

男人不假思索答曰：李莫愁——

这可真是让人听后喷饭的答案啊。李莫愁，女，号赤练仙子，金庸大侠作品《神雕侠侣》中一悲剧人物，为情所伤，若口吟"问世间、情为何物，直教生死相许"，必将杀人。李莫愁身中情花毒后，在烈火中不断质问和自问着"问世间、情为何物，直教生死相许"，遂焚身而亡。

有一部电视剧叫《千山暮雪》，男演员很到位，叫刘恺威。千山暮雪——口中轻吟，感觉似曾相识的词语，倒也没有深究。生活种种已够麻烦，若无十二分的雅兴，谁会去探究一下什么是"千山暮雪"。后来得知，电视剧中的主要人物名字叫莫绍谦、萧山、慕鸿飞、童雪，连起来正是"千山暮雪"，如此心思，作者颇有趣。

读大学时外班有一个女孩的名字叫"暮雪"，暗暗与自己的名字相较，觉得简直是天上人间。也曾凝神考量过出处，该不会出于岑参的"暮雪纷纷下辕门"吧。

2012 年有一部热播的电视剧，叫《甄嬛传》，其中有一段场景是这样的：御花园里，玉娆遇到了慎贝勒，两人谈起宋代崔白的《秋浦蓉宾图》，都喜欢画里的那双大雁。慎贝勒道，渺万里层云。玉娆对道，千山暮雪，只影向谁去？慎贝勒说，你也爱读词？玉娆说，元好问的好词唯此一阕了。贝勒说，大雁是忠贞之鸟，所以我喜欢。

我赶紧搜来元好问这首《摸鱼儿·雁丘词》，发现上阕里面不仅有李莫愁的"问世间、情为何物，直教生死相许"，也有玉娆的"千山暮雪"，果真不愧是一首传世好词：

> 问世间、情为何物，直教生死相许？天南地北双飞客，老翅几回寒暑。
>
> 欢乐趣，离别苦，就中更有痴儿女。君应有语，渺万里层云，千山暮雪，只影向谁去？

雁丘，就是大雁的坟墓，汾河岸边的石头堆埋着一对忠贞之鸟。元好问，金代著名诗人。在《雁丘词》序言中，我们可知：在元好问十六岁的时候，赴并州（今太原）应试，遇到一位打雁人。打雁人说，今天早晨我捕杀了一只大雁，另一只从网中逃出的大雁对着伴侣悲鸣不止，不肯逃脱，最后竟然撞地而死。元好问买下这两只大雁，把它们合葬在汾水岸边，垒石为丘，是为"雁丘"。

我们是大型候鸟，大多时间在路上，喜欢群居水边，喜食植物的嫩叶和细根。春天的时候，天气转暖，我们北归，到北方繁殖种族。秋天的时候，我们南飞，到温暖的地方过冬。我们从天空飞过，排成"一"或"人"字形，形成壮观的雁字和雁阵，从浩渺的万里云间飞过。我和我的伴侣是往来南北的双飞客，无论寒暑，相伴在路上。这一次，我们栖息在汾水，忍不住在秋风里做阵阵雁声，表达爱意。忽然一张大网扑来，我的爱人被人类捕杀。

面对着爱人的尸体，我无能为力，我的雁声化作悲鸣，我无法接受一个人在这世上独活。那水边的恩爱，芦苇中的家，那浩渺的万里云层，千山暮雪，我形单影只，与谁相依相伴？爱人，请等等我，我们永远是双飞客，趁着你的体温还没有完全冷却，趁着你翅膀上的雁羽还没有掉下，我来了，爱人……

大雁，是忠贞之鸟，所以，我也喜欢。然而，人不若大雁多矣，所以元好问发问：问世间，情为何物？直教你们生死相许？我想，每个人，至少每个女人，都期待这一辈子遇上一个忠贞的爱人吧。

我一直喜欢高中课本里林觉民的《与妻书》，至今记得开头："意映卿卿如晤，吾今以此书与汝永别矣。"一群青涩的高中青年男女，对于感情和婚姻的渴望，或许始于此书，"初婚三四个月，适冬之望日前后，窗外疏梅筛月影，依稀掩映；吾与汝并肩携手，低低切切，何事不语？何情不诉？"

黄花岗七十二烈士之一林觉民参加广州起义前夕，给妻子陈意映写了封绝笔家书。起义失败，不幸的消息传来，陈意映几欲自杀，一年多后因思念过度抑郁而逝，终究是亡了伴侣的孤雁，不能在世上独活，徒留耿耿秋风，寂寞沙洲冷。

　　　　　　　　　　　夜深同花说相思

或许，每对相爱的男女，每个痴情的男女，都会喜欢大雁，只因大雁是忠贞之鸟，肯付出生死相许的情谊。

　　人，倘若得此雁侣，结成双飞客，自由在千山暮雪，一生，也就花好月圆了。

致我们单纯的小美好

　　这是偷来的题目。我已经不是第一次偷题目，算是个惯犯。

　　第一次偷的是车前子先生的"旧物的风声"。我读他的散文集《江南话本》或是《云头花朵》，读到百花深处，便跳入眼帘这一句"在旧物的风声中，人才伤感得起来"，瞬间被迷晕，醒后就摘下一片云朵别在衣襟上，适时地当了自己一篇作文的题目，用来怀念小学时期的老师、同学们以及那段江南话本中无人记载的旧时光。

　　第二次是阎纲老师的"三十八朵荷花"。与阎纲老师有过一段因缘，通过一阵子的邮件，就是因了他的散文集《三十八朵荷花》。他写他的女儿——一个因病终结于38岁名字叫荷的美丽女子，"她的胸前置放着一枝枝荷花，总共三十八朵"。我哭得稀里哗啦，随即写了一篇作文《偷来的三十八朵荷花》存在网上，结果被阎老无意中看到，推荐给《文艺报》冯秋子老师，冯秋子老师辗转找到我的电话，向我征求意见将《偷来的三十八朵荷花》发在《文艺报》上，以便在周年祭上纪念她曾经的好同事阎荷。我受宠若惊，如乡间野湖荷叶下一尾被夏日阵雨惊动了的小银鱼，急急寻找那朵可以藏身的荷花。

　　这一次，我准备偷"致我们单纯的小美好"。这几个汉字太

　　　　　　　　　　　　　　　　夜深同花说相思

喜欢了，又因为恰恰觉得自己终于又寻回了人生中丢失的小美好，不过这一次我不是从文章中偷到的。《致我们单纯的小美好》是一部网剧，青春校园网剧，我声明截至目前我还一集未看，只看到了剧名。不过我一定会在某个清新灵动的如青春之歌的夜晚去打开第一集，靠在床头，趁着灯火求证一番，只因为我经历过青春时节那些单纯的小美好。

然而这一次有本质的区别，就是关于"单纯的小美好"这件事。怎么说呢，网剧里的小美好是青葱的春色，属于人之初那一笔的简单勾勒，我现在的小美好是秋色，当归于风雨过后大地深藏的宁静，是各种色彩调制而成的单色，两者之间相隔的是经年岁月的长途跋涉。

我又开始写字了，这让我心生欢喜，觉得有一种生命返璞归真的美好，生命的返璞归真，应该有一种健康的张力。从业余写字的盛花期到戛然凋谢，大概就是春日里樱花的花季那么短，然后我就借口全身心投入到生活大革命的洪流中去了。每每思及，一方面革命尚未成功，另一方面知已远离本心，就无端生出壮士断腕般的悲情感。幸好人生也可以用来悟，且什么时候醒悟都不算晚，我的女儿就是我的老师。

抚养孩子长大，是大革命的一部分。当我读到女儿写出的几千字小说时，笔法虽然稚嫩，但想象力颇丰，比我强，真令我惊讶又感动。我很心疼地问她，学了财务管理专业是不是很后悔？女儿当即做痛苦状，表示肠子都悔青了，接着告诉我她其实一直喜欢编辑出版专业，可是高中时对自己的理想不是很明确，就听从我们的意见报了一个所谓容易谋生的财会专业。

有一天晚上宿舍里女孩例行聊天，说到理想，她就偷偷查看了编辑出版专业的研究生，觉得那才是她的最爱。女儿小兔子一样胆怯的眼神望向我，妈妈，我可以吗，不出国，我从来都不想出国。我一把抱住我的孩子，闺女，你可以的，不出国，并且可以选择自己喜欢的专业工作，为了自己的理想而努力吧。女儿露出了不可置信的表情，追着我求答案：真的吗？真的吗？你真会同意吗？

女儿的追问让我反省，反思，反转。每一朵野蔷薇花都值得阳光普照，每一个不起眼的梦想都值得尊重。亲爱的孩子，我是多么地惭愧啊！

是的，每个人都有自己的理想。那些属于个人单纯的小美好，是海底最珍贵的珍珠，谁也没有权利去剥夺一株野蔷薇向上生长的权利。我用了很长时间才学会了尊重和保护孩子的小美好，并且决定向她学习，寻回自己的美好。那天晚上，女儿追随着我的脚步一直聊天，达两小时之久，直到我将她轰到床上，我们都忘记了吃晚饭，空前绝后地母女和谐。这样的追随，大概只在她孩童时代曾经有过。

春日迟迟。何不找个板凳，在开满白色花朵的流苏树下晒晒太阳，闻着春日里透鼻香的清冽芬芳，重新拿起笔——嘘！那也是我少年时代单纯的小美好呢。等等我，我准备和女儿在一起。

又一个清晨到来，外面天空明朗清新，没有雾霾，一点也不像快要冬至的样子，就临时决定休个年假。工作中不知道无私奉献了多少带薪假期，世界那么大，我也想去楼下看看。紧

222　　　　　　　　　　　　　　　　　夜深同花说相思

挨着厨房，坐在餐桌边，是我们家冬天最暖和的位置。

厨房的炉子上煨着红豆沙，豆沙色的时光浸润流淌，那是植物的芬芳。

靠着炉火读书吧。不都是这样讲：唯有读书方能修炼灵魂的同时还能当最好的抗衰老化妆品吗？我可不想过早地垮掉。书柜里摆放着好多书，都是曾经喜欢的，我却把它们当成接待尘土的物件。随手一抽，是池莉老师的散文集《熬至滴水成珠》，其中的同名单篇，池莉老师写得真是好啊，不过非得经历了什么才能切身体会，因为岁月，所以懂得。比如我的女儿珍珠一样闪亮的年纪，虽初通事务，恐怕不懂得一个"熬"字，也还不懂得如何守候，才能将生活历练成一颗圆润、晶莹、剔透、沉着，关键是叫人无限欢喜的珠子。这颗珠子，是成年人修炼得来的小美好，关键词是熬制。

我想去常熟虞山兴福寺看月亮。因为池莉老师在书里晒月亮，说兴福寺的月亮是世界上唯一的月亮。我也曾有机会在寺院里借宿过一晚，是不是只能叫借宿，不能叫挂单，这个我不是很明白。我现在想，要是也能去兴福寺挂单住上几日，走一走"清晨入古寺，初日照高林。曲径通幽处，禅房花木深"的千年实景，一定要看一看当晚的月亮，轻风一吹，根根发丝都飘向遥远的唐宋，真的是人生中美好的事。

我还没有付诸行动，只是单纯想了想，就已经觉得很美好了。嘴角微微上扬，给自己一个笑脸，果然读书是雕刻到骨骼里的化妆品。可惜，被生活的大革命阻断了许久，一直不能安妥心灵，安放危机的中年，如今我心有释怀，准备手不释卷，对镜贴花黄，风住尘香，无限美好。

写作，读书，是单纯的小美好，还有呢？我想了一下，老来多健忘，唯不忘相思，相思种种，恐怕唯有情谊和花花草草萦绕心怀。

有一天中午下班，我看到前面有一个熟悉的背影，是我的高中同学。我们不仅是高中同学，还曾经是同事，如今办公室也只隔了一条马路而已。纵是这样，偶遇的机会也不是很多，这不半年多才赶上一次。上一次见面是在五月的母亲节，我们穿着初夏的盛装去山里栗子树下野餐和看芝樱花盛开的花海。

好朋友相见，无限欢喜，当即约饭。正是饭点，又是偶遇，就沿着街道信马由缰地走，好在我们只是想在一起，本不在饭。看到一个饺子馆门前有停车位，就拐了进去，真是小饭馆啊，就几张桌子，装修简陋。我们点了一屉白菜熟肉蒸饺，一盘西葫鸡蛋水饺，老同学请客又很客气地点了一盆白菜豆腐汤。

好久不见，说什么呢？彼此的脸都日渐沧桑，眼眶里藏着一种心照不宣的明白。在这个小饭馆门口的位置，羽绒服鼓鼓囊囊，饭食简单日常，这样的约会远不是我的想象。我曾想，即使老了，我的约会也要安排在酒店明亮的大堂，穿着高雅，头发一丝不乱，脚踩坡跟皮鞋，眼神着落处，含而不露着人生的惬意和威仪。还没老呢，现实就已经极简单地呈现面前，就是一个小酒馆，与货车司机邻座，饺子蘸着醋，我们谈论着用什么样的染发剂最没有污染，以及老了将住房买到一起，阳光从早晨六点一直照到晚上六点的那种，窗台上种满花花草草。然后兴奋地承诺一起去兴福寺看一看世界上唯一的月亮。

说到花草，内心马上就充满了温柔。初春田野上起了一层紫雾，那是早开董菜匍匐于大地的美，一年的花事就在早春料峭中开始了。一年四季，周而复始，我和朋友亲近着大自然，一一叫着它们的名字，采撷着花草之美，鞋袜上沾着露水，口中吟着唯美主义先驱王尔德的语录："我们都在阴沟里，但仍有人仰望星空。"

多么地单纯而实在。好像炉子上炖着的红豆沙，经仔细过滤，忽略了从种子到再次长成种子这个漫长成长过程的各种艰辛，只余一缕细嫩的甜香，在唇齿之间流连。

致我们单纯的小美好。偷来的是他们的题目，不是他们的青春。

一个人的电影

看电影还是人多点好，比较适合群观，独乐乐不如众乐乐。

夏日的场院，黄昏时分就扯起了白色的幕布，然而不知道为什么总是要等好久，才看到电影放映员不紧不慢地支起放映机。有时候放学，看到放映员骑着自行车从大道上经过，车后载着方形的铁盒子，就知道附近的某个村庄要放映电影了。如果恰巧是在本村放映，就手舞足蹈地期盼，仿佛中了大奖，连晚饭都吃得匆忙。

天渐渐黑了，幕布前坐满了人，幕布的后面也会坐一些不喜欢热闹的人。放映员或许在村子里吃饭，今晚不知道分派到哪家的主妇做晚饭。趁着明净的月光，夏风中飘来国槐花味。也许主妇用新麦做的饭太浓了，放映员迟迟沉醉在饭香里。

很久没有看电影，看电影成了一个可供回忆的故事。有时候几个人一起回忆，说到浓烈处，仿佛看到海市蜃楼，如同一起回到了小时候。

女儿初三上晚自习，要到九点才放学，就空出了从黄昏到晚上的一大块时间。这横空出来的时间，像一块白色的电影幕布，怎么演是自己的事，没有观众。如果有观众，演员即是观众，也是自己的事。

一个人走在回家的路上，车里车外，隔断出了一个小小的世界。在这个小小的世界里，自由而安全，又充满着芳香的想象。路很漂亮，两边种植着银杏，银杏树作为行道树很适合，尤其在深秋的时候，树叶会变黄，变成颜料色里的银杏黄，路就好像被化了妆。一条长长的路，高大的黄色树木，打此路过，会觉得走在童话里。如果黄昏时下了雨，路灯、车灯、霓虹灯让雨色更为迷离，一片银杏叶忽然落在车窗上，让人忍不住停在路边，深呼吸——停车坐爱黄叶晚，是锦上添花的美事。

　　停在银杏树下，扭头看到电影院，不如去看电影吧。于是在这一时段看电影，成了我的私房节目。从银杏树下驶入，电影院的小厅里，一个女人独坐。无陪伴，无目的，无忧伤。一个人的电影，成就一个人的世界。

　　第一次，一个人走进电影院看的电影，印象颇深，名字叫《男人如衣服》，反正都是打发时间，不拘什么名字吧。不入流的电影，居然有海清特别出演，这一次她没演哪一家婆婆的媳妇。男人如衣服，嗯，这个话题，似乎可以说一说，因为不是"女人如衣服"。

　　男男女女在一起吃饭，男人靠酒精壮了胆，推杯换盏间很豪迈地说，兄弟如手足，女人如衣服嘛。海清饰演的女子就撇了脸，就分了手，一分就是四年。男人来找海清，海清说，你设计一套女式内衣，主题是男人如衣服，如果我满意了，就会复合。

　　男人的公司有两个团队 PK 设计"男人如衣服"的女式内衣。决战的时候到了。A 团队设计的蕾丝内衣很有特色，只能保留 24 小时，理由是男人都喜欢新鲜，女人就要保鲜，片刻间衣襟上的蕾丝花蕾绽放，光彩夺目。

B 团队是非常简单的家居服，样式简单到几乎没有样式，用的却是最细腻的棉布，胜过皮肤，理由是男人如衣服，又贴身又舒服，才值得女人一生拥有。

电影虽然不入流，电影院里却很温暖，很适合在凉意的晚秋踱进，更何况电影的喜剧效果收场于一个值得思量的话题。如果，手边有一杯热咖啡，现磨的，就更好了。

男人说，女人如衣服，指的是脱了这件可换那件。女人说，男人如衣服，期待的却是贴心和温暖。两性的思考，如此不同，也是无可厚非，因为男人来自火星，女人来自金星，出生之时，已云泥已殊路。

电影院除了大厅，另有几个小放映厅，里面是沙发座位，房间小，人也不多。有时候看到两三对情侣，有时候进来三四个女孩，有时候看到几个男孩。我坐在最后，无视他们的青春，享受一个人看电影的趣味。

或许，看电影，还是露天电影有味道，最好是在外村放映，因为可以走夜路。穿过乡间小路，两边是夜色中的庄稼，或高或矮，黑黝黝，香喷喷。夜色好，正好可以用来约会，约会的人看的不是电影，他们是在演电影。

穿过我的黑夜的外村的电影。

一个人的寂寥，宛如夏日里的最后一朵玫瑰，秋天里的最后一片黄叶，坚贞而绝美。一个人的电影，独乐乐，不是随便谁都能看的。

悦读时光

　　某年春天开始，我每隔两周就去趟天津，到南开大学读在职研究生，上课的地点在南开大学西门的商学院。南开大学西门外，有一条南北的路，那条路的名字叫白堤路。苏堤，白堤，好像到了西湖。

　　我住在校内一处女生宿舍，那座女生宿舍楼距离东门较近，叫二十一宿。沿着二十一宿门前的小路一直向西，有时候走路，有时候骑自行车，我和同学去商学院大楼上课。这一路上，惹人注目或停足的地方，有路边春日里盛开的西府海棠花树，两三个食堂，以及一家书店。那家书店位于西门附近，名字很好听，叫"悦读时光"。

　　第一次进去的时候，并没有注意到书店的名字，等到付款时拿到机打小票，才发现它的名字叫"悦读时光"。书店很安静，因为进入书店的人很安静，没有喧哗，只有翻书声。书店，的确是个好去处。

　　Reading Time，是悦读，而不是阅读，汉字之美随处体现。阅读读到悦，喜悦，欢悦，悦目，悦心，这书真是没有白读。想一想，读书的乐趣也曾体会。

　　上小学的时候，老师建议订阅课外读物，课本以外的零钱并不是所有的家长都给的，但我要来了，于是就有了《少年文艺》。就如它的名字，《少年文艺》是我们这个年代的人在少年时代美好的阅读。在一个乡村小学，懵懂少年手捧带着油墨清香的书籍，打开书页，沉浸其中，就是打开了一个新世界。

《少年文艺》是纯文学少儿读物，不仅如此，书页中还配着插图。我认真阅读每篇文章，把每本《少年文艺》精心收藏起来，放在父亲当兵时用的那个红油漆木箱里。弟弟调皮，有时候会翻出我的宝贝，弄脏或者撕页，我就哭着告诉母亲，弟弟就招来一顿打骂。

我至今对一篇文章记忆犹新，题目忘了，但是内容还记得：那个少女叫阿兰，暑假回到老家，遇到一个独居的老女人，小朋友们都叫她疯女人。疯女人对阿兰很好，给她桑葚吃，教她用指甲花和明矾染指甲。我就是在看了这篇文章后，摘下窗前的粉色指甲花，捣啊捣的，却怎么也染不红指甲，因为我不知道什么是明矾。

后来，这些《少年文艺》随着岁月的流转，或许被老鼠啃光了，或许被卖掉了，或许搬家时丢了，梦一样了无踪迹。纵使喜欢，也不能随身携带，只好默默放在心里。

读初中的时候，有一年秋天，正是收获落花生的时节，院子里晚上扯起电灯，家人围在一起摔花生。父亲回家，从矿上借来一本《聊斋志异》，趁着月光，就着灯光，我痴痴地阅读《聊斋志异》。第一次对一本非少儿读物产生了浓厚的兴趣，不仅是兴趣，而是喜爱。那些女妖的名字多么动听，聂小倩、婴宁、娇娜，那些吊死鬼惧怕天明，只在黑夜出没，还有就是狐仙特别青睐书生。

书是父亲从矿上图书馆借来的，包着牛皮纸，盖着图书馆的红色印章。时近中秋，月光倾洒在落落篱院，年少的我望着远处黑黝黝的角落，期待着某种狐类动物漂亮地闪现，心想着图书管理员真是个好差事。

一本书，是一双眼，穿过黑夜，不畏灵异。

后来的阅读，我就跟着赶时髦，高中读琼瑶，大学读金庸，读琼瑶必定流泪，读金庸侠气荡胸。上了大学后，时间比较自由，就整天整夜地阅读，连饭食都托同学代买，图书证上一连数月都是他们的作品，左手琼瑶，右手金庸，好不痛快！我至今觉得读书读到成系统、成规模就是在大学时代。

当年从首体书市买来一套《红楼梦》，自此认为这是自己最喜欢的书籍，林黛玉也就成了我最喜欢的女子。那一年，陈晓旭芳华早逝，一大早开了博客，看到有人哀哀地留言：姐姐，林妹妹回苏州了。

阅读，是美好的。那一刻的时光，由于阅读，心生喜悦，朵朵莲花盛开。所谓幸福，不过如此简单和单纯。

奇怪的是，我体会到读书的喜悦，从来不是来自课本。书山有路勤为径，学海无涯苦作舟，是学生们的座右铭，其中却是怎一个苦字了得。课外书，那些似乎不利于学习的读物，藏在桌斗之中，埋于课本之下，被老师用粉笔头砸到的，正是我们在阅读时享受精神愉悦的媒介。

手执一书，或靠在床头，或坐于书桌，或躺在沙发，珍享这难得一遇的悦读时光。读书，无论形式，无论雅俗，只在那一刻时光乍现的美妙。

你若安好，便是晴天

行在路上，听车里的广播，说，下一首播放杨钰莹的歌曲《你若安好，便是晴天》。久违的人，唱首新歌，便是回归。在这雾霾常常光顾的隆冬，听觉一下子被触动，紧跟着，心也如杨钰莹的歌声一样，渐渐柔软起来。仿佛走过江南的细雨，浸润心弦，有曲可弹。

之前有一部关于林徽因的传记类书籍，名字叫《你若安好，便是晴天》。

看来好名字大家都喜欢，可以文字，亦可以歌咏。是什么样的情感，什么样的人，才能无所谓远，也无所谓近，无所谓得，也无所谓失，很古典、很悠远、很本真地道一句："你若安好，便是晴天。"

众所周知，梁思成、徐志摩、金岳霖三大才子对大家闺秀、美貌才女林徽因情有独钟：一个娶了她，一个因去探望她遭遇飞机失事，一个因她终身未娶。你若安好，便是晴天，这样的表达，历经岁月和生命，仿佛曲径通幽处的青青翠竹，闻有禅意。

那么，就再皱一皱抬头纹，在杨钰莹的歌声里出把神：这样的一句话，我，这一生，可以对谁说呢？

父母总是有的。新年开局第一个工作日，父亲就住了院，一边担心父亲的身体，一边心里颇感沮丧。不知道什么时候，角色已经进行了互换，在医院里，不再是父母领着小孩，而是小孩带着父母。我的父亲母亲，正迅速老去，脏器衰败，血管堵塞，步履蹒跚，从一个检查室进入另一个检查室，白发如此的刺眼，泛着医院的惨白。长命百岁，是天下所有的孩子对父母的祈愿。

父亲母亲，你们若安好，便是晴天。

孩子也是有的。她是你唯一的孩子，唯一到几乎成了天，不可以有些许闪失。也是在新年开局的第一个工作日，孩子就很流行地感冒了。连续低烧，咳嗽不止，背着足有二三十斤重的书包站在门口，用小麻雀一样怯懦的眼神看着你。忍一忍，没有松口，初三了，不能耽误功课。转而一想，有比成绩更重要的东西吗？有。我还要她一生的平安，我需要她健康，健康，还是健康。我希望我的这片天，晴朗如蓝。我希望我唯一的孩子，在这人世走一遭，能平安如意。

孩子，你若安好，便是晴天。

愚夫也是有的。没有血缘相系，还可以形成长期巩固联盟的那个利益组织，就是夫妻。我以为，对夫妻关系总结最为清醒的，就是盛唐才女李季兰的那句"至亲至疏夫妻"。亲则浑为一体，疏则宛如仇敌，爱得深，恨也切，叫众儿女沉浸在情天恨海，无止无休，无有定论。然而，既为君妇，中国女子是很看重那份盟约的，至于签约之后是否恪守，遵守得是否贴切，还在于彼此日后的经营。于青春时节相遇，风雨携手中年，还要相伴到老。这样的一个人，值得珍惜和感恩。

亲爱的，你若安好，便是晴天。

行文至此，我不禁发出感叹。你若安好，便是晴天，这句话除了亲人，还可以默默地诉给其他人听吗？也就是说，作为一个私有的个体，你还肯不肯把自己的爱献给家人以外的他人。

爱到自私，就很无力。

想到年轻时遇到的人，在路上渐行渐远，走得越远，越是孤单，唯剩自己，舌尖心头有一些悲凉的意味在体会。在这沉沉暮霭中，整个城市好像变成了巫婆居住的场所，似乎也可以说成仙境，林间雾气缭绕，颜色是国画的水墨色。我倒想到了一种颜色，橙红。张爱玲说，隋唐年间，是个橙红的时代。隋朝岁短，唐朝盛世，一个橙子变成了红灯笼，果然是橙渐红。

红灯笼，透着喜庆，年年有馀，已经挂到了门前。巫婆家和神仙家不知道过不过年，反正人间要过，只等这雾霭散去，见到晴阳，又是一个明媚新世界。

爱到无私，就很辽阔。

在这吉时，何必吝啬，亲的，仇的，遇到的，没遇到的，记得的，没记得的，都是一片喜气洋洋的好。嗯，一群喜羊羊，站在山坡上，举头望日月，低头见青草。

旧历新年的钟声就要敲响，满世界的华人都在等待春天的到来。绿满枝丫，花朵沉缀，饱满繁茂，宛如新生。翘首以盼。

唯愿这所有——你若安好，便是晴天。

唯独忘了问候自己。

坐在门前的爱情上

阳历二月份，由于西方的某个美丽传说，不能不谈谈情，说说爱。

某天，浏览网上新闻，看到一条黑色字体的信息——台湾歌手潘安邦去世，曾唱《外婆的澎湖湾》。此歌已成往事，斯人已成"故"人，隔着岁月的窗，余音犹在绕耳。

那时候，家里已经有了三件家用"电器"：一件是手电筒，一件是马蹄表，一件是收音机。我们这代人，是听着收音机长大的，我是个喜欢音乐的孩子。

正是由于收音机，我才遇到了"坐在门前的爱情"。

上了小学，开始上音乐课，何老师教我们唱《让我们荡起双桨》。20世纪80年代初的冀东乡村，金色的麦浪摇曳，乡村音乐教师在教唱歌曲。如果是冬天，教室中间生着黄泥砌成的炉子，一群幼稚孩童嫩声齐唱：

"小船儿轻轻，飘荡在水中，迎面吹来了凉爽的风——"

我们的田野上少大江大河，并没有船舶停靠。何老师说，我把"轻轻"的味道唱出来了，我的歌声有弧度。我成了老师眼中会唱歌的同学，何老师说，你可以跟着收音机学歌。

那时中央人民广播电台有个《每周一歌》节目，一周换一首歌曲，我从此迷上了《每周一歌》。障碍最大的是记歌词，也不过是个小学生，还不能靠听力理解歌词，只靠耳力硬记。

五年级的时候，学校来了一位年轻的音乐老师，范老师。范老师本来在镇上，听说因为生活作风问题，被下放到村小。范老师会拉二胡，宿舍在我们教室北面，放学的时候，"呼啦啦"书包飞舞尘土飞扬中，偶尔我们会听到二胡的倾诉，趁着一轮夕阳，有悠远呜咽之声。

当时很流行二重唱，范老师要我和一位男同学合唱王洁实、谢莉斯的《校园的早晨》。

"沿着校园熟悉的小路，清晨来到树下读书，初升的太阳照着我们，也照着身边的这棵小树……"

那个年代，沿着校园熟悉的小路去老师那练歌，我们宁愿和小树说话，彼此也不看上一眼。小学最后一年的"六一"儿童节，老师让我报幕。校门口敞开，挤满了看热闹的村民。我拿着何老师手写的演出稿，一点不怯场，以我自认最好的普通话报幕，与同学照旧合唱《校园的早晨》，在初夏的清风中结束了我的小学时代。

在镇上参加完小升初典礼后的一天，在镇中学上学的同村人捎信说，镇中学要我去一趟，说是有老师要听我唱歌。我去了，见到了初中的音乐老师李老师，我还清楚地记得唱的歌曲：

"洁白的雪花飞满天，白雪覆盖着我的校园，漫步走在这小路上，脚印留下一串串……"

是王洁实、谢莉斯的二重唱《脚印》，依然是从收音机里自学的。

从此，我跟着李老师，成了镇中的音乐骨干，学校开大会前在水泥台上唱歌，参加县里的汇演，当音乐课代表。彼时，小学时期流行的《校园的早晨》《外婆的澎湖湾》已渐渐远去，程琳的歌曲正流行，《妈妈的吻》《熊猫咪咪》《小螺号》。彼时，收音机的《每周一歌》还在放，录音机已经入户，磁带上有了歌词，不用再靠听力记录了。

李老师在我读初二的时候调走了，没有老师再辅导我音乐，而我开始进入变声期，畏惧高音，人也知道了害羞。我最后一首跟收音机学的歌曲是电影《红衣少女》插曲《闪光的珍珠》：

"我们踏上了原野的小路，看见小树上有许多新芽吐出，虽然是匆匆，匆匆而过，却总愿回头，再看看每棵小树……"

在班会前，班主任催了我好几次，我却悲哀地发现紧张到不能发声。我们藏在内心的情爱，终究是一点点曾经擦亮个人生命的过往，那些人和事，宛如烛火、星光、萤火，微弱，遥远，却久暖人心。

我在少年时代遇到了坐在门前的爱情，实际是这样的：在收音机里听《外婆的澎湖湾》，记下的歌词很可笑，歌中所唱"坐在门前的矮墙上，一遍遍幻想"，我记下的却是"坐在门前的爱情上，一遍遍坏想"。因为歌词中有"爱情"两字，我总是模糊处理，并且疑惑同学们为什么唱得那么大声。

2013 年 2 月 3 日，离情人节还有 11 天，潘安邦突发心脏病离世，年仅 52 岁。坐在门前的爱情，听起来如此亲近——音乐，连同与音乐有关的人和事，都从门前溜走了。

权当是谈谈情，说说爱吧，为不辜负这个二月。

叶底藏花一世

叶底藏花，是一招武术招式。至于那招式怎么打，武林之外的人听也听不明白，看也看不明了，估计肯定比"黑虎掏心"复杂。

20 世纪 30 年代，叶问和官家二小姐在佛山奢华的风月场所金楼过招，情就定在了咏春拳和官家六十四手的友好切磋中。这场表演秀不知过了多少回合，令人眼花缭乱的你来我往中，电影给出了一个让叶问落败的致命招式，名字叫"叶底藏花"。

好漂亮的汉字组合，叶下藏的哪里是花，分明是禅机啊。叶底的叶，也是叶问的叶。叶问购置了裘皮大衣，在那温暖的南方，有什么实用呢。他最终没有北行探花，只好穿着裘皮大衣和妻子孩子在南方的照相馆照了张全家福。

回到北方的宫二，因为思念变得很文艺，江湖女儿于漫天飞雪中练武之余情思大发，"唰唰唰"在雪地上写下情诗两句：叶底藏花一度，梦里踏雪几回。

我赶快掏出手机，点击屏幕上的备忘录，迅速输入"叶底藏花一度，梦里踏雪几回"十二个汉字，为了追求速度，竟有别字若干。看电影总得要有收获，这是我今年最早遇到的让人欢喜的文字，不得不记。

电影的名字，就是 2013 年贺岁档上映的《一代宗师》。导演著名，是墨镜男王家卫。演员著名，是梁朝伟、章子怡和宋慧乔，赵本山和小沈阳师徒客串打酱油。

这样一个很容易让人望文生义的"武打片"，我在买票的时候，看到电影院的电子屏幕上打出的居然是红色字体的"爱情片"。颇感疑惑，又觉喜庆。

一个依旧强霾不散的下午，我接到一个电话，那端是个美女姐姐。先是探讨会计本职业务，而后话锋一转，美女问道：看了《一代宗师》吗，建议你看看写点啥，值得。

我说，看啦，梁朝伟怎么那么老了啊。美女姐姐在那端直呼同感，一种知音的感觉油然而生。美女姐姐还热烈地说，王家卫拍的就是唯美，精致，不一般，准备 8 年，拍了 3 年，堪当啊！章子怡有舞蹈功底，拍武打镜头很好看。这片子，是小众，不是大众电影。

《大众电影》是 20 世纪 70 年代末复刊后，深受广大人民群众喜欢的一本优秀的电影期刊，后来也不知道怎么就少见了。兴许现在还在出，只是不再大众而变得小众了？

好吧，观后感有三。

梁朝伟老了。

剧中，梁朝伟含情（好似还有丝暧昧）的眼神看向宋慧乔，就在叶问的目光投向妻子的那一瞬，我悲哀地感觉到，我们的偶像老了。作为一个男人，1962 年出生的他，还不老，甚至可以说正值壮年的尾声。但，作为一个大众偶像，尤其拍摄情戏，不能不说，他老了。

个性内敛、温和，斯文儒雅，不事张扬，沉默寡言，眼神即是话语。梁朝伟，是个大众情人，甚至出演《色·戒》里的汉奸，都让人喜欢。自古红颜多薄命，薄得好，宁见青山老，不愿美人枯。梁朝伟，戏是可以拍的，只是别再那么多情地看向女人，倒让人在屏幕外看着心酸。

章子怡比较适合练武。

当宫二着素色修身高领衣衫、目光凛冽地走过来的时候，我仿佛看到了《卧虎藏龙》里长大了的玉娇龙。武打戏不是那么好拍的，章子怡的招式的确有着舞蹈般的美，但在优美中却富含凌厉。

宫二闺名"若梅"，遇见叶问时，已有夫家，为了报父仇，亲自辞了婚约，终身不嫁。后流落于香港，开医馆，独自谋生。重逢叶问，愣是藏着，藏着心思。直至生命的最后，才淡淡地说，我是对你有过心思的。好一个"叶底藏花一世"。

怀念《花样年华》。

无论王家卫对《一代宗师》如何慢工，如何雕刻，甚至叶底藏着花，也无法超越《花样年华》。同样是王家卫，同样是梁朝伟，2000年的一部《花样年华》已成永久的经典。那一年，梁朝伟38岁，一双多情目，秒杀多少女人，成为"万人迷"。《一代宗师》画面唯美，唯美到露出雕琢的痕迹，反倒失了自然。

过去的是岁月，老了的是容颜。花样年华，花还能重开，年华却是直线延伸，只留下令人缅怀的暗香。

美女姐姐在电话里说，女人三十五，男人四十五，到达生命极致，彼时梁朝伟可不正是一朵花嘛。这朵花，藏在叶底，终究成为宫若梅一世的心事。

小若的十四岁

那一年，小若读初二，也叫八年级，正值十四岁。

我偶尔会翻看小若的枕边书，比如这一本装帧精美、纸张上乘的《哥斯拉不说话》。

兔年的春晚，当镜头扫过一长发美女时，我惊呼，哇，好漂亮！小若却已经从沙发糖果瓜子堆中雀跃而起，眼光贼亮，简直是嚎叫：夏达！夏达！

茕兔，是小若曾用的QQ签名之一。我还以为她多么渊博，小小年纪扮成熟，网名取自汉乐府集《古艳歌》"茕茕白兔，东走西顾；衣不如新，人不如故"。其实不然，她是读了夏达的漫画绘本《游园惊梦》后，拷贝来了篇目名字——茕兔。小若说，就是孤单的兔子的意思。

在这个春天里的寂夜，靠在床头，我第一次认真地读了夏达绘本《哥斯拉不说话》。就夜晚来说，我真的比较喜欢春夜，寂静，又有生命在活跃，有东风在暗聚，悄悄地，欣欣然能感觉身体变得柔软。读后才知，哥斯拉原来是一只大怪兽，在夏达漂亮的画笔和文笔下，十四岁的初二少女小末沉默不自信，身材瘦小，脸蛋上还没有褪去婴儿肥。孤单而敏感的小末，渴望被后座的男物理课代表关注，急需一个课间结伴去洗手间的女伴。

十四岁的花，一生只开一春，说是一春，花命也不过是几天。花期的短暂是这样的，周五隔着玻璃窗，还看到花园里飘着一片醉人的粉红，心想着周一必须摄一把影，不能辜负这等高尚春色。待周一的早晨，你特意拿着单反兴冲冲地去了，却看到花园里已是红消香退，甚至连零落的落红也快被轻风斜雨吹打尽了。还有杏花的落白，也只隔了一个春夜，日日经过的公园里，曾经堪比黄四娘家花繁枝的杏花，也全落啦，唯余暗色的花萼和绿色的叶片。这次第，仿佛花事丝毫没有来过，不过是谁的大梦一场。

我觉得小若自小性格内向，胆怯，是块天生受人欺负的坯子。比如，小学一年级的时候，有一阵子校园里时兴跳绳。身材较胖的她，偏偏跳绳还行，被老师选去比赛。她说，我课间一个人在操场上跳，不和她们结伴。当时我听了，心里酸酸的疼，眼前总是闪现一个胖女孩，在尘土飞扬、人群涌动的操场上，穿着小红鞋、表情严峻，一个人一起一落跳绳的景象。小学低年级的小若，多像一只人群之外不说话的哥斯拉。

到了初一，小若很快就交了几个女朋友，彼此过生日的时候，会互相请客送礼。我亲临过她的十三岁生日现场，其实是我们把家让出来，只好去电影院看电影。我趁给她们送外卖的机会，被允许进屋拍照。四个青春美少女，花儿朵朵地开在一起，绝对是眼睛的盛宴。她们说，来，一起唱生日快乐歌，祝小若生日快乐。看着面色绯红有些激动的小若，我的心底泛起层层涟漪，用感恩的眼光看着小若的同学：谢谢你们，给她友谊和安慰。

转眼就是十四岁，夏达《哥斯拉不说话》里初二年级小末同学一样的年纪。

我问，课间上厕所有伴吗？小若说，我课间用衣服帽子蒙头睡觉，不去厕所。

有一天，小若上 QQ。我偷偷看去，哦，好长的一条信息，内容大致如下：小若，我们可以谈谈吗？我觉得你不愿意理我了，她们也不愿意理我了。我好怀念我们一起过生日、K 歌、说笑的时光，我如果哪里做错了，请告诉我。只是，不要不理我。

你看，不只小末，校园里还有很多哥斯拉。十四岁的小若，没有被同学叫成哥斯拉，这个外号叫"菠萝"的八年级少女，正以不可阻挡之势拔节在专属于她个人的青春沃土。

小若读到初二后，晚上放学，天天和隔壁班的同学步行回家，用她的话，叫背着书包负重走。她们一路都聊什么呢？聊什么，对于我来说，不重要，只要有人陪伴她走这一路，就是没有被丢掉的青春。

有一天，小若回家宣布，我结婚了！我听到后差点吐血。女儿结婚了，妈却不知道？小若拿来了她们的结婚证，一张白色 A4 纸上，经婚姻登记处用中英两种文字登记，小若和小幡两个女孩注册结婚了。

谁没有过十四岁呢？谁没有过孤单？

小若，在十四岁的年纪，有女同学伴着成长，不是一只东奔西顾的茕兔，也不是一只孤单的哥斯拉。

夏达在《哥斯拉不说话》中说，不要怀疑，少女间的友情充满了男生无法理解的独占欲。我心有戚戚。

人至中年，始觉一场同性之间的友谊，远高于一场异性之间的恋爱。让你不觉孤单、有情可依的，终究是和你没有男女感情瓜葛、可以同位思考的闺中蜜友。

谁遇见了，谁就得到了修行。

杏帘在望

阳历三月将尽的时候，终于有了点休闲时光。时光一直在继续，正如去年或更早年间的时光。古代的沙漏不再多见，但那沙却一直漏着。传说中的长明灯是有的，就亮在沙漏边，只是红袖添香的女子已成了化石。

时光应该是白色或无色且透明的，胶片一样路过眼前，于是什么样的心情就有了什么样的胶片。说是休闲，就是有心情很放松地盘腿坐在家里，少了生活的奔波，掂量着是看电视呢，还是看书、听音乐亦或睡个懒觉。最后觉着这几样无论做什么都很幸福，竟然一样都不敢做了，于是决定一件一件地做。连日的紧张使自己觉得静好岁月很奢侈，需要净身熏香才肯享用。那享用如对着新出炉的面包，闻香已醉，不敢轻易张开血盆大口，破坏面包的完整。

很清晰的记忆是迎春花开在三月底，特意问人求证，回答是肯定。如今，也已瞧得见花开的信息。此时的北方，大多数树木还露着褐色，近看却有了国画中的"赭石"色，只等雨水湿润，一幅流动的写意画就出来了。迎春花的枝条还很沉静，开时张扬绚烂，开前却是如此不动声色。没见到迎春花的嫩黄，却看到了紫玉兰的含苞，繁密的花枝摇曳在半空，欣赏它需要抬头。无论如何离三月底还有几天，今年的雨水还没来呢，一场春雨也许一夜间就能改变季节，迎春花如期而至。

夜里看一部很优秀也很旧的苏联电影《莫斯科不相信眼泪》，很多年前听广播里播放过电影录音剪辑，知道有一个姑娘叫"溜达"。很旧的电影，也的确优秀着，从那时到这时。十七岁的女孩卡捷林在 1958 年或 1959 年的莫斯科生下女儿，是一个单身母亲，十几年后当了一个有三千人的工厂的厂长。她对那个男人哭着问，我找你找多久了？果沙说，八天。卡捷林继续哭着说，我找你找多久了？影片完毕。在 20 世纪的 60 年代到 70 年代，在远离莫斯科的这里，一个女孩单身生了个孩子，被揭发后可能脖子上会挂上一双很破的鞋——总是有人能找到这样很破的鞋，头上被戴上高高的帽子，把头低呀低的低到风里土里。或者人言如海，直接被吐沫星子沉溺。

如果是含泪的莫斯科，不如回去，那沙漏漏下去的健康而清新的岁月，可以感染人怀有一个梦想。如果不是红莓花儿开放的莫斯科，回去也没什么可怕，在不可理喻的年代里一样有着不可理喻的青葱岁月。可是，哪里都回不去了。那什么，我究竟要找你多久呢？

看一篇文章的开头"我们去乡下旅行"，忽然就想去乡下。去一次附近的乡下算不算旅行呢？我总觉得标题过大，去城边的乡下如果算旅行的话，越过长江珠江琼洲海峡去欣赏南国风光的长途跋涉又是什么呢？答案是旅游。去城边的乡下走走，开车看看路边的梨花，不算旅行也不算旅游，是偶尔的休闲，偶尔的过路。

记忆中幼时的故乡，春上时节，该是如此的一幅画面：村头或蹲或站的双手抄袖的晒太阳的闲杂人等，春雨一来泥泞的狭窄土路，道路上各种牲畜的粪便，屋前院后堆积的植物的秸秆，脸色黑红、衣服或深或艳俗的蒙头巾的女人，同样脸色黑红、衣履蓝黑的男人。旅行者去乡下看的是城外的景色，我去乡下肯定会看见它的内里，而它真实的内里会影响人的心绪。我怕在那群女人中看到表情麻木的儿时同伴。如果问她，南坟上的那株杜梨树还在吗？她一定不记得了。拨开乌云见得日月才好，就怕看见乌云里浓重的尘埃和雾霾。

　　不喜欢走进自己的乡下，但不反对路过别人的乡下。路过就很简单了，城市的边缘临着乡村。春来小河已开，桃红柳绿，土地平整，偶见行人。自言自语说，梨花开了。很多人喜欢吃夏末秋初的梨，卖梨者卖了一冬，还可以保存到来年的春天。有谁来关心梨花呢。我不喜欢吃梨，却很喜欢梨花，白白的蝴蝶，没有心机的盛开，只一季。

　　还有那杏花，差点忘了。宝玉说，"如今莫若'杏帘在望'四字。"

　　如此春光，三月不行，要等到四月。我在三月里最后的某一天，看了部电影，浏览了杂志，想去乡下，整天放一首老歌——春光美。

　　已经无需眺望，不管你是否觉得不可思议，你生命中的又一个春天，已然眼前。

菜的红　菜的绿

一入春，就有人打来电话，询问我们今年是否还订购无公害蔬菜，说是如果继续订购，也想加入购菜行列。

去年的春天开始，我和同事向村里的一位大学生村官订购无公害蔬菜。风起于一位银行的朋友，他来电说，有一位大学生村官创业，搞无公害蔬菜，要是有兴趣，可以一试。

那就试吧，几分好奇，几分为食。民以食为天，这"天"可不能出差儿。于是就订购了无公害蔬菜，虽然不亲自侍弄菜园，倒好像菜园子有一部分属于自己，也盼着菜早早长成。于是，每周大学生村官都来市里送菜。果然，西红柿是童年的味道，微酸中带着甘甜，关键是口味清新。小白菜的叶子有虫痕，可知没打过农药，做出来的菜味道纯厚。茄子可以生吃，有本真的茄香。

当然就见到了大学生村官，他叫玉宝，不叫宝玉。清瘦，有书生气质。每回送菜都需要起早，他和雇用的老农一起摘菜。每回，我都能看到他的裤腿挂泥。虽说我们是买卖关系，但心里怪不落忍的。其间，有几次是别人来送菜，说是玉宝母亲在山东老家生了大病，家里就他一独子。后来又听说他奶奶也病了，需要人照顾，又回去了。

我们照顾他的生意，起初是因为好奇和食品安全，后来就有了支持的意思。因为，他送的菜品种很少，左右就那几样，小白菜慢慢变成了大白菜，小茼蒿慢慢变成了大茼蒿。我们只当支持自己的弟弟创业。

这菜事，到了秋天，吃过最后一次紫薯后，就结束了。

今年，经人这么一询问，我也很想知道玉宝近况如何，是否已经离开此地回山东了呢？就短信联系了一下，得到的消息是，玉宝今年只种了紫薯，村子距离市里很远，没弄蔬菜。但他一直想把蔬菜做成产业，去年年底在北京开会的时候，还见到农业部部长。玉宝说会留下来，踏实干点事。

这孩子，也真够痴的。大学生村官也是大学生，就这样死心塌地在农村干吗？如果，他真的想留下来，我倒是非常佩服。在连农民都离开家园进城的时候，他却甘愿把自己的理想扎根在泥土里，也是难得。如果他将来搞蔬菜产业，我会成为他的终身客户。

去年玉宝送来的蔬菜，味道原始，样样无公害，很让人回味那菜的红，菜的绿。可今年他不做了，只好继续吃市场里的菜。

市场是个小市场，下午的一段时间，这里充满人间热闹的市井气息。像煮饺子水滚开时的水蒸气，像小时候村子里傍晚的炊烟。

市场真的小啊，原是在小区的路边自发形成的。最开始，只是有几家勤劳的主妇卖早点，牛肉面、肉夹馍，油饼豆浆啥的。后来就渐渐形成了规模，有了卖菜的，卖肉的，剪发的，修电脑的，等等，就形成了小市场。小市场是小区独有，概不对外，特供小区居民。以前，这里是城中村，后来城市改造，一部分回迁房给了村民，一部分商品房对外出售。小市场就在回迁房和商品房的交界处。

卖菜的占据了路口的有利位置，经营者是一对中年夫妇。说是中年，看上去又挺显年轻。对于我这样朝八晚六的上班族来说，买菜的时间只有在下班后。所以，对这个由邻居们自发兴起的小市场，我感激万分，是这里的常客。

我下班经过此地，穿着像模像样地下车买菜，看着小市场一片热气腾腾的市井样，觉得自己像外星人降落地球。就梦想着明天开始，蒸一锅包子也来市场卖，顺便和卖豆腐的拉拉家常，和卖大饼的抢抢买卖。不过是下午两三个小时的营生，在这个三不管之地，也算是一种自由和坦然。

初夏的傍晚，我又满身疲惫地到了小市场。如果疲惫是霜，我肯定浑身落满了霜，月落乌啼霜满身。如果疲惫是雨，我肯定被浇了个透，秋风秋雨愁煞人。

这一次，我看到一个小孕妇在菜摊前帮着忙活，小女人年轻得像一把带露的绿油油的小油菜，根本还是个女孩样。我听到她管女人叫妈。我说，天啊，你们居然有这么大的孩子了，都快当姥姥、姥爷了。男人爽朗地笑，手里握着一把芹菜，这是我二闺女。我再次惊讶，你们还有两个孩子？那大闺女也结婚了吧？男人坏坏的样子，用手指着女人说，这不，大闺女正忙着呢！

女人在柜台后面，正给人称西红柿，听到我们的对话，幸福得像花儿开放般地笑，趁着背后的一片晴空，坦然地不带一丝羞涩。

到底是夏天，太阳下山晚。刚刚下过雨，天空露出少有的蔚蓝色。我站在菜摊前，有些发傻。他们如此旁若无人地晒幸福，也不怕晃了我的眼，惹了我的心。

我不语，低头挑菜，眼前是菜的红，菜的绿。就很想念村官玉宝去年种植的原始味道的蔬菜。

可比花片打着了水面

我喜欢的声音，说不全，也想不全。

大概包括风吹玉米叶的声音，漏雨滴在碗盆的声音，脚踩在积雪上的声音，向竹皮暖壶里灌开水的声音，菜板上剁白菜饺子馅的声音，青石板上棒槌敲打衣物的声音，婴儿的呢喃，母牛呼唤乳牛的哞叫……还有，晨起或晚上亲手拉窗帘的声音。

早晨站在窗里，窗帘隔开里外。这世界，究竟应该是怎样的呢。日出而作，伸手拉开窗帘，唰，崭新一天的开始：有阳光，有雨雪，有风，有树，有遛弯的狗，有忙碌的行人。忽然觉得像幅画，清明上河图般的一个婆娑世界。

晚上同样站在窗里，要把世界隔断成两个。日落而息，伸手拉上窗帘，唰，一个雷同的夜晚：有电视，有灯光，有菜叶掉下，有水渍溅上，有孩子在伏案背书，有男人在吸烟喝茶；有女人拿着扫帚，不是巫婆，也不是清洁工。这些，是不可或缺的"家元素"吧。

窗里窗外，都是人生。或明或暗，皆有风物。可比花片打着了水面。

握一杯蜂蜜水，站在厨房，看向北窗。

太阳从东方升起，东窗的窗棂亮了。太阳转到正南，南窗下的被子烫烫地发热。太阳西移，斜照在西窗下的花架上。唯有北窗，太阳经过的时候，冷着脸，人也在梦中，身边是黑漆漆的夜。所以，宽敞明亮的落地窗，很少会被安装在北面。北窗，有一些小，一些窄，一些深，一些远。独自站在北窗看外面的世界，天空深邃，黑夜神秘，人心却变得清浅。

忽然笑了，是看见一颗亮亮的星子，虽不是少年时的夏空北斗，也可比花片打着了水面。

有什么饮品，能比蜂蜜好呢？那种嗡嗡叫的生命叫蜜蜂，它深入大自然的女儿——各种植物花朵的内心，采了各种的花蜜，紫云英，枣花，荔枝，槐花……

一朵花，就是一个女子。花开的时节，就如一个女子盛放的年纪。冰清玉洁，自然芬芳，皮肤上闪着晶莹的花露，在谷雨清明前采摘的茶，都要分外清香。

喝下的，入腹的，哪里是蜂蜜，那是一朵花的精神气质，那是一只蜜蜂的生命气质。所以，它能养生。一滴蜂蜜入口，可比花片打着了水面。

如果有时间，可以听听音乐，是指在家里，而不是在车上。听的不见得是古典的什么大调或几重奏，也不见得是有着描述意义的歌词，只是心里要喜欢。

不要用电脑，也不要戴耳机，最好打开用来看大片才用的音响设施，走到哪里，音乐都跟着流动。我喜欢，间或如此听的，是林海的《琵琶语》。这样的排场，很久才会有一次，便觉珍贵。

这个时候，只能是一个人。可以在沙发独坐，也可以在水池边投米，可以从一间屋走向另一间屋，也可以在灶上温火煮着蔬菜。又不是聚餐，听音乐，还是独自一个人的好，独自有着私密的光泽，可比花片打着了水面。

春夜里的蛙鸣，不曾叨扰酣梦，枕着满天的星光，梦很干净。夏天的傍晚，经过田地，风吹玉米叶的声音，刷啦啦，是大自然赐予的天籁。晚归的耕牛回头哞叫，呼唤调皮的幼崽。秋雨滴答在窗棂，好像是一个女子一生也诉不完的心事。冬日里踩在积雪上，喜欢听那"吱吱"的雪声。这样的田园生活，可比花片打着了水面。

从超市买回食品，一转眼就成了一堆垃圾，残皮废屑满天飞，还要费事扔掉，可这些都是花钱买来的。

辛苦地赚钱，买来饭菜，转眼就成了垃圾，吃饱了再去赚。这样麻烦，想想不值。与其这样无意义地往返，还不如像僧人一样干干净净，食用素斋，过午不食，简单用餐，把时间省出来。然而，省出来的时间做什么呢？

现代人耳力在渐渐消退。听得见嘈杂，听不到宁静，听得见抱怨，听不到温情。普通人，没有成佛的慧根，就在电脑里百度一棵菩提树，默默地，静静地，轻轻地，在同样绿油油的枝叶下，参参生活禅吧。

你，可曾听见，好多的花片打着了水面？

与摄影有关

2012 年，春末夏初。

由于觉得生活的色彩偏单调，由于想留下生活的多姿多彩，拟报名参加一个摄影函授培训班。报名地点离新天地书刊市场很近，于是就踱进了著名的汲古书店。于是出了门就发感慨，觉得一个人活着，还是当个书店老板好。

我认识汲古书店的路老板，是在他还没有成为书店老板之前。记得那个九月的午后，四个人相约一起喝茶，美其名曰"下午茶"。那一年，与还不是书店老板的老板初见，与口齿犀利、头脑更犀利的银行职员初见，与整日介昏昏然舞文弄墨的诗人初见。

几年后，我们四个人又一次聚在一起，吃了顿送别的西餐，吃完后不久西餐店就倒闭了。是个夏天，淅淅沥沥的雨季，送我去读研。

只说这路老板，很是传奇呢。地震孤儿，诗人，买卖人。我认识他的时候，他卖电器，一直琢磨着转行。后来得到他发送的免费优惠券，是关于足浴的。怎么再后来就开书店了呢？或许因为他还是个诗人，从事文化行业有底蕴。书店开得果然很有特色，坚决不卖教辅类书籍，还围拢积聚了本地的些许

"文化人"，就慢慢地有名了。

我走进汲古书店的时候，店家都要打烊了，刚刚五点多。还是当老板好，人身是自由的。人身自由，心就自由，不会亚健康。

我买了一本《搜神记》，他顺便送我一本《独立书店，你好》。还是当老板好，说话都自由。说话自由，心就自由，不会亚健康。

我本不想回忆，我本就想说说做人还是当老板的好。请看当年纯真的文字："2003 年 9 月，秋天的午后，四个人，坐在一个有音乐缓缓流淌的茶室里，相对度过了此生的三个小时。这张脸是不是被人接受已经不重要了，喜欢的是，这是一场有味道的下午茶。"

银行职员，偶尔短信，偶尔电话。那年春节看我孤独，办了件实事，特让花店送我鲜花一束，好多枝香水百合呢。诗人，离得近，少相见，各自忙碌。书店老板，只在书店或偶聚时才见得着。

我从来不认为相遇是一束燃烧着火药味的美丽烟花，纵是烟花易冷，那也是一张张散发着回忆香味的老照片。

也与报名参加摄影培训班有关。

在报名处，我居然看到了一个"认识的人"。她穿着玫瑰红的外套，着纱质的衬衫，戴着一顶遮阳帽，伊丽莎白式的。这是一个有气质的妇人。我记得她姓庞，退休前在地测部工作，名字里有个"莎"字，很文化。电影《花园街 5 号》里有个叫吕莎的美女，方舒演的，很高干。地测部的庞姐亦是个有名的气质美女。

她告诉我，退休五年了，那么，庞姐已经60岁了。60岁，甲子之年的女人，伊丽莎白帽，玫红的洋装外套，也掩不住岁月的痕迹啊。

一时间，真的想到，杨玉环好福气，38岁的韶华年纪香消玉殒，只留下永远的传说在人间。后来又一想，不对啊，庞姐好福气，60岁了，还玩单反，感受生活的美好，也一定是老头们眼里西施一样的美女。

嗯，活着，喜欢摄影，不会亚健康，真好！

还与报名参加摄影培训班有关。

楼下草坪边，想着边等闺女回家，边看从汲古书店新买的书，在这舒服的五月新风里，一定很惬意！

然后就看到了芍药，我对芍药情有独钟。草坪里，狗粪中，邻居几年前栽种了一株芍药，此时正处于凋敝初期。正好遇到此邻居，说是芍药花早上花瓣开得开，晚上是闭合的。我"蹬蹬蹬"上楼，又"蹬蹬蹬"下楼，提了相机对着那株再不拍就要等来年的半开半闭的芍药猛拍。

事实证明，我在来年的四月底搬了家，果然没等到来年五月再看芍药红。

还是报名参加摄影培训班的那天，当晚。

你见过这样的人吗？不管你同意与否，先去医院给你交了费，然后告诉你，明天七点到你们医院体检中心，钱已经交了啊。

我没病，被查体。

此刻，我幸福地吃着这个人拿来的草莓冰激淋，一边数落着，一边期待着明天的日常体检一切正常，包括卸下如影随形的亚健康的威胁。

生活的颜色，是个人自己涂上去的，不是单反相机拍出来的。这一篇文字，就算是留给未来的一张照片吧。

一帘幽梦

唐代，刘禹锡家。

苔痕上阶绿，草色入帘青。刘家门前的台阶上露出苔藓的绿色痕迹，隔着陋室的帘子，他看到春天里草色青青。于是，他的诗，他的梦，也跟着绿油油了。

刘禹锡家的"帘"是什么做的？竹帘，只能是竹帘。只有隔着竹帘的缝隙，在春风荡漾的时候，才可以看得见青草的颜色。

中国从来不缺布，《诗经》里随处可见"葛"和"麻"。葛和麻都是一种古老的植物，可做绳子，也可织布。奇怪的是，古代人家不用布做窗帘，如果有帘，也多以竹子、芦苇为材料，后来，则更多的是白纸，可能是蔡伦发明造纸术的原因。武林中的下三滥搞偷袭，一根细管在黑夜里悄悄捅破窗纸，用迷香迷倒人很方便。

写这篇文字的时候，我在思索，他们不用窗帘，那么，用什么来遮挡目光呢？目光如炬，黑夜亦如白昼。可是连紫禁城里，万福金安的皇上也没有挂窗帘啊。他们有床帏，也就是床帐。"明月何皎皎，照我罗床帏"，原来人家的布都用在这了。

20世纪70年代，北方，农村，木质格子窗，糊的都是白色窗户纸。有月亮的晚上，月光何皎皎，倾洒在格子窗内，而土炕上并没有床帐这种东西。

我又揣测，也许现代窗帘是一种舶来品，因为玻璃是外国造，有了玻璃，窗户纸当然不能用了，才挂起了窗帘。所以，你去窗帘店，人家会问你，要欧式的，还是韩式的，并没有人询问是否要中式的。

现代，我家你家。

女人都喜欢布，似乎天然，因为天使爱美丽。女人喜欢布做的东西，比如衣服，床单被罩，窗帘枕套，比如布娃娃，等等。

衣服，大概是女人这一辈子最用心对待的事，甚至堪比男人。芒芒白兔，东奔西顾，衣不如新，人不如故。女人也只能从衣服上寻一些新意和花色，全不似待男人，一辈子跟定也罢，还可能成就一辈子的伤疤。女人冶容，悦人，不若悦己。

床单就是内室的事了，一辈子的闺房，一辈子的气息，有心情打理床上用品的女子，一定心怀花样的锦绣，一辈子的春意盎然。然而，除了夏天驱蚊垂了幔帐，现代人又有谁会拉起床帏呢。

因为有窗帘。唰，拉开，唰，拉上，幕布一样，台前幕后上演着各种动人和不动人的人间悲喜剧。我，蛮喜欢窗帘的，觉得在各种使用工具里，它和女子丰富的内心有着某种牵连。只是有时候，还是羡慕人家李清照活得滋润，春日里宿醉醒来，试问卷帘人，昨夜一场风雨，院子里的海棠花怎么样了。人家，是当太太夫人的，自有人替她卷起珠帘，她，只管醉。

　　　　　　　　　　夜深同花说相思

我看电视剧，往往下意识地关注一下故事场景。比如讲 20 世纪 80 年代的事儿，墙上是否贴着张瑜、龚雪，录音机上是否盖着钩针织就的白色花边蒙布。一个时代有一个时代的印记，不可复制替代，个性鲜明。

如果是跨年代的电视剧，比如跨了十年，如果房间里还依然挂着十年前的窗帘，我就会发表评论，仿佛看穿什么似的，大声说，这太不真实了，道具太糊弄人了，十年前的窗帘还挂着。

我以为，十年很长，世事和事物该当巨变，窗帘该换个七八五六次。事实是，窗帘十年不变，有木有？答案，有。比如，我家的窗帘，我担心，如果不搬家，就有可能再挂几个十年。我还担心，如果不搬家，等外孙女长大了，还能睡在她妈妈当年的床单上。

这是真的，我家的客厅、房间，挂的就是十年前的窗帘，且不分季节，是四季帘。明月何皎皎，照我杨氏窗。即使月光是清冷的，并不能使我的窗帘掉色，而一帘幽梦，十年柔情，也已变得苍白，白如蔡伦时代的造纸。大概，刘禹锡绿油油的梦做上十年，也会白如月华。岁月，是一把褪色剂。

琼瑶阿姨倚窗叩问，"我有一帘幽梦，不知与谁能共？多少秘密在其中，欲诉无人能懂"。

梦中秘密，何必去诉。

十年，很短的，是一段笛声，是一场浅梦。

人生，也不过，是一场醒着的梦。

只求，醒着的梦会很美，有阳光丽丽，有月光皎皎。

折子戏

折子戏，是京剧中戏本里的一折，或是一出。如果，人生是一场大戏，那么，某个阶段也不过是一出折子戏。一出一出折啊折的，就成了手中的一把折扇。只不过，在每一出折子戏里，某种矛盾较为集中地展现。

比如中考。

六月里，过了高考就是中考。因为家有中考生，这个六月就显得具有标志性的意义——它，标志着家里的考生初中生涯的结束，高中生涯的开始。而家长们在"训子"时往往额外再赠送两句，你要好好备考，这决定着你进入什么样的高中，也决定着你进入什么样的大学，进而决定你拥有什么样的人生。想想汗颜，这样的话我重复过无数次，尤其是在女儿考试成绩不甚理想的时候。我想，雪上加霜，是包括我在内的许多家长的强项，所有关于教育孩子正能量的书籍，也不过是买来的纸张罢了。

2013年的中考前夜。我照例去接女儿放学，女儿的晚自习要上到晚上10点。趁着没有星空的夜色，照例打开了河北音乐广播，主持人阿顽正在做节目的收尾，她在祝福明天的考生顺利完成考试的同时，特别补充了一句：高考，也不过是平常的一天。我不禁在心里悄悄地"赞"了一下。

在学校附近一家药店的门前，我从倒车镜里看到女儿慢慢地走来，背着一个沉重的书包，左手拎着一个书袋子，右手拎着一个饭盒。咔，我用手机拍了一张，夜色里模糊不清。

中考，无疑是孩子们人生中很重要的一出折子戏，放眼未来，这绝不是他们人生的结局。

我想起了我的中考，很遥远，也很模糊的一件事。1987 年夏天的一个早晨，我和母亲路过镇中学。我说，去和老师道个别吧。我敲开了马老师的宿舍，年轻的化学老师被我叫起，用毛巾擦了一把脸开了门。我站在有些斑驳的绿色油漆木门外面，说，老师，我要去考试了。

我于晨曦中告别马老师，就是告别了母校，就是告别了我的初中。由于在中考前夕吃上了"商品粮"，父亲将我的学籍转到了矿上的初中，我将要在一个没有上过一天学的、无比陌生的地方参加中考，那所学校的名字叫十一中。

参加完考试，父亲领我去南市场买了一条裙子，一条水蓝色的百褶裙。从镇上车站走路回家，我就穿着这条百褶裙，系一件白衬衣，在乡村土路上显出很文艺的样子。

中考的结果是，我因为报考了中专，就无法报考第一批次的高中，却以 0.5 分之差，与市卫校失之交臂，最终读了一所矿上办的第二批录取的高中。

人生如戏，出其不意的情节，总会出现。否则，我就是一枚小护士了，到现在熬成老护士。我最终当了一枚小会计，正在慢慢熬成老会计。这就是我的关于中考的折子戏。

因为正值中考期间，人们茶余饭后总是要谈论此事，趁机致敬一下已经逝去的青春什么的。一位我敬重的兄长说，他是在国家恢复高考的第二年参加的考试，要不是因为毕业前参加了乐队，拉个二胡、弹个三弦啥的影响了成绩，也不至于毕业考有两门成绩不理想。谈着谈着，大家才发现，他是从初中考上的中专。继而大家惋惜，哎呀，你当时能考上中专，一定能考上重点高中啊，那个年代，初中考中专可难呢。

如今，这位兄长在工作领域已经很优秀，但人们还是在假设，假设当初他读了高中，念了大学……午夜梦回，他是否也曾做这样的假设呢？就如我，曾经不止一次地假设自己当了一名护士。如果假设成立，恐怕关于我们以后的很多出折子戏都要改写吧。

虽然折子戏的确影响以后剧情的发展，但中考，也不过是短短的一出折子戏罢了。

现在到了我女儿中考的时候。采薇姐曾撰文《家有学子》，其中有让人艳羡的一句："唐山一中的录取通知书已经像鸽子一样飞落到儿子手中。"女儿的二模成绩下来，恰恰可以考上我的高中母校。那张通知书像鸽子一样在天上飞，不知能不能落到手中。

这篇文章见报的时候，第二天就是中考。我想对女儿说，我以前河东狮吼、雪上加霜是不对的，但已经没有机会更改，人生的路不止一条，我只要看着你健康、幸福、欢愉地生活，陪我们白头到老，就好了。

腾　空

　　不是任何的收藏，都上得了《鉴宝》，并能够升值，且传于子孙后代。有时候，收藏的那一刻，即宣布了被收藏物的死亡。收藏人偶尔睹物，那颗小心脏倒会生出些许幻灭之感。

　　偶尔，有时候，碰上——心情好和身体好的时候，我会相对较为彻底地打扫打扫房间。

　　我承认，家务劳动中的妇女看起来更像一个恪守妇道、勤劳勇敢、传统守德的温婉女性，而这种恪守，在男人的眼中，仿佛天经地义，理所当然。男人在那方跷着二郎腿呷着茶水，女人戴着报纸叠的拿破仑帽于尘埃中劳作，继而更多的尘埃四散开来。那一刻男人的眼睛仿佛出了障碍，按兵不动，稳如泰山，心里却暗自升腾起一种美好的感觉，这是一种做老爷的幻觉。

　　偶尔给他们这种感觉，是女人的聪明，不是缴械投降。因为现实是明明白白的，家务劳动并不是当下妇女生活的主要方式，更多的，是和男人一样战斗在前线，房子、车子、孩子抚养费、老人赡养费，有你的一半，也有我的一半。

　　偶尔低眉，是温柔一刀。稍稍俯首，是欲擒故纵。婚姻中的男女，相处起来可以用些兵法。嗯，好像扯远了。

　　我先整理衣物。新衣服总要买，旧衣服占据了衣柜，挤来挤去的好像公交车，一大堆衣物呼吸困难，需要腾空衣柜。这一整理，倒整理出了几许感触。

衣柜的底层，压着旧年的衣物，有的是当年特意留下的。一件"播"牌绿色小格子衬衣，我曾经穿着它在街头接受过电视采访呢。一件七色麻的高领毛衣，我曾经穿着它去过香山，上台做过培训。一件"哥弟"的碎花裙子，就因为那花碎到了心头，爱不释手，就一直留着。一件白色 T 恤，是研究生毕业那年学校发的，上面印着学校的大名和 LOGO。

因为喜欢，所以不忍丢弃，它们皱皱地堆在一起，一放几多年，有的已经十年。我还会穿吗？答案是特别肯定的，不会。那么，我把它们放在这里做什么？是为了忘却的纪念？如梦如烟的往事层叠，能祭奠得过来吗？再次看见它们的时候，我的确想起了些许不疼不痒的往事，但我也在自问，这有意义吗？短暂的回眸远不如眼前干净宽敞的衣柜让人看着舒服。

旧衣服，挤占衣柜，也挤占眼球，不如，腾空。

我再整理书籍。我庆幸自己一直是个喜欢读书的人，因为这个坚持可以陪我度过许多美好时光，或者说它让我规避了许多本该痛苦的时光。书，是手边不可或缺的精神良药，有时候也能缓解肉身的疼痛。

然而，就是这样的益友和良药，有朝一日也会成为负累。书橱、书架已经不够用，只好找地方堆放，床底和旮旯，是最好的选地。纸张与尘土相伴，多日下来，书籍被尘埃覆盖，何况床底和旮旯拥挤，整个居住环境就不够良好，连带着生活都不够清明。

再看看都藏了些什么书。二十多年前的小说杂志，永远也不会再学的课本，莫名其妙的盗版武侠小说，耐人寻味的世界名著……很多很多，都是一次性阅读，再没有二次打开。

也有少数书籍，会隔三差五地被拿到枕边，宛如闺密。读书仿佛交友，原不是以量取胜，摆在书橱几多年的，也不过只是认识。认识许多人，不是什么好事，上年纪了还会忘记名字，彼此尴尬。

不如，清理一下书橱，只摆放自己毕生喜欢的。

旧衣服，旧书籍，收起来了，却同时注定了死亡，因为不会再穿，不会再看，反而成为日后的累赘，见光死，何苦来哉。不如这样，衣服无论贵贱，只存放两年内的；书籍无论初衷，只收藏可以成为枕边书的。人也一样，你收藏起来的，结果并没有得到，不如珍惜眼前人。

枕边书，身前物，手可触及，方是真实有用。比如我们生命中遇到的种种情感，全是过路风景，再怎么一心一意牵扯，再怎么期期艾艾，也是于事无补。何必留恋，不如掸一掸衣袖，不沾片叶寸草，落得身轻如燕，自由如风。

别说，也有意外。比如整理衣柜时，发现衣兜里竟藏有几百块钱，整理旧书时，发现夹着一张原以为丢失的少女时代照片，啧啧称奇，惊喜不已。推及情感，遇上这样的惊艳，即使是白云千载空悠悠，那也是胜却人间无数，只有万分珍惜了。

对于世事，我赞成放下，甚至放弃，保有清明宽阔的状态最好，不必一一收藏。

去似朝云无觅处

我们并没有得到，我们正在失去。

偶尔，我会在某一灵光乍现的时刻进行些微的思考，思想的光芒转瞬即逝，需要立马记录。包里随身携带着笔和本，执笔之际，我发现"记录"阻碍了我的思想，因为提笔已经忘字，那些来自祖先和民族的智慧结晶，正丢失于我的笔端。我仿佛只能对着电脑，才能思如泉涌，字字珠玑。

我读大学的时候，人们还在靠写信传递信息。总有同学从传达室拿来寄到班级的书信，按信封上的名字分发信件，多的时候，我一天会收到四五封。它们来自远房的亲人，朋友，恋人。我在教室或图书馆回信，纸上深情，笔下流云，一个晚上就在暖暖情谊中度过，出门时看到天上宁静的月亮，身心丰盛满足。

绿色的铁质邮筒，是古代的鸿雁，是古代的尺素，立于街头，连最贪心的小偷都不会光顾。

彼时，写信和等信都是愉悦的事，它让人心中有所期待，手书，就如家常菜一样，是至亲至贵的东西。如今，有电话，有短信，有微信，有电子邮件，信息可以快如闪电般地抵达。自从单位门口那个铁质邮筒不知何故被撤掉后，那抹养眼的深绿就成了古色，只供缅怀和祭奠。

对着电脑写字，果然很畅快，并且不容易打错字。字库里有那么多字可供选择，还可以联想记忆，你只需要认，无所谓写。现代人练习书法，练的是艺术，是一种特长，不是汉字。造字者有知，足可以被气活。

此时，我在键盘上敲字，幻想着手指上会长出羽毛或羊毫，如外国人手写鹅毛信，如中国人手写家书，气定神闲，从容优雅。

汉字，正在离我们远去。

我家夫君稍稍瘦了些，不是刻意减肥，而是因为失眠。

用了很多种方法，安眠药，口服液，喝牛奶，泡脚，数绵羊，听电影，甚至从书架上拿出一本最不好入境的智慧书《瓦尔登湖》，然而，还是不见效。倒是又新生出疑问，《瓦尔登湖》到底在说什么啊，为什么这样有名？遂更加难以入眠。

失眠是一种病，他被折磨得很苦。冬日的早晨六点，天光微露，我晨起看到客厅沙发上隐约有磷火闪烁，这个人，正在用手机搜索去海边的班车班次，失眠过度无法开车上高速，失眠让人没有安全感。

对于睡眠的记忆来自过去，仿佛总也睡不够。那时候没有电视，没有网络，天一黑，夜色笼罩下，一切寂静无声，人和自然浑然一体。偶有狗吠或孩啼，或者风雪声，倒好像催眠曲，一转身，又进入了梦里甜乡。

早晨，恍惚听到母亲一再的呼唤，咳嗽声，风箱声，倒洗脸水声，但意识还在梦里，嘴里答应着，眼睛却睁不开。好不容易睁开了，只半秒的时间，又瞌睡出了一个梦境。

那时的睡眠，厚重妥帖，安全适意，和植物一样自然地入睡，自然地醒来。

我们在黎明时分进行事故分析，是工作压力吗？是人际关系吗？是孩子升学吗？仿佛不是，又仿佛都是，各种看似光彩实则暗淡的分子在空气中飘荡，各个都像嫌疑人，又各个找不出证据。

反正，已经丢失了睡眠，瓷器一样，一碰就碎。那种黑夜中的甘甜，又失散在黑夜中。

疲倦的时候，我曾经向往，住到山里避世。有茂密的森林，盛开的野花，有流水，有青山，春种秋收。夜里看书，轻抚着新棉制成的被褥，可以听见溪水淙淙，不舍昼夜，逝者如斯。

不再剪发，也不再拔白发，一任这三千烦恼丝疯长，长了，就编成小时候的麻花辫，随手在发梢簪一朵蓝色的马兰花。用溪水洗涤，使它由枯燥变得润泽。

院子里遍植蔷薇，春天的时候开成了蔷薇架，走进院子，就走进了芬芳的世界。

吃素。种植瓜果蔬菜，秋天的时候把南瓜摆在窗台，冬天的白菜上顶着雪。

手写笔记，每天睡到自然醒。

从而，肉身变得轻盈，精神越来越结实和明朗，一下子开悟，自然，是我们心灵回归的故乡。

只是，史上只有一个梭罗，于 1845 年提着一把借来的斧子，来到了瓦尔登湖畔，实践着自己亲近自然、回归本心的简朴生活。

　　　　　　　　　　夜深同花说相思

不明就里地生活，要远比分出个一清二白容易。那些我们曾经拥有的，正在失去，而我们失去的，又是正在努力追求的。如此种种，来如春梦不多时，去似朝云无觅处。

单立人

读雪小禅的书，《她依旧》，翻阅中已看到两次这样的表达：人毕竟是个单数。

掩卷而思，才女为何如是说？于是在手心画"人"，写着写着就觉得自己明白了，方块文字中有个偏旁，叫单立人。是偏旁，而不是德国著名的不锈钢厨具。

今天，我就很单数，有些单立人。

从梦中醒来时，我看了一下手机，4:43分，正是黎明前的黑暗。摸一摸脖子，全是汗。动一动身体，后背痛感分明。我就知道疲倦又找上门了，身体需要调整和休息。对于自己的身体，我们大多时候并不熟悉。男人们喜欢看的，是女人的凹凸，多少寻一些养眼的机会；女人们喜欢看的，是同性的脸，却是拿来比较，我到底输你几分。

久病成医。我最怕的就是出汗，因为虽然淋漓，却不痛快。我出的是虚汗，俗称盗汗。况且时令已近中秋，离下一个炎炎夏日，尚隔三季。

昨日中午，在办公室上了已有十年历史的QQ。看到朋友在，忙发过去一片荷兰菊。

对方说，好久不见，如此客气，送我这么多紫花儿。

哎，这是荷兰菊啊，你文字中写过。

是吗？应该比这好看啊。

马上冷冷地发过去，这肯定是叫做荷兰菊的。再说是花都好看，只是欣赏者不同。心同时又想，哼，你还欠我一朵扬州的红药呢。

接下去我们就谈到了孩子。朋友在安徽，可能是老婆作护士常三班倒的原因，他的女儿从小就由他主带。接送，做饭，陪功课。人家带孩子带得好啊，女儿不仅乖，而且有才，画画好，学习好。叫人嫉妒，嫉妒他对老婆好，心里有疼。

他的孩子和我的孩子同龄，今年都读初一。咦，好巧啊。两个孩子名字中都有个"若"字，咦，有点意思。还有巧上加巧的呢，我和他老婆名字中都有个"梅"字。故事要开始了吗？千里的缘分？错，错，错。要谈情说爱早就谈情说爱了，我们从来只谈生活的家长里短。

能与我谈生活细节的男子，我很看中。因为他没有目的，从而不投机。从而没有缠绵后的冷淡，让你对着又大又白的满月慨叹，我究竟认识过你吗？你究竟置我于何地？于是，心凉如小时候冬天水缸里结的厚冰。

他说，孩子没能上好的重点中学，找的人没管用，只能读稍次点的重点。什么世道啊，不凭分，只凭人。孩子现在就6点起床，晚上学习到11点，甚至11:30，我都要陪读。估计以后周六日还得上个辅导班啥的。

知音啊，握手。我想到了过去的这个夏天，小升初的夏天。我们搜索所有的人际关系，对比几所中学的利弊，找完学校，找班主任，只为送孩子到一个优秀的班级。

可怜天下父母心。

我为什么今天凌晨又浑身虚汗呢？是不是上周五独自一人在办公室待到半夜 12 点，连续看了 7 小时的《泡沫之夏》的缘故？黄晓明演得好啊，他的目光有着妖娆的雾气。

我浑身虚汗，后背酸痛，只为我闺女读了初中。操不完的心。我的心成阡陌状，豆腐块状，一块块贱卖了。

我说，我做家长做烦了。

他说，我也是。孩子她妈更直接，说我要死了！

我说，我真想骂人。

他说，我早已经骂过了。

他说，熬吧。

我说，我已经提早被熬成阿香婆了。

他说，我有音乐，独自待在车里，一个人听。我有后山，独自上山，一个人爬。

单立人。原来我们都是单立人。中年人，有家有业有孩子，也还是个汉字偏旁，单立人。

我说，我要开工了。他说，对自己好点。

他说，一会我找领导签字完毕，就请个假，明天为自己放个空。

我呢？今天一大早 6 点起床，忍着背痛，出着中秋的汗，给女儿煎蛋，准备牛角面包和牛奶。

重又躺回床上，决定休假。

哪怕一天。

我要过我的单立人日子，只需一天。我要孤单和寂寞，我要站在银杏树下，落叶人独立。只是，这两天气温回升，没有一丝风，简直不似秋季。也就，并没有叶落。

温暖与忧伤　挣扎与徬徨

——杨荻散文印象

采　薇

　　当我接到杨荻的邀请，为她即将出版的新书写一个评论或读后感之类的文章附于书后时，我对她说，我需要两周时间，一周时间用来读，一周时间用来写。

　　集结在这本书里的文字，我都逐行逐句地认真读过，不肯放过一个细节，生怕漏掉了其中的哪个"小美好"，而且，果真用了一周时间。我觉得，我必须特别认真地阅读，才能不辜负她的信任，给出一个比较客观的评价。但是，读后感一直不知从何处下笔，做了几次尝试，都失败了。

　　最初拟好的题目是《荻之魅》，我当时以为，必须以一个"魅"字为突破口与切入点，才能直指要害，准确抓住她本人的特点，同时也表述出她文字最显著的特征。讲真话，她的文字的确充满着温馨的力量，一如她本人。但是，写了几百字之后，发现很难再继续下去。

　　十四年前，初识杨荻时，我常常觉得，作为一个女人，她太像女人，随时随处都能显露出女子的柔情，仿佛清清浅浅的河床上，随水流不断摆动的柔而长的水草。同时，她的文字，也充满着小布尔乔亚的气息，并且以此取胜，独树一帜。

　　昨天，与荻在微信里聊天，我对她说："亲爱的，我终于看完了你的整部文字。但是，我很不擅长评论，让我不知道说什么好。"她回复说："品读。不用评。真诚就好。"这小妮子，还居然拿出她一惯会撒娇的本领，对我说："哈哈！我知道你爱我。"哦？这么自信？没有被我吓到？那我干脆做个顺水人情。于是，我就对她说："好吧，那我就说一声：我爱你，获！"

"我爱你，获！"这话听起来，不像是一个女人对另一个女人说的，倒像是异性之间的玩笑话了。人都说，女人看女人和男人看女人是不一样的，或许站在异性的角度读她，读她的散文，更能读得懂，读得更明白。但是，如果我能够站得更远一点儿，更高一点儿，以一个不完全俯视的角度去观察她，或许会得出一个更清晰的结论。这样一想，我的脑子里立即蹦出一个全新的题目，也就是本文的题目：《温暖与忧伤，挣扎与彷徨》。

温暖是杨获散文公认的特点。小说家刘荣书曾经这样评论她的散文："杨获散文的意义在于，她撷拾了生活中的诸多感悟，用文字的方式传达给我们。而这种感悟不是'冷'的，而是'暖'的。"对此，我没有疑义。甚至于，我也可以说，这是一种弥漫着某种香气的暖，似春天的薰风，让人迷迷欲醉。

十年前，她的第一部文集《尘世是唯一的天堂》，我是认真学习过的，基本上都是她个人的生活经验，鲜有对外部世界的关注。因此，她的"暖"是从内心深处流淌出来的，是真诚的，而不是像某些人那样善于虚构温暖骗取读者欢心。以真诚为基调的"暖"，显得特别动人，为她赢得了众多读者，毕竟，对于大多数读者而言，温暖与舒适更符合他们的阅读期待，而卡夫卡式的冷与荒诞，只适合于小众。

她即将出版的第二部文集，继续着她习惯了的温暖的色调，这对于她来说，已经驾轻就熟，而且显得更为老到。比较典型的篇目，如《七月照相馆》《朗读课》《致我们单纯的小美好》《你若安好，便是晴天》《可比花片打着了水面》等，其中，《致我们单纯的小美好》和《可比花片打着了水面》，我认为最典型。单纯、小美好、花，是她"暖"色调的主要构成成分。

在这本书中，占据了好大篇幅的，是她的"花境"系列文章。她写每一种花，都那么有耐心，用细腻的笔触，丰富的联想，加上自己内心的感悟，给每一朵花描摹出情感和灵魂，使它们不仅开放在大自然的角角落落，而且，还生动在纸上垄亩间，让每一个读到她文字的人唏嘘不已，仿佛正被花的香浸染着，灵魂越来越清澈。

我和她一样爱花，我们也曾多次一起去郊外寻花、赏花，我更多地从植物学的角度关注花的生长与四时的变化，而她，更多地把花与文字糅合在一起。关于这一点，你读一读她的《杏花落》《紫桐》《初雪·牛膝菊》等篇目，便可了然。如果说，我们俩在以不同的方式关注花儿，那么，我是以写实的方式，而她，则着重于写意。

再说说她本部文集中忧伤的调子。与她的第一部文集相比较，在杨荻的本部文集中，十分明显地增加了忧伤的成分。比如《初雪·牛膝菊》中，我们可以看到她对于时光的忧伤："在所有的天气中，还有什么比降雪更让人欢喜的呢。看着看着，时间匀速而过，匀速是时间的无情，它不肯拉长快乐，也不肯缩短忧伤，它不会为谁停留，它让一切都变成记忆——北窗下的天井中很快就积了一层薄雪。"再比如，《像怀抱一样温柔地对待这个世界》一文中，她写到："现在，我和女友们经常谈及青春的逝去。有时候觉得，和女友们见面不过是互相鉴定一下衰老度，头发是否又多了白，脸色是否又多了黄，体重是否又向右走了一个格。这，让我们有时候会感到些许的尴尬和悲哀，这种尴尬和悲哀来自于彼此是彼此的镜子，来自生命的一种不可轮回的无奈。"

一个内心十分敏感的女人，其忧伤大多与爱、怀念、时光的流逝以及审美有关。

在文字中，杨荻告诉我们，她喜欢看爱情小说和爱情电影，散文《当江小姐爱上徐作家》，就是写她观看电影《一个陌生女人的来信》后的感受与心情。在这篇文章中，她告诉我们："《一个陌生女人的来信》是一部纯纯粹粹的爱情故事，这是我最喜欢的。拿电影来说，我很难喜欢诸如恐怖、科幻、娱乐、武打等类型的片子，我最喜欢爱情片，有一点忧愁有一点怨，那是最能打动我和引起共鸣的人间悲喜剧。"然后她又说："我还是喜欢一个人静静地看爱情片，仿佛自己又谈了一次恋爱，时光从此时一下子倒转到了以前。"

"有一点忧愁有一点怨"，是她对爱情小说与爱情电影的审美期待。而更为重要的是，"仿佛自己又谈了一次恋爱，时光从此时一下子倒转到了从前"。女人嘛，一个通病就是，总是自觉或不自觉地把爱情看得高于一切，喜欢在爱情小说或爱情电影中，找寻自己过去的影子，无可厚非。

本着"有一点忧愁有一点怨"的原则，她创作了《秋水伊人》《隔岸那片雏菊》《戴花的女子》《赤色》等，文本兼有散文和小说的特点，读起来无不给人以淡淡的伤感。这就是我所说的，流淌在她文字中的忧伤的色调。不过，这些忧伤都仿佛清晨里弥漫的雾，太阳一出来，雾也就散了。所以，她的忧伤，没有"哀"的成分，倒是有一些"为赋新词强说愁"的感觉，典型的小布尔乔亚。

不能不说的是，《一个陌生女人的来信》让我觉得冷得仿佛掉进了冰窖，女人的痴情，男人的冷酷，怎么看，都像是一场冰与火的游戏，可是到了杨荻的眼中，就变成了"一点忧愁一点怨"，对此，我愿意把它理解为杨荻肯为情付出一切。诚如她在《当江小姐爱上徐作家》一文中所说："……但女人还是要爱。没有爱情的女人，眼角没长皱纹，心灵早就皱了。"痴情的女子都会这样想。我只能在心里小心翼翼地奢望，每一个痴情的女子都能得到怜惜，不仅来自男人，也来自女人。

最后说一说她的"挣扎与彷徨"。如果说，"温暖与忧伤"是她在用"情与爱"进行思考，那么，"挣扎与彷徨"就是她在用"哲与思"进行思考。

我常常认为，人生只有爱是不够的，还必须有超越爱的东西，那就是思考与警醒。因为有些爱，不过是出于我们的本能，或者是出于某些自私的目的，无论其外表多么光鲜亮丽，就其实质而言，不过是败絮一堆。停留在感情层面的"爱"，顶多带给人温暖，而上升到理智层面的"爱"，才更能给予人力量。

在《致我们单纯的小美好》一文中，我特别欢喜地看到了作者对生活、对爱的反思。她说："我在反省。反思。反转。每一朵野蔷薇花都值得阳光普照，每一个不起眼的梦想都值得尊重。亲爱的孩子，我是多么地惭愧啊！""每个人都有自己的理想。那些属于个人单纯的小美好，是海底最珍贵的珍珠，谁也没有权力去剥夺一株野蔷薇向上生长的权利。我用了很长时间才学会了尊重和保护孩子的小美好，并且决定向她学习，寻回自己的美好。"由此可见，"单纯的小美好"，经过反思之后，更加具有了珍珠一般的光泽，给予人不断地追求真、善、美的力量。

"春日迟迟。何不找个板凳，在开满白色花朵的流苏树下晒晒太阳，闻着春日里透鼻香的清冽芬芳，重新拿起笔——嘘！那也是我少年时代单纯的小美好呢。"让我特别佩服的是，她内心的挣扎与彷徨，最后也以一个"单纯的小美好"收场。如果不是特别细心，你根本体会不到她内心深处，也曾经有过的挣扎与彷徨。当我再次细读她的《致我们单纯的小美好》一文，我忽然觉得，眼前一片光明：一只浑身长满美丽花纹的小虫子，正欲摆脱某种束缚，把美丽的花纹，从皮肤上转移到翅膀上，放弃用脚支撑的缓慢的爬行，改为用翅膀在花间穿梭。至此，一个华丽丽的转身，让我不能不重新审视她的文字，并且对她本人也要刮目相看。

挣扎与彷徨，还表现在她的许多文章中，我不一一评述了，相信聪慧的读者自己能够体会到。认真读过之后，你或许能够懂得，一个外表看似柔弱的小女子，其实具有十分强大的内心。
"温暖与忧伤"，是一种唯美的情调，是她文字的风格；"挣扎与
彷徨"，是每一个人摆脱不掉的命运，没有一个幸运儿，一生都
在风和日丽中，优哉游哉地踱步而行，杨荻自然也不会例外。

　　最后我想说，面对一个强大的外部世界，谁的内心不虚
弱？谁没有过挣扎与彷徨？凡有生命的个体，都既与世界相统
一，又与世界相对立，无他，生存的必需。冷眼观察一下，在
与世界的较量中，有的人选择硬碰硬，结果把自己碰得头破血
流；有的人选择以柔克刚，结果四两就拨了千斤。杨荻属于后
者。她在生活逐渐显露出"挣扎与彷徨"的内核时，以一贯的
温暖之心相待，虽有忧伤，但更多的还是让读者感受着春风拂
过、桃花盛开的人世温暖。

　　"荻之魅"恰在于此。

2019 年 1 月 19 日